U0528217

大汉之刃 霍去病

吕京宾 著

中国文史出版社
CHINA CULTURAL AND HISTORICAL PRESS

图书在版编目（CIP）数据

大汉之刃霍去病 / 吕京宾著 . -- 北京：中国文史出版社，2024.1
ISBN 978-7-5205-4366-8

Ⅰ.①大… Ⅱ.①吕… Ⅲ.①传记小说—中国—当代 Ⅳ.① I247.5

中国国家版本馆 CIP 数据核字 (2023) 第 190474 号

责任编辑：梁玉梅

出版发行：	中国文史出版社
社　　址：	北京市海淀区西八里庄路 69 号院　邮编：100142
电　　话：	010-81136606　81136602　81136603（发行部）
传　　真：	010-81136655
印　　装：	北京新华印刷有限公司
经　　销：	全国新华书店
开　　本：	700mm×980mm　1/16
印　　张：	16
字　　数：	202 千字
版　　次：	2024 年 4 月北京第 1 版
印　　次：	2024 年 4 月第 1 次印刷
定　　价：	53.00 元

文史版图书，版权所有，侵权必究。
文史版图书，印装错误可与发行部联系退换。

引 子

元狩六年（前117年）九月，一个阳光明媚的日子里，威严肃穆的大汉皇宫里，汉武帝正与大臣们探讨国事。

从马邑之围至今，十六年过去。经过这十六年艰苦卓绝的努力，在以卫青、霍去病为首的将领的浴血拼杀下，大汉已经把曾经压在头上作威作福的匈奴本部赶到了遥远的漠北地区。曾经是休屠王和浑邪王盘踞的河西走廊，则已经变成了大汉的地盘。现在的大汉，边疆安宁，百姓安居乐业，武将以卫青和霍去病为首，皆厉兵秣马，期待疆场立功；文臣则恪尽职守，将国家管理得井井有条，汉武帝踌躇满志，与众大臣计议，欲先休养生息五年，再将匈奴赶尽杀绝。在这五年内，大汉要准备战马上百万匹，训练猛士二十万，准备粮草、金银无数，五年后，大汉将再以霍去病为统军大将，率十万狼兵再战大漠，务必一举消灭匈奴部族，活捉伊稚斜单于和匈奴左贤王，为大汉百姓创造一个祥和繁荣的太平盛世。

此时前丞相李蔡已经自杀，张骞第二次出使西域未归，以现丞相庄青翟、御史大夫张汤、大司农中丞桑弘羊为首的众臣皆纷纷建言献策，畅谈如何准备再次征北。汉武帝与众臣聊得正欢，突然有宦者匆匆跑进来，俯首在汉武帝耳边说："皇上，大司马骠骑将军霍去病府上派人来禀告，大司马骠骑将军霍去病昨夜突发急病，已经……"

汉武帝急问:"已经如何?!"

宦者不得已,只得说:"禀皇上,大司马骠骑将军已经于昨夜仙逝了!"

"什么?大司马年轻力壮,怎么会突然去世?!"汉武帝拍案而起,"谁敢造此谣言?!"

宦者吓得趴在地上:"皇上,老奴真的没有造谣,这是大司马家的管家亲自对老奴说的啊!"

汉武帝不敢相信此事,派宦者出去核实。老宦者刚走,皇后卫子夫突然求见。

汉武帝让一众大臣退下去,让人宣卫子夫入见。

卫子夫在一众宫女护卫下,进入大殿。拜见汉武帝后,卫子夫哭哭啼啼告诉汉武帝,她二姐卫少儿刚刚派人进宫禀奏,大司马骠骑将军霍去病昨夜去世,她要去霍府祭奠外甥。汉武帝惊愕之余,不得不相信,自己寄予最大希望的大汉雄鹰霍去病,真的已经离开这个世界了!

汉武帝带着满腔悲伤,和卫子夫一起来到霍府。

霍府内外一片素白。卫青,卫少儿带着丈夫、詹事府詹事陈掌,大姐卫君孺,姐夫公孙贺,霍去病的弟弟霍光,以及管家仆役等几十人跪迎汉武帝以及皇后。

汉武帝进入屋内,看到昔日英姿勃发的大司马骠骑将军,已经变成了一具僵硬的遗体,忍不住泪水长流。

他不明白,几日前还活生生的一个人,正是二十多岁好年华,怎么就突然变成一具遗体了呢?!

大司马骠骑将军霍去病,十七岁第一次出征,便率八百勇士深入大漠,直捣匈奴腹地,杀匈奴两千人,俘虏了匈奴单于的叔叔,被封冠军侯。此后每次征战匈奴,皆出其不意,大胜而归,是大汉唯一征讨匈奴从无败绩的将军，是匈奴人闻之色变的克星，是大汉悬在匈奴头顶上的一柄利刃。

霍去病十七岁便被封为冠军侯，如今不过二十四岁，便是掌管天下兵马的大司马骠骑将军，汉武帝以及大汉朝野对其寄予无限希望，而现在，这个大汉朝的雄鹰陡然折翼，汉武帝怎么能不悲伤？

卫青向汉武帝禀告了霍去病去世的过程。

昨天深夜，患头疾半年有余的霍去病突然发病，腹痛呕吐，浑身发热。卫少儿忙派人请医匠给儿子治病，同时派人将此事告诉卫青。

卫青以为只是平常小病。他赶来的时候，霍去病已经神志不清，勉强喝下医匠煎好的药汤后，却吐了出来。卫青看情况紧急，且此时天已微明，便派人进入宫中，将此事告知皇后卫子夫。卫子夫派了太医过来，然而，已经晚了，霍去病在吐了几口黑血后，便再也没有醒来。

汉武帝马上召见给霍去病看病的太医，太医诚惶诚恐，浑身战栗，害怕喜怒无常的汉武帝一生气要了他的小命。

卫子夫让太医不要害怕，把霍去病的病情告诉皇上即可。

太医伏地，浑身战栗："皇上，奴才愚笨。奴才来到大司马府的时候，大司马已经没有了脉搏，气息皆无，奴才因此无从判定大司马所患何疾，奴才无能，请皇上恕罪。"

汉武帝闭着眼，好长时间不说话。卫子夫挥了挥手，太医爬起来，慌里慌张退了下去。

好长时间，汉武帝才睁开眼，长叹一声："天不灭匈奴也！"

汉武帝降旨，以封王的标准安葬霍去病，并赐谥号"景恒"，将之葬在自己已经择定的陵墓茂陵一侧。下葬当日，汉武帝调遣边境五郡的铁甲军，命令他们排列在从长安到茂陵四十多里的路上，为霍去病送行。汉武帝还下令将霍去病的陵墓修建成祁连山的形状，以纪念霍去病征战匈奴的不朽功绩。

霍去病有一子霍嬗，汉武帝让霍嬗继承了霍去病冠军侯的爵位，并授之以奉车都尉。汉武帝对霍去病的这个儿子寄予厚望，悉心爱护。

可惜的是，在霍去病去世七年后，汉武帝带着霍嬗封禅泰山，霍嬗病夭于半路。

汉武帝哀伤之余，改封霍去病同父异母的弟弟霍光为奉车都尉。

一代天骄霍去病，从此成为传说。

目 录

引 子　/001

第一章　卫家往事

1. 女奴的私生子　/003
2. 卫家大翻身　/008
3. 大汉危机　/012
4. 聂壹献计　/016
5. 马邑事件　/021
6. 匈奴往昔　/025
7. 卫青出征　/029
8. 赏与罚　/033

第二章　霍去病崭露头角

1. 高阙要塞　/039
2. 卫青收复河南地　/042
3. 主张和亲的汲黯　/045
4. 千里奔袭右贤王　/052
5. 主力决战　/057
6. 霍去病首战大捷　/061
7. 右贤王的忧虑　/065
8. 霍去病一战河西走廊　/068
9. 血战河西　/072

第三章　二出河西

　　1. 霍去病的婚事　　/079
　　2. 拼命三郎李敢　　/082
　　3. 李广强弩定军心　　/085
　　4. 博望侯终于来了　　/089
　　5. 越过沙漠　　/094
　　6. 决战浑邪王主力　　/097
　　7. 二出河西之大捷　　/100
　　8. 卫青与汲黯　　/103

第四章　收服河西

　　1. 右贤王求救大单于　　/109
　　2. 两王预谋投诚　　/112
　　3. 浑邪王怒杀休屠王　　/116
　　4. 汉武帝封赏来降匈奴　　/119
　　5. 休屠王儿子金日䃅　　/124
　　6. 大单于的计谋　　/128
　　7. 句火进入匈裔营　　/131
　　8. 匈裔营风波　　/135

第五章　漠北决战

　　1. 李广请求上战场　　/141
　　2. 大军出动　　/144
　　3. 暗中较劲　　/147
　　4. 迷路的李广大军　　/151

5. 卫青决战伊稚斜　　/155

6. 李广之死　　/158

7. 霍去病大军出发　　/164

8. 句火之死　　/168

9. 汉军连败匈奴军　　/171

第六章　封狼居胥

1. 与左贤王主力交锋　　/179

2. 转机　　/182

3. 大败左贤王　　/185

4. 大军班师回朝　　/189

5. 李蔡犯事　　/192

6. 刘安与汉武帝　　/196

7. 刘安之死　　/202

8. 卫青为李蔡求情　　/207

9. 谨慎的卫青　　/212

第七章　将星陨落

1. 李敢的愤怒　　/219

2. 李敢出手打卫青　　/222

3. 公孙贺看望卫青　　/226

4. 大司马射杀郎中令　　/230

5. 陇西李氏最后的荣光　　/234

6. 颜异之死　　/239

7. 雄鹰折翼　　/242

第一章

卫家往事

第一章 卫家往事

1. 女奴的私生子

建元元年（前140年）春末，山西平阳县平阳府邸后院内，女奴卫氏一家正忙得不可开交。

户主卫媪和接生婆一起，在里屋给二女儿卫少儿接生。大女儿卫君孺在院子里烧火，锅里的水已经开始冒出热气，十多岁的卫青在院子里跑来跑去，惹得大姐卫君孺很是不高兴，把他从院子里撵了出去，关上了院门。

卫少儿在屋里撕心裂肺地叫喊着，大骂狼心狗肺、胆小如鼠的霍仲孺。霍仲孺是平阳县小吏，在平阳公主家中做事之时认识了女奴卫少儿。霍仲孺被卫少儿的美貌吸引，对其大献殷勤。卫少儿少不更事，被霍仲孺的甜言蜜语所吸引，两人干柴烈火，偷偷摸摸成就了好事。

时间一长，卫少儿怀孕了，这个小吏却害怕了。卫少儿一家人都是平阳公主的家奴，平阳公主是当今皇上的亲姐姐，自己一个小吏，胡乱骚情，搞得公主家的女奴怀孕，若是公主真的怪罪下来，自己脖子上的脑袋肯定难保。

霍仲孺不敢在公主府待下去，跑回了县衙，再也不敢露头了。

卫少儿心思单纯，以为自己肚子里有了这个男人的孩子，这个男人就会娶了自己，跟自己过一辈子。她没想到，肚子刚刚显怀，这个色胆包天的男人竟然害怕了，脚底抹油溜了。

卫少儿以泪洗面，哭了几日后，只得把此事告诉母亲。卫少儿的父

亲早亡，母亲卫媪也是与人私通，有了儿子卫青。因此卫媪没法说什么，只是叹了一口气，便嘱咐女儿少出门，躲在家里。既然肚子里有了，那只能把这个孩子生下来。

正在生产的卫少儿疼痛难忍，想到霍仲孺曾经的嘴巴抹蜜，道尽山盟海誓，现在却连鬼影子都不见一个，气不打一处来，直把小吏霍仲孺骂遍了祖宗八代，上下几百年。

一番折腾后，随着一声响亮的哭声，孩子终于顺利生产。卫少儿精疲力竭，陷入昏睡中。卫媪在送走了接生婆后，赶紧上香跪拜祖宗，感谢祖宗保佑，让孩子顺利来到人世。

卫媪请府里的先生给孩子取名，先生想了想说，奴才的孩子别的不敢想，能不生病，平平安安长大即可，就叫霍去病吧。卫媪对这个名字不太喜欢，但是他们一家人没有什么文化，想不出别的好名字，只好暂且叫了起来。

平阳公主待人宽厚，得知卫少儿产下一子后，没有责怪，反而让人送来了蜂蜜脂膏等滋补之物，这让卫家人长出一口气。卫媪以及长子卫长君、长女卫君孺、次女卫少儿皆在平阳府为奴，各有分工。卫媪带着几个老妈子，负责平阳府前后院的卫生；卫长君在平阳府里负责养马；卫青在霍去病出生后不久，便谋得一个骑奴的差事，经常伴随公主出行。

那时候的平阳公主，在卫媪一家人眼里，是高高在上、神仙一样的角色。平阳公主高贵、漂亮，气势逼人，卫氏一家人看都不敢正眼看一眼。小小的骑奴卫青更是不敢想象，多少年以后，这个高不可攀的平阳公主，竟然会改嫁他卫青为妻。

卫家人在平阳府为奴，生活虽贫寒，却也饿不着。年幼的霍去病在卫家人的悉心照料下，平平安安地成长着。

此时的大汉，正深受北方匈奴人的蹂躏。

第一章 卫家往事

匈奴是中国古代北方的游牧民族，兴起于今内蒙古阴山山麓。

匈奴建国以前，东北亚草原被许多大小不同的氏族部落割据着。当时分布在草原东南西拉木伦河和老哈河流域的，是东胡部落联盟；分布在贝加尔湖以西和以南色楞格河流域的，是丁零部落联盟；分布在阴山南北包括河套以南（鄂尔多斯草原）一带的，是匈奴部落联盟。此外还有部落集团分散在草原各地。后来的匈奴国，就是以匈奴部落联盟为基础，征服了上述诸部落联盟、部落集团以及其他一些小国而建立起来的。

公元前3世纪匈奴统治结构分为中央王庭、东部的左贤王和西部的右贤王，控制着从里海到长城的广大地域，包括今蒙古国、俄罗斯的西伯利亚、中亚北部、中国东北等地区。战国末年，赵国名将李牧出动战车一千三百乘、骑兵一万三千人、步兵五万、弓箭手十万，与匈奴会战，大破匈奴十余万骑，从此匈奴多年不敢南犯。

直到匈奴王冒顿单于继位。

冒顿是匈奴头曼单于之子。当其为太子时，头曼单于欲立所宠阏氏（匈奴单于的正妻）之子为太子，将冒顿派往月氏国为质，并随即发兵攻打月氏，企图以此逼迫月氏王杀了冒顿。冒顿得知月氏王要杀自己，忙偷了一匹好马，逃回匈奴。头曼单于见冒顿勇壮，乃令其统领万骑。但冒顿已对头曼单于不满，他将所部训练成绝对服从、忠于自己的部队，为政变谋位做准备。

在一次随头曼单于出猎时，冒顿用鸣镝射头曼，左右皆随之放箭，射杀头曼。随后，冒顿又诛杀后母及异母弟，杀尽异己之大臣，自立为匈奴单于。

冒顿单于继位后，开始对外扩张。在大败东胡王之后，随即并吞了楼烦、白羊（匈奴别部，居河套以南），并收复了秦之蒙恬所夺的匈奴地及汉之朝那（今宁夏固原东南）、肤施（今陕西榆林东南）等郡县。并对汉之燕、代等地进行劫掠。

汉高祖六年（前201年），西汉守卫边塞的韩王信投降匈奴。汉高祖刘邦大怒，第二年便亲率三十二万大军征讨匈奴，却在白登山被匈奴冒顿单于率四十余万骑兵围困七昼夜，西汉大军差点被击溃。后来刘邦采用陈平之计，派人贿赂冒顿的阏氏，阏氏以"汉军有神灵相助，援军马上就到，无法取胜"为由，劝冒顿放了汉军。冒顿从之。汉高祖从此不敢再与匈奴开战，并采纳了刘敬的建议，对匈奴实行屈辱的"和亲政策"，以汉室宗女嫁与单于，赠送一定数量的财物，以及开放关市准许双方百姓交易。之后的文、景诸帝也是沿用和亲政策以休养生息。然而匈奴仍不满足，不时出兵侵扰边界。

从此，汉军便得了"恐匈症"，再也不敢跟匈奴人交手。

然而，贪得无厌的匈奴人对此并不满足，他们觉得汉朝软弱可欺，一边享受和亲红利，一边依然袭扰汉朝边境地区，杀戮劫掠，气焰嚣张，汉朝官民只能被动应对，不敢主动出击。

霍去病出生之时，汉武帝刚刚登基一年。这个年轻的皇帝深知匈奴之害，登基伊始，便开始了迎战匈奴的准备。

经过汉高祖、惠帝、吕后、文景等几代人的努力，现在的西汉经济发达，国库充足。但是想与匈奴一战，西汉还缺乏敢于拼杀疆场的兵马。

西汉的兵种，以适应平原作战的步兵和车兵为主，骑兵很少。匈奴人与中原人作战方式大为不同，匈奴骑兵来去如飞，这让善于排兵布阵的西汉军队非常被动。汉军迎战匈奴，往往没等排好队形，凶悍的匈奴骑兵就已经把他们冲散了。西汉军队最为看重的车兵，在来去如飞的匈奴骑兵面前，显得笨重而无用，步兵更是无法阻挡这些恶狼一般的匈奴铁骑。

汉武帝下旨改革兵制，向匈奴学习，以快对快，以骑兵对骑兵。为了应对建设强大骑兵的需要，汉武帝在原先军马场的基础上，改良军马品种，并鼓励民间养马，扩大军马来源。

为了培养骑兵将领，汉武帝还扩建南军与北军，在北军中增设八校

第一章 卫家往事

尉等骑兵编制,并改革军制,组建了以骑兵为主、车兵和步兵为辅的大汉军队。

汉武帝运筹帷幄,心无旁骛,决心击败匈奴,一雪前耻。他的姐姐平阳公主,却为弟弟的后继乏人发愁。汉武帝即位后,他的第一位皇后陈氏多年没有生育,平阳公主在平阳附近大户人家中寻找长相端庄者,雇了教习,将她们悉心教导,以备汉武帝选用。平阳公主没有想到,正是她的这番行为,给了卫家人翻身的机会。

建元三年(前138年),霍去病两岁的时候,汉武帝光临平阳府。

平阳公主将这些大户人家的女子打扮起来,让汉武帝挑选。汉武帝眼光很高,一个都没有相中。平阳公主很是失望。此后的酒宴中,平阳公主让家中的舞女跳舞助兴,霍去病的小姨卫子夫此时正是豆蔻年华,也在舞女之列。

这个眉若远黛、目若秋水的女子一出场,便牢牢地吸引住了汉武帝的目光。

平阳公主看在眼里,在汉武帝起身更衣的时候,让卫子夫随去侍奉。汉武帝也不客气,当即在更衣轩中宠幸了卫子夫。汉武帝对卫子夫非常满意,赏赐了平阳公主黄金千斤,将卫子夫带进了宫中。

平阳公主预感到卫子夫会发迹,临别上车之时,亲抚着卫子夫的背说:"到了皇宫,要处处小心。好好吃饭,好好自勉努力,将来若是富贵了,不要忘记我的引荐之功。"

卫子夫入宫,经过公主的首肯,也将卫青带进了皇宫。汉武帝让其在建章宫做事,卫青摆脱了奴才的身份,有了一份正式的差事。此举为卫青和霍去病日后的发达奠定了基础。

2. 卫家大翻身

卫家的正式发迹，则是发生在卫子夫身上的另一个故事。

汉武帝后宫佳丽三千，美女如云，加上陈皇后从中作梗，汉武帝很快便忘记了卫子夫。卫子夫在宫中孑然一人，无依无靠，苦熬日月。一年后，汉武帝打算释放一批老年宫女出宫，卫子夫方才见到了汉武帝。这个时候的卫子夫，听到了很多宫女从豆蔻年华一直熬成了老女人的故事，觉得自己在宫中也不过如此，便央求汉武帝放自己出宫。

汉武帝这才想起自己从山西带来的这个小美女，见到小美女哭哭啼啼、梨花带雨的样子，心生怜爱，便再次宠幸了她。让两人没有想到的是，汉武帝的一夜欢愉，竟然让卫子夫怀上了龙胎。这让久无子嗣的皇帝非常高兴，对卫子夫千恩万宠，恨不得含在嘴里。这也让当了多年皇后却一直没有身孕的陈皇后非常不爽。陈皇后便将此事告诉了自己的母亲馆陶公主。

馆陶公主名刘嫖，是汉武帝刘彻的姑姑，汉景帝刘启的姐姐。刘嫖看重名利，当年她为汉武帝的上位，可以说是立下了汗马功劳，因此刘彻对他的这位姑姑很是敬重。

汉武帝的父亲汉景帝本来是要立皇长子刘荣为皇太子、刘彻为胶东王的。馆陶公主希望自己的女儿能成为皇后，就想把女儿嫁给尚未婚配的太子刘荣。汉景帝与刘荣生母栗姬商量此事，栗姬极力反对。栗姬是齐人，艳绝天下，曾经深受刘启的宠爱，为刘启生了三个儿子。现在栗姬年龄有些大了，刘启有些厌烦，而馆陶公主为了讨得当皇帝的弟弟的欢心，趁机给景帝四处寻找美女。心高气傲的栗姬因此非常讨厌这个大姑姐。最终，在栗姬的干预下，馆陶公主想将女儿嫁给太子的野心落空。

008

这让骄横的馆陶公主非常愤怒。一番计较后，馆陶公主就把女儿许配给了胶东王刘彻。刘彻的母亲是王娡，王娡一直深受栗姬的压制，为了反制栗姬，王娡与馆陶公主结成同盟，还把自己的女儿许配给了馆陶公主的儿子。这两人亲上加亲，同仇敌忾，发誓要扳倒栗姬，让刘彻当上太子。

刘嫖在不断给汉景帝输送美女的同时，也不断在刘启面前说刘彻的好话，挑拨景帝与太子的关系。刘嫖抓住了男人的弱点，汉景帝刘启对这个不断给自己贡献美女的姐姐很是信任。在刘嫖的挑拨下，刘启对太子的印象越来越坏，反之，对刘彻的印象越来越好。

刘嫖告诉刘启，栗姬经常让宫女们在背后用巫术诅咒皇帝喜爱的妃子，让她们得病或者马上死亡，以期自己受宠。刘启听了以后，便对栗姬有些愤恨。但是刘启是个念旧的人，栗姬当年刚入宫的时候，貌美如花，刘启对其很是喜爱，两人有过多年的恩爱时光，而且此事只是刘嫖的一面之词，刘启没有找到证据，因此刘启没有对栗姬下手，只是对栗姬越来越疏远了。

栗姬对于刘嫖的勾当，看得清清楚楚。然而，栗姬出身普通，是个直性子，不会钩心斗角，也没有博大的心胸，她心中积累了太多对馆陶公主和刘启的不满，她把这些不满和怨怼都堆在脸上，丝毫不会隐瞒。

半年后，刘启得病，栗姬来探望他。

刘启趁机试探栗姬，说："如果我死在你之前，我死之后，你要善待我的妃子和她们的儿子，不要让朕担心啊！"

栗姬看刘启都这样了，心里还只是挂念其他妃子，心里自然不爽，就一脸冰冷地说："皇上既然如此顾念他们，那就索性带他们一起走好了，何必把他们留在世上！"

刘启没想到，昔日的温柔美娇娘会说出如此恶毒的话，气得说不出话来，只得把栗姬赶走了。

刘启虽然当时没有发作,但是变得如此冷酷的栗姬,还是让他感到寒心。刘嫖得知此事,趁机在刘启面前说栗姬的坏话,说栗姬现在就是这个样子,等将来她儿子登基,必然会杀了其他妃子以及皇子。

刘嫖的不断煽动,终于起了作用。公元前150年夏四月乙巳日,王娡被立为皇后,同月丁巳日,王娡的儿子刘彻被立为太子,刘荣被废。

刘彻登基后,刘嫖的女儿陈氏成为皇后。这时的刘嫖也被皇帝加了封号,跟从窦太后的姓尊称为窦太主,并凭太后许可,享有在皇宫内驰道上行走的特权。刘嫖因此在朝中飞扬跋扈,无人敢惹。

当下刘嫖听说汉武帝因为卫子夫受孕,而对其无比宠溺,自己的女儿竟然受到了冷落,非常愤怒。她不敢直接对已经受孕的卫子夫动手,而是派人绑架了在建章宫任职的卫青,将其藏于城外的一处屋子里,打算杀了他,给卫子夫一个下马威。

卫青秉性仁厚,在建章宫很得人心,颇有几个好友。其中一个叫公孙敖的听说此事后,忙将此事告知了卫子夫。卫子夫一听就慌了,她在朝中无根无基,没人帮忙,也斗不过刘嫖。如果她贸然将此事告知武帝,馆陶公主弄不好会倒打一耙,说卫子夫诬陷好人。现在唯一的办法,就是把弟弟先救出来,再说其他。

公孙敖算是一条汉子,他二话没说,召集了几个昔日与卫青关系不错的好友,几个人皆是血气方刚的少年。他们设法打探到了馆陶公主藏匿卫青的地方,半夜时分翻墙进入院子,找到了关押卫青的屋子。他们打晕了看守,很顺利地就把卫青给救了出来。事已至此,卫子夫没有退路,当即带着卫青面见汉武帝,期望汉武帝能保护他们姐弟的安全。

汉武帝得知事情原委,大怒,他无法惩罚对自己有恩的姑母馆陶公主,只能以褒奖卫子夫的方法回击馆陶公主,安抚卫子夫。

汉武帝马上下旨,封卫子夫为夫人。在汉朝后宫,夫人的地位仅次于皇后，因此，卫子夫可谓因祸得福，一步登天。这还不算，汉武帝还下旨解除卫家人的奴婢身份，封卫子夫的哥哥卫长君为侍中，封卫青为建章监、侍中，不久又升任太中大夫，并奖励卫家黄金千金。搭救卫青性命的公孙敖，也受到了汉武帝的重用，从骑郎擢升为骑郎将。

卫家人从此离开了平阳府，进入长安，由家奴一跃成为长安城的新贵。

霍去病此时刚满五岁，他跟着母亲和姥姥一起，来到长安，住在舅舅卫青家中。少年霍去病第一次见到了长安的繁华，惊讶又欣喜，每日跟在卫青屁股后面，跟屁虫一般。卫青很是喜欢这个比自己小十多岁的外甥，只要不去建章宫做事，便带着他一起学习骑射。

卫青与公孙敖一起，拜了师父练习功夫。卫青和公孙敖跟着师父认真学习，霍去病也带着卫青给他做的小型弓箭和刀剑在旁边照着练习，一板一眼，很是认真。

闲暇的时候，卫青和公孙敖逗霍去病玩，让霍去病给他们表演翻跟头。汉时人人习武，霍去病年纪虽小，但是跟头已经翻得有模有样，翻了几个跟头后，卫青就给他一点他喜欢吃的甜食。卫青的甜食是他从三姐卫子夫那里拿的，宫里的吃食，自然非常好吃。

霍去病身手矫健，卫青看他是个练武的好材料，对他悉心教导。霍去病小小年纪，便对自己要求极为严格，这让卫青都觉得很惊讶。

卫青的长姐卫君孺嫁给了太仆公孙贺。霍去病的母亲卫少儿因为有霍去病，嫁人有些困难，只能与陈掌暗中来往。汉武帝得知后，下旨任命陈掌为詹事府詹事，让陈掌娶了卫少儿。

至此，霍去病一家人尽显赫，名动长安。时有歌谣为证："生男无喜，生女无怒，独不见卫子夫霸天下？"

3. 大汉危机

卫青是卫媪的私生子,其父为平阳县小吏郑季。少年时,卫青曾经跟随父亲生活过一段时间,在郑家,作为私生子的卫青深受郑季妻子以及郑季其他儿子的欺侮,住在羊圈一侧的草房里,吃剩饭,每天早出晚归,为郑家放羊。

草房冬天寒风刺骨,夏天蚊子成群,卫青在这样的屋子里一住四年,加上继母和同父异母的几个兄弟的欺负挖苦,作为私生子,他深刻体会到了人间的冷暖。这使得小小的卫青倍加珍惜别人的关怀和尊重,后来他从郑家回到平阳府,成了公主的骑奴,事事谨慎,能为他人考虑,因此深得公主喜欢。

在卫子夫得到汉武帝的宠幸,被汉武帝带到皇宫时,平阳公主为了卫青的前途,也忍痛割爱,把卫青推荐给了汉武帝。平阳公主当年有此举动,除了有让卫子夫在宫中能有个亲人做伴之外,最主要的就是觉得卫青为人果敢忠诚,有勇有谋,让他到皇帝身边,会有大出息。

卫青小小年纪,能得到长他近十岁的平阳公主如此器重,可见其才。

自经历馆陶公主欲杀卫青之事后,刘彻便关注起这位意气风发的少年,并与其做过一次长谈。

大汉帝国建立以后,面临着十分严峻的局面。经秦朝暴政和秦末多年战争的摧残,民不聊生,人口锐减,经济凋敝,故自汉高祖刘邦始,一直实行"无为而治"之国策,减轻赋税徭役,大力恢复发展生产,同时对周边的少数民族亦尽可能地施行安抚、和睦政策。对于对大汉威胁较大的北方匈奴与南方诸越(南越、闽越、东越),确定了"北和匈奴,南抚诸越"之策。

当然,汉高祖施行这种策略,是有一定的原因的。汉高祖立国之初,曾经雄心勃勃,根本不把横行草原的匈奴放在眼里。

此时的匈奴王冒顿单于,却是个厉害角色。

秦汉之际,冒顿单于杀死其父头曼单于,自立为单于,率部东击东胡,西攻月氏,南并楼烦、白羊,统一了匈奴各部,直接威胁到中国北部的统治。

汉高祖五年(前202年),刘邦称帝,大封诸侯,其中异姓诸侯王有七位,韩王信(战国时韩国襄王之庶孙,公子虮虱之子,非西汉开国名将韩信)获封国于颍川一带,定都阳翟。阳翟地处中原腹地,刘邦认为颍川乃兵家必争的战略重地,担心韩王信日后会对其构成威胁,便以防御匈奴为名,将韩王信封地迁至太原郡,以晋阳为都。

韩王信为了迎战匈奴,特意上表刘邦,说晋阳离边疆太远,不利于守御,请求将王都迁到更北方的马邑(今朔州),并得到了刘邦的批准。

韩王信是西汉的开国功臣,曾经屡立奇功,对北方匈奴,他并不放在眼里。来到马邑之后,韩王信积极备战,以逸待劳。然而,匈奴人的作战方式与当年韩王信与秦始皇的军队作战完全不同,匈奴人刁钻凶猛,战马来去如飞,韩王信的大军经常还没有准备好,匈奴的骑兵就杀到了,韩王信的军队与之多次交战,败多胜少。公元前201年秋季,冒顿单于亲率万余铁骑围攻马邑,韩王信久攻不破,只得派使者向匈奴求和。

刘邦怀疑韩王信暗通匈奴,致书责备韩王信。韩王信知道高祖的手段,担心被杀,索性投降了匈奴,并与匈奴一起挥师南下,攻下太原郡。

汉高祖大怒,亲率大军出征韩王信和匈奴。汉军进入太原郡后,连连取胜,韩王信的军队伤亡重大,其部下将领王喜被汉军杀死,韩王信率残部逃回匈奴。

冒顿单于派左、右贤王各带兵一万多骑与王黄等屯兵广武以南至晋阳一带，企图阻挡汉军北进。汉军在晋阳打败了韩王信与匈奴的联军，乘胜追至离石，再次击败了匈奴的联军。匈奴撤退，并再次在楼烦西北集结兵力，被汉骑兵部队击溃。

刘邦到达晋阳后，听说匈奴驻兵于代谷（今山西繁峙县至原平市一带），便派人侦察冒顿虚实。冒顿很狡猾，他为了让刘邦中计，将精锐士兵、肥壮牛马等隐藏起来，只显露出年老弱小的士兵和瘦弱的牲畜，刘邦派出的十余批信使，回来都说匈奴可以攻击，唯有刘敬劝刘邦慎重。刘邦大怒，命人用镣铐把刘敬拘禁起来押往广武县，准备凯旋后进行处罚。

刘邦率轻骑先到达平城（今山西大同市），此时汉朝大军还未完全赶到。冒顿单于在白登山设下埋伏。刘邦率先锋兵马一进入包围圈，冒顿单于便指挥四十万匈奴大军，将刘邦的兵马围困了起来。刘邦发现被围，组织突围，经过几次激烈战斗，也没有突围出去。双方一直相持不下。此时正值隆冬季节，风雪交加，汉军士兵中被冻掉手指头的就有十之二三。匈奴围困了七天七夜，没有攻破汉军的防御，汉军也无法突围出来。

汉军的辎重粮草被分割在包围圈外，刘邦的军队只带了几天的口粮，七天后，汉军的粮食已经告罄，饥寒交迫，汉军危在旦夕。陈平看到冒顿单于对新娶的阏氏十分宠爱，朝夕不离，这次在山下扎营，也经常和阏氏一起骑马出出进进，浅笑低语，情深意笃，于是向刘邦献计，想从阏氏身上打主意。刘邦采用陈平之计，派遣使臣趁雾下山，向阏氏献上了许多金银珠宝，让阏氏设法帮助刘邦。

阏氏得了珠宝，就对冒顿单于说："军中得到消息说，汉朝有几十万大军前来救援，只怕明天就会赶到了。"

单于不相信，说："没有这种事。大汉军马集结，也需要一个月，等他们赶到这里，还需要一个月，有这两个月时间，这些汉军早就变成了我的刀下之鬼！"

阏氏说："汉、匈是两个紧邻的国家，两主不应该互相逼迫太甚，现在汉朝皇帝被困在山上，汉人自然会拼命相救。就算你打败了他们，夺取了他们的城池，也可能会因水土不服，无法长住。万一灭不了汉帝，等救兵一到，内外夹攻，那样我们就不能共享安乐了。"

冒顿单于知道大汉的强大，更知道匈奴是无法与大汉全面抗衡的，何况此番两军苦战，让匈奴也损失不少，因此他考虑了一会儿，便问阏氏："那我该怎么办呢？"

阏氏说："汉帝被围了七天，军中没有什么慌乱，想必是有神灵在相助，虽有危险，但最终会平安无事的。你又何必违背天命，非得将他赶尽杀绝呢？不如放他一条生路，以免以后有什么灾难降临到咱们头上。"

冒顿单于与韩王信的部下王黄、赵利约定了会师的日期，但他们的军队没有按时前来，冒顿害怕他们同汉军勾结，对自己来一个反包围，就采纳了阏氏的建议，打开包围圈的一角，让汉军逃出。

白登之围后，刘邦为了休养生息，采纳刘敬的建议，以宗室女为公主，嫁给冒顿单于，并赠送大量的财物作为陪嫁。此外，刘邦与冒顿单于约定"长城以北，引弓之国，受命单于；长城以内，冠带之室，朕亦制之。使万民耕织射猎衣食，父子无离，臣主相安，俱无暴逆"。汉与匈奴约为兄弟，汉朝每年送给匈奴大批棉絮、丝绸、粮食、酒等。两国的关系得到暂时的缓和。

此后，汉朝与匈奴开始了长达八十多年的和亲。从汉高祖刘邦始，到汉武帝时期，西汉与匈奴和亲十次，西汉除了每年送给匈奴财物之外，每次和亲更是要陪送大批的金银粮食等物。

和亲是无奈之举，是妥协的产物。西汉朝廷企图通过这种屈辱的做法换取匈奴的仁慈，让他们停止对大汉的侵扰，然而，西汉的努力却没有换来匈奴的尊重。自吕后六年（前182年）到元朔五年（前124年）卫青在河套地区击败右贤王为止，匈奴大规模侵扰汉朝二十九次，平均两年就有一次，每次投入兵力从三万骑到二十万骑之间。涉及地区有陇西、朔方、云中、定襄、代郡、上谷、渔阳等地，匈奴人所到之处，烧杀抢掠，无恶不作。

汉文帝十四年（前166年），匈奴十四万军队入侵北地郡，占领了朝那、萧关、彭阳，杀死了北地都尉，杀死百姓无数，上万百姓以及无数牲畜粮食被掳走。之后，匈奴大军继续扩大劫掠范围，汉文帝急派大军驱逐，匈奴军队却对屡战屡败的汉军视若无睹，一直在附近劫掠了一个多月方才离去。

匈奴如此张狂，汉廷无力应对，只能继续屈辱的和亲之策。

刘彻痛心地说："匈奴对我大汉百姓的罪恶何止于此！他们对我大汉戍边官员威逼利诱，曾有代相陈豨勾结匈奴自立为代王，燕王卢绾率数千人投匈奴，被匈奴封为东胡卢王，校尉被杀或者投靠匈奴者，更是数不胜数。匈奴之恶，不只让历代先王坐卧不宁，更让无数百姓家破人亡、妻离子散，匈奴不破，大汉不宁啊。"

卫青拱手："皇上若用卫青杀敌，卫青万死不辞！"

刘彻点头，说："卫大夫少年英勇，有勇有谋，朕望卫大夫能多习兵法，精进武艺，以为大汉效力。"

4. 聂壹献计

为了对付匈奴，大汉王朝走了两步棋。第一步是和亲，用汉朝的金银财宝和女人，对匈奴加以约束，使之不至于与大汉翻脸；第二步便是休养生息，发展经济和军力。

第一章 卫家往事

汉武帝之前，汉朝军队主要由步兵、车兵、骑兵和水军组成，步兵占大部分，车兵和骑兵比例差不多。匈奴人善骑射，来去如飞，步兵在匈奴人的铁骑面前，根本不值一提。车兵适合中原鏖战，列阵杀敌，与匈奴人作战，过于笨重。能与匈奴一战的，唯有骑兵。骑兵中最重要的，当然是战马。然而，这却是大汉的短板。中原百姓喜欢养牛，牛能拉车，也能耕地，养马的少，与匈奴人相比，更是天差地别。

为了补上这块短板，西汉朝廷一直努力推广各种养马方式。朝廷鼓励民间养马，百姓向官府提供良马一匹，可以免除三人一年的赋税和徭役。政府为百姓免费提供母马，母马下了马驹后，按照"百姓三、官府一"的比例分配。这极大地调动了百姓养马的积极性，几年时间，"众庶街巷有马，阡陌之间成群，而乘字牝者傧而不得与聚会"，民间养马蔚然成风。在鼓励民间养马的同时，西汉朝廷重点利用朝廷之力，养殖马匹。在西起甘肃，北至内蒙古、山西北部，向东北至辽宁的广大区域内，建成了一个规模庞大的养马体系，陆续开办了数十个大型军马场。为了获得优质马匹，朝廷从乌孙、康居等西域国家优选马种，用来改良体形矮小、速度慢、不灵活还不耐饥寒的中原马。

马匹有了，对于骑兵的训练，也提上了日程。

汉武帝为了应对匈奴的战术，改革兵制，创置了北军八校尉。其中越骑校尉、长水校尉、胡骑校尉、屯骑校尉半数都是骑兵。不常置的胡骑校尉，少数民族所占比例高达三分之二。统率汉人骑士的屯骑校尉，则是骑兵部队的核心，也是后来为光武帝刘秀建立东汉王朝的突骑前身。在加强骑兵训练的同时，建立了由两千战死沙场的将士后裔精心训练组成的建章营骑。

汉武帝看到卫青是可造之才，便下旨将建章营骑交给卫青进行严格的训练，以待有朝一日作为先锋进攻匈奴。

朝中大臣，对于是继续维持和亲还是进攻匈奴，争执不下。大行令王恢，是为数不多的支持汉武帝反击匈奴的大臣之一。王恢乃燕人，原为边吏，熟悉胡事，所任大行令为九卿之一，主掌民族、外交事务，一贯认为匈奴人素无诚信，常常背约，与之和亲不如举兵击之。此外王恢与韩安国同时出兵征讨闽越，功劳却被韩安国窃取，韩安国擢升御史大夫，王恢没有得到任何封赏，很是不服，他迫切希望汉朝与匈奴开战，以便他从中立功封侯，超过韩安国。

机会终于来了。

大行令王恢巡察边地到达雁门郡马邑县时，当地豪强兼大商人聂壹前来拜见。王恢之前听说过此人，得知聂壹来往于汉匈之间，做一些马匹和皮货生意。王恢不愿意与这些商人交往，不想见，因此让下人告诉聂壹，说他不舒服，不见外客。

让他没有想到的是，第二天，聂壹又来了。这次他让人转告王恢，说他有关于匈奴的重要情报，要向王大人汇报。

王恢听说是关于匈奴的情报，顿时来了精神，让人把聂壹请了进来。

出乎王恢所料，这个聂壹相貌堂堂，穿着打扮倒像个书生，不似他平时所见的那些油滑商人。

聂壹看到王恢，忙拱手："草民王恢见过王大人。"

王恢示意聂壹在一边的椅子上坐下，说："你说有匈奴的重要情报，是什么情报啊？"

聂壹拱手说："请大人恕罪，草民并无匈奴情报。听说大人想跟匈奴决战，草民求见大人，是向大人献计的。"

王恢生气了："你一个生意人，会有什么好计策？！你好好做你的生意吧。别像一些生意人，明里是做买卖，暗地却做了匈奴人的奸细，出卖大汉百姓。你是马邑富豪，安居方可乐业，才能有钱赚。生意人赚钱是本分，但是如果赚的是出卖乡亲父老之财，终有一天，会得到惩罚的。"

匈奴人经常利用一些在汉匈之间做生意的人，向他们套取情报，因此王恢对生意人并不很信任。何况这些生意人为了赚钱，经常暗中将官府禁运的铁和盐偷偷运到塞外，卖给匈奴人，以赚取利润。王恢早就知道，这个聂壹就是通过偷运盐铁而发财的。他对匈奴的贡献巨大，据说可以见到匈奴单于，这样的人，怎敢相信？

聂壹听王恢这么说，害怕了，屁股离开坐具，扑通跪下了："王大人，你可冤枉草民了。草民是做了一些违禁的生意，也因此发了一些小财，但是草民曾经无数次看到匈奴人行凶，草民的亲人故友多有死于匈奴人刀下者，因此草民即便能在匈奴人那里赚一些钱财，也从来都没有忘记匈奴对大汉百姓犯下的罪行！每次草民去匈奴，回来都会把所见所知告知马邑县令，马邑百姓也因此躲过了两次匈奴人的劫掠，大人不信，可问县令大人！"

王恢听聂壹这么说，知道他所说的应该是真的，否则他不敢让自己去问县令，于是王恢说道："本官权且信你。起来吧，你说说，有什么计策，可以击败匈奴。"

聂壹站起来，躬身说："北地今年大旱，牧草不长，匈奴人缺吃少粮，早就觊觎关内的粮了。此番马邑又运来了这么多的粮草和兵器，匈奴人在马邑的眼线早就把此事传给了匈奴单于，匈奴单于现在正等待时机，进攻马邑。草民认识单于身边的人，也见过单于。草民愿意去见单于，告诉他我在马邑给匈奴做内应，杀了县令，大开城门。曾经有商人为了钱当过单于的内线，此番草民也是以讨赏的名义去见单于，单于必然相信。到那时候，将军率大军预先埋伏，等单于大军进来，来一个瓮中捉鳖，岂不快哉！"

王恢虽然觉得这个聂壹说得有道理，但是这么大的事儿，却也不敢相信他。

王恢打发聂壹走了之后，让人把马邑县令叫来，商量此事。县令告诉王恢，这个聂壹为人耿直，在马邑很有声誉。并且确如他所说，他每次

从匈奴那儿做生意回来后,都会把匈奴那边的情况向他汇报一下,马邑根据聂壹的情报做应对之策,这些年躲过了好多次匈奴的袭击。

王恢有些心动了。之后,他又把聂壹和县令叫到一起商量了几次,确定了行动方案后,王恢回到长安,向刘彻禀奏了聂壹的计谋。

刘彻仔细询问了王恢的计划,一番谋划后,决定配合聂壹,对匈奴用兵。

刘彻任卫尉李广为骁骑将军、太仆公孙贺为轻车将军、大行令王恢为将屯将军、太中大夫李息为材官将军、御史大夫韩安国为护军将军,四将皆从属韩安国。韩安国率三十万大军埋伏于马邑城旁的山谷中,等待军臣单于进入伏击圈,将其一举歼灭。

王恢回到马邑,召见县令和聂壹,按照原计划马上开始行动。

聂壹马上带着自己的马队,拉着货物,进入匈奴。军臣单于得知马邑进来了大批的粮草武器,正心痒难受,听说聂壹来到,马上派人将其带到面前。

聂壹见礼后,军臣单于单刀直入,说:"听说汉朝廷又给马邑送来了大批的粮草?"

聂壹说:"聂壹正想向大单于禀告此事。朝廷确实给马邑送来了粮草和武器,不知道大单于对于这些东西是否感兴趣。要是大单于想要这些东西,聂壹倒有一计。"

大单于哦了一声,说:"什么计谋?赶紧说。"

聂壹说:"我聂壹在马邑,是第一富豪,做的就是汉匈之间的贸易,贸易之中,盐和铁是最赚钱的,这个所有人都知道。哪个做生意的不是靠这两样赚点钱呢?我聂壹做生意,正常缴税,货物来源合法,县令理应正常给我开具关市文书,但是这新来的县令,不知听了谁的坏话,对我聂壹百般刁难,我派人送的金子他都不收,上次我好不容易弄到了一车盐巴,被县令知道了,派人把一车盐巴都没收了,还罚了我五万钱!现在我弄点货,都不敢从马邑出关了,要派人带着货物从武州(今山西左云)出关,然后会合,才能赶往大单于这里出售。不瞒大单于,我聂壹早就做好了准备,要杀了这个县令!不过我没想好,杀了这个县令之后,我聂壹怎么办,今天看到大单于,我有办法了。"

军臣单于问:"什么办法?"

聂壹说:"我要为大单于立功,这样大单于不仅会收留我,还会给我奖赏。杀了马邑县令之后,我带着一家人跟随大单于生活,还怕什么呢?!"

军臣单于说:"你杀了马邑县令,跟我有什么关系?"

聂壹拱手说:"尊敬的大单于,这个跟你的关系可大了。你刚才说到了马邑新到的粮草和武器,我要杀了马邑县令,这两件事何不合为一件事呢?只要大单于同意我杀了县令之后,让我聂壹投奔大单于,那我马上回到马邑,带人冲进县衙,杀了县令。大单于则率大军埋伏于城外,等我带人打开城门,恭迎单于大军进城。到那时候,马邑的武器和粮草,不就都成了大单于的了吗?"

军臣单于点了点头,说:"此计甚好,待我与众将商量一下,再做答复。"

5. 马邑事件

经过一番商量,军臣单于同意了聂壹的计划,不过为了监视聂壹,军臣单于以派助手为名,派了两名匈奴人跟着聂壹一起回到了马邑。随后,

军臣单于组织了十万大军来到了武州要塞外扎营,等候两人的回音。

聂壹回到马邑,马上组织了家中的伙计以及保镖,准备冲击县衙。马邑县令早就与聂壹做好了准备,到约定的那天晚上,县令让人把一个死刑犯打晕,穿着县令的衣服,放在了县衙后堂。

聂壹的人和单于的两名军士一起冲进县衙,吓得县衙里的人一哄而散。众人冲进后堂,把躺在床上的死刑犯砍下了脑袋,挂在城门上。单于的两名军士打马出城,将马邑县令被杀的事向军臣单于做了汇报。

军臣单于大喜,下令大军开拔。十万大军朝着马邑疾行。

大军在朔州盆地行进了一会儿,军士看到两边的草地上有很多牛羊,想要去抢。这本来是匈奴人的正常行为,但是军臣单于下达命令,沿途遇到的所有物品,皆不可劫掠,耽误行军是其一,其二是打扰了百姓。这些老百姓很有意思,你不抢他们的东西,他们只会马上赶着牛羊离开,你如果抢了他们的牛羊,他们就会去报告官府。

军臣单于旁边的大将却告诉他,这些牛羊都在不远处的草地上吃草,没有人管它们。这一路上,有不少牛羊,往日行军看到的百姓慌忙赶着牛羊离开的场面,今日完全都没有看到。

将军的这句话,引起了军臣单于的警觉。关外的这些老百姓,向来非常警觉,老远看到匈奴的大军,就会赶紧赶着牛羊躲进山里,这次怎么就没人管了呢?

军臣单于命令大军停下,让将军带几个人去不远处的羊群看看,找个人问问。

将军带着几个手下过去,一直跑到羊群中,也没有看到人。将军觉得不可思议,又拍马跑到远处的牛群找人,也没有找到人。

将军回来,把此事向军臣单于汇报,军臣单于觉得这里面肯定有问题。他让将军带着一队人马,去进攻不远处的一个汉军堡垒。

将军得令,带着一百多人,冲向了七八里外的一处小堡垒。汉军的这处堡垒,只有七八个士兵,他们看到一百多名凶神恶煞般的匈奴骑兵攻来,吓得四散而逃。凑巧的是,一名雁门郡的尉史正在堡垒逗留,尉史看到匈奴骑兵攻来,也忙跑出堡垒。匈奴将军见这名尉史穿着鲜亮,不是普通士兵,就把他抓住,带到了军臣单于身边。

尉史看到匈奴的铁骑和闪着寒光的弯刀,吓得腿都软了。

军臣单于问他,为什么路边只见牛羊,不见放牧的百姓。

尉史说不知道。

旁边的将军恼了,抽出大刀要杀人,尉史害怕了,把汉军的计划和盘托出。

听说汉廷在马邑城外的山谷中埋伏了三十万大军,准备来个瓮中捉鳖,军臣单于吓得目瞪口呆,愣了好一会儿,才大骂聂壹:"聂壹啊!我待你不薄,你何苦如此狠毒!你要是落在我手里,定要让你生不如死!"

军臣单于看着面前吓得乱哆嗦的尉史,说:"我能得到你,真是上天助我也!让我匈奴大军不至于丧命于此!"

为了表示对尉史的感谢,军臣单于封尉史为"天王",然后下令撤军。

韩安国率诸将与三十万大军埋伏于山谷中,等着匈奴大军进入伏击圈,等了大半天,一直等到了傍晚,也没有等到匈奴大军。韩安国正着急,县令派人来报信,说他接到外面堡垒里将士的情报,匈奴大军撤回去了。

韩安国急了,连忙率领大军追击。他们一直追到半夜,也没有见到匈奴大军的影子,只得撤退。

王恢率三万大军早早出城,埋伏在半路,准备截住匈奴大军的辎重。匈奴大军撤退,王恢派出的哨探见之,忙向王恢汇报。

王恢得知军臣单于率十万主力回撤,知道自己若率军出战,必然大败。权衡之后,王恢率军撤回城中,没敢拦截匈奴大军。

汉武帝刘彻对此战寄予厚望,且几十万大军经过几个月的调动,朝野皆大瞪着眼睛盯着此事,最终却无功而返。汉武帝震怒,诏令廷尉审讯王恢，王恢辩解此举是为保全三万将士性命，廷尉认定王恢犯有畏敌不进之罪，应予斩首。

王恢在狱中托人给家人送信，让家人给丞相田蚡送上千金，央求田蚡为其说情。

田蚡与王太后是同母异父的姐弟，论起来，汉武帝得叫他舅舅。

田蚡收了王恢的钱后，却不敢直接去找汉武帝，而是先去找姐姐王太后，对王太后说："太后，王恢征讨闽越，可是立了大功的。马邑之谋失败，错在郡守行事不精，尉史被抓，军情泄露。王恢的大军本来是要半途截住运送辎重的匈奴军队，但他们三万军队，根本不是匈奴十万大军的对手，王恢出战，必然大败，且于事无补。臣以为王恢将军说得对，他没有对匈奴大军发起进攻，是不想三万将士白白牺牲。太后，臣以为王恢有罪，却罪不至死啊。"

王太后想了想，说："我去跟皇上说一说，不过最终还是要皇上裁定此事。"

田蚡拱手："田蚡替王大人谢过太后。"

太后找到刘彻，把田蚡的话说与刘彻。

刘彻说："不可。马邑之谋，发自王恢，朕与百官谋划月余，发天下军马数十万，朝野皆知。大夫百姓皆对此役寄予厚望，此事却毁于一个尉史之手，三十万大军白白忙碌了几个月，一箭未发，岂不让天下人笑话?! 朕气的是，王恢身为国家重臣，怎么就不肯为朝廷想一想？纵使单于不可得，亦应迂回攻其辎重，以慰朝廷士大夫之心！何况韩安国率三十万将士就在马邑，他若率部与匈奴决战，韩安国必率部增援，匈奴必然溃败！今日如此局势，罪在王恢！朕不诛恢，无以谢天下，无法给后来征匈将士做一个表率！"

王太后将刘彻的话告诉田蚡，田蚡又将此话告知王恢的家人。王恢听闻，知道刘彻这是要拿自己做替罪羊了，无路可走，犹豫了三天后，便割喉自尽。

聂壹听说了王恢的下场，知道刘彻是个狠人，怕他对自己下手，连忙带着家人跑了。

马邑之谋虽未成事，却断绝了大汉与匈奴之间的和亲之路，从此双方撕破了脸皮，开始进入赤裸裸的战争状态。

6. 匈奴往昔

西汉朝廷的马邑之谋，把一向自大的匈奴人吓得不轻。他们被吓醒了，也终于明白，汉朝皇帝表面上对他们温良恭让，其实背地里早就磨刀霍霍，恨不能凌迟了他们。

匈奴人强盛不过百年。军臣单于的爷爷冒顿单于还曾经因为匈奴不敌月氏，被其父头曼单于送给月氏人当人质。

冒顿是头曼单于的长子，头曼喜欢阏氏为其生的小儿子，阴谋借月氏之手将之除掉。因此冒顿刚被送到月氏，头曼就率大军迅疾进攻月氏。月氏人大怒，说头曼单于不讲信用，要杀冒顿。此时冒顿已经明白了其父的用心，趁月氏人不注意，偷了月氏一匹好马，逃回了匈奴。冒顿的英勇，让头曼单于很是感动，打消了杀掉这个儿子的想法，授其为"万骑长"。有了军队的冒顿为洗雪前耻，刻苦练习骑射。

冒顿制造了一种响箭，训练部下骑马射箭，下令说："凡是我的响箭所射的目标，谁不跟着我全力去射击它，即刻斩首。"

首先，冒顿射猎鸟兽，他的手下有人不当回事，不跟着射击，冒顿竟然真的下令将他们杀了。

冒顿的手下害怕了。此后,冒顿朝哪儿射箭,他的手下也赶紧跟着朝哪儿射。

不久,冒顿以响箭射杀自己的爱马。手下人觉得疑惑,有人跟着射箭,也有人怕射错了,没有跟着射箭,冒顿也立即杀了他们。

过了些日子,冒顿又用响箭射自己心爱的妻子。这次他旁边的人又有人觉得不可思议,没有跟着射箭,冒顿没有食言,又把不跟着射箭的人杀了。

经过这几次事件之后,冒顿的手下铁了心,不管冒顿朝哪儿射箭,他们也都跟着射箭。

过了几天,冒顿出去打猎,突然用响箭射箭头曼单于的马,冒顿的手下不敢怠慢,也跟着齐射,冒顿看着他们,微微笑了。他知道,他的目的即将达到。

年底,冒顿跟着父亲头曼单于去打猎。冒顿故意引着父亲远离他的护卫,然后用响箭朝着父亲射击,冒顿身边的人习惯性地张弓搭箭,把头曼单于射成了一个刺猬。

冒顿一不做二不休,率人杀回头曼单于住处,把头曼单于的阏氏以及弟弟全部杀掉。冒顿率军队迅速控制住了局面,把不服从他的大臣全部杀死,自立为单于。

匈奴毗邻的东胡部落比匈奴强大,部落首领听说冒顿杀父自立,决定先礼后兵,找个理由消灭匈奴。他们派使者告诉冒顿,想得到头曼的千里马。

冒顿问群臣,群臣都说千里马是匈奴的宝马,不能给。

冒顿说东胡是他们的友邻,不能为了一匹马得罪邻邦,就把千里马送给了东胡。

东胡以为冒顿怕他,就派使者再次找到冒顿,说想要单于的妃子。

冒顿又询问左右之臣，左右大臣愤怒，都说东胡太欺负人，纷纷请求出兵进攻东胡。

冒顿却依然很平静，说不可以为了一个女人得罪邻国。就把自己最喜爱的妃子送给了东胡。

东胡王看到冒顿如此软弱，觉得冒顿相比其父亲，简直就是一个软柿子，因此对匈奴的态度越来越骄横。

东胡与匈奴之间有一块空地，没人居住，这地方有一千多里，双方都在这空地的两边修建哨所。东胡王觉得冒顿既然可以把阏氏送给他，这块荒芜之地应该没有问题，就派人对冒顿说："匈奴同我们东胡交界的哨所之间的那块空地，没人居住，也没人放牧，你们干脆就把那块空地让给我们东胡吧。"

冒顿征求群臣意见，有的大臣觉得冒顿会选择把那块空地送给东胡，就主张说那块空地是块闲地，不如送给东胡。当然，也有大臣说不能给他们，东胡人贪得无厌，把这块地给了他们，他们还会要别的地方。主张奉送和主张拒绝的大臣，在朝堂上吵了起来。

冒顿愤怒了，他拍了桌子，喊道："土地，是国家的根本，怎可轻易给人?!"

冒顿下令将主张把空地送给东胡人的大臣杀了，马上召集大军，杀向东胡。

其实，冒顿早就暗中做好了准备。他前几次答应东胡王的要求，不过是为了麻痹东胡王。此番愤怒的匈奴大军排山倒海而来，东胡一点准备都没有，仓促应战，兵败如山倒。匈奴大军击败东胡主力后，在东胡境内驰骋拼杀，大股东胡军队被击溃，小股军队望风而降。冒顿一战击败东胡，控制了东胡所有的土地，杀了东胡王。

此后冒顿又乘胜发兵，向西驱走月氏，向南吞并楼烦，收复了被秦国蒙恬夺取的匈奴领地，占领了秦朝北部的部分地区，经过一系列的大征伐，草原各族无不臣服于匈奴，至此，冒顿雄踞大漠南北，直接威胁中原。

冒顿又征服了北方的浑庾、屈射、丁零、鬲昆、薪犁诸国。至此，匈奴帝国疆域十分广阔，疆域最东达到辽河流域，最西达到葱岭（现帕米尔高原），南达秦长城，北抵贝加尔湖。

西汉夺取天下后，冒顿与西汉为敌，汉高祖刘邦率大军征战匈奴，陷入白登之围，一战打掉了汉朝的锐气。此后，汉高祖开始了屈辱的长达八十多年的和亲之策。

冒顿之孙军臣单于是个狠人，他即位后，起兵大举南下，掠夺了大量人口、财富，汉朝的报警烽火一度烧到甘泉宫（长安皇帝行宫）。西汉景帝即位后，吴楚等七国叛乱，并联合匈奴，准备攻入长安。幸亏汉景帝将吴楚等诸侯的叛乱迅速平息，让军臣单于最终放弃了进攻的计划。

随后汉景帝送给匈奴财宝、美女，继续实行和亲政策，此后匈奴收敛了一段时间，直至汉武帝初期，军臣单于再次对西汉边塞地区开始了袭扰。

军臣单于没有想到，汉武帝竟然与前几任皇帝不一样，不想当缩头乌龟，想直接跟他干仗了。军臣单于从马邑回到单于庭后，本来打算再整旗鼓，南下劫掠，孰料自己家的后院却起火了。

匈奴除了大单于坐镇王庭之外，实行左右分治。左贤王、左谷蠡王、左大将管理东方；右贤王、右谷蠡王、右大将管理西方。按照以往规矩，左贤王一般由太子兼任，此时的左贤王便是军臣单于的儿子於单，左谷蠡王伊稚斜是军臣单于的弟弟，本应协助太子，但他却屡造事端，压制太子。太子於单迥异于父亲，善良宽容，伊稚斜因此屡屡在匈奴贵族中放话，说太子过于软弱，难堪大用。太子因此与叔叔伊稚斜多次发生争执，却皆处于下风。

军臣单于很是恼火，想削弱伊稚斜的势力，让太子在争执中占上风。早就觊觎王位的伊稚斜怎肯罢休？他发动匈奴中的部分贵族长老从中作梗，使得军臣单于的计划没有成功。

如此三年后，太子与伊稚斜的争执趋于缓和，军臣单于才再次派大军侵袭西汉上谷郡（今河北怀来）。西汉朝廷早就做好了准备，汉武帝调兵遣将，迎接来犯之敌。

7. 卫青出征

这一年，霍去病刚过十岁，跟着舅舅卫青练习武艺已经三年，一把木刀耍得有模有样。他早就知道，舅舅卫青这些年一直在训练骑兵，准备迎击匈奴。他从舅舅那儿听到匈奴人侵边的消息后，就央求舅舅带着他，给他一把真正的大刀，他要去杀匈奴人，保卫边疆。

此时的卫青还从未参加过战争，更没有统领过军队，只是在上林苑训练建章营。他向汉武帝请示，想要率领他训练的上林苑勇士参战。刘彻这几日正与文武百官商量如何应敌，没有回复卫青。

卫青三番五次请求参战，刘彻对卫青说："自高祖开国至今，大汉与匈奴大小不下百战。然，除了李广尝有胜绩外，其他皆以失败告终。这八十多年来，朝廷奉行的都是防御之术，少有主动出征。前番马邑之谋未成，却也算是汉匈之间撕破了脸皮。朝廷是否要对匈奴开战，百官看法不一，上次的马邑之谋，让朕是丢尽了脸，朕因此要杀王恢。此次是朕第二次发兵征战匈奴，如果此番再失败，朕丢了脸不说，大汉必然要赔匈奴一笔银子。战败的将军，朕也不得不杀，望你三思。"

卫青拱手："皇上，臣这条命就是为了大汉而活，为了讨伐匈奴而活。

如果出征失败，微臣愿意以死谢罪！"

刘彻点头，说："朕平日跟你聊了一些征战匈奴之事，也有意让你出战匈奴，朕望你大胜而归，为大汉朝廷立威！"

卫青拱手："皇上放心，卫青定当努力杀敌，让匈奴人知道，现在的大汉已经不是当年的大汉了！"

刘彻经过一番犹豫后，终于打定主意，派出四路大军分头出发，进击匈奴。

第一路是卫青，刘彻封太中大夫卫青为车骑将军，率一万大军从上谷郡出发，寻匈奴军队决战；第二路太仆公孙贺为轻车将军，率一万大军从云中郡（今内蒙古托克托县）出发，进击匈奴；第三路是骁骑将军李广，率一万大军从雁门郡出发；第四路是骑将军公孙敖，也率大军一万，从代郡（今河北蔚县）出发。四路人马互不统制，各自为战，凭战功领赏。

四路大军中，卫青和公孙敖都是第一次参加实战，公孙贺是卫青的大姐夫，少年从军，多次立功，有一定的实战经验。四人中，唯有骁骑将军李广是一名经验丰富的老将，多次击败匈奴，也最了解匈奴。

汉武帝的四路大军进击匈奴，有试探的意思，也有很多无奈。匈奴人是生长在马背上的民族，往来如飞，行踪不定，想找他们决战，非常不易，派出的军队越多，遇到匈奴军队的可能性就越大。

骁骑将军李广率部出了雁门郡不久，便遇到了匈奴主力。

匈奴大军有四万人，个个凶猛，精于骑射。他们看到李广，乐了。因为这个李广曾数次与匈奴人决战，胜多负少，匈奴人最忌讳的就是他。然而，这次这个骁骑将军只带了一万骑兵，这不是来送死的吗？匈奴将军一声令下，匈奴大军万箭齐发，李广的军队躲避不及，死伤过半。李广退无可退，又无险可守，只得带着大军杀进匈奴军中。

李广勇冠三军，箭无虚发，手中一柄大刀，更是人见人怕，鬼见鬼愁。李广的大军眼见没有退路，只能死战。匈奴屡次侵犯边境，杀人无数,汉军将士早就对他们恨之入骨,故此人人奋勇,视死如归。

匈奴军队最忌讳的汉军将领便是李广,当下眼见李广插翅难飞,非常兴奋,誓要活捉李广,将之献给大单于。

双方皆不相让,刀枪如林,血肉横飞。激战一天,直杀得天地皆红,日月无光。李广眼见自己身边的人越来越少,想带着最后一点精锐杀出重围,却被匈奴人死死地咬住,不肯放松。最后,大汉一万勇士皆横尸沙场,李广身负重伤,被匈奴人活捉。

匈奴将军看到浑身血肉模糊的李广,心满意足。他让人拿出一个牛皮绳做的网兜,把网兜固定在两匹马之间,然后把李广放在了网兜里。整个过程中,李广闭眼装死,一言不发。匈奴人骑马飞奔,准备回去向军臣单于领功请赏。

跑了一会儿之后,李广突然从网兜里一跃而起,把旁边一个骑马的匈奴人推下马,同时伸手摘下了这名匈奴兵背在背上的弓箭。匈奴兵落马,李广骑上他的战马,拽下网兜,打马掉头,一路疾驰。

匈奴人反应过来,忙掉转马头追上来。李广的箭法那是百步穿杨,即便是跟善于骑射的匈奴射雕勇士相比,也毫不逊色。李广一边打马奔驰,一边弯弓搭箭,掉头射杀追击的匈奴人,箭无虚发。

李广竟然就这样逃脱了匈奴人的追杀,回到了雁门郡。

李广的这次惊险逃脱,让匈奴人非常折服,称其为"汉之飞将军"。

公孙敖大军在李广之后,也遭遇到了匈奴军。匈奴军有三万之众,公孙敖没有李广的勇气,不敢与匈奴军硬碰硬,便带着大军边战边撤,以撤为主,在损失了七千将士后,剩下三千将士撤回了西汉边境之内。

公孙贺率大军出云中郡,在茫茫戈壁滩转悠了十多天,一个匈奴人也没有遇到,因为没有找到水源,饮水出现了短缺,他们不敢再耽搁下去,只得返回。

卫青出兵的上谷郡,是这次匈奴人进攻的重点。在郡城外,卫青带着一万骑兵以及运送辎重的步兵、民夫，看到了被匈奴人毁坏的牧民的房屋和被杀的牧民。看着这幕惨绝人寰的人间惨相，卫青以及众将士皆发誓，一定要让匈奴人血债血偿，为众多无辜被杀的百姓报仇。

卫青这次出征，特意向汉武帝请求，带上了好友韩说，并将其任命为军中校尉。韩说为昔日投降匈奴的韩王信的曾孙。韩王信投降匈奴二十年后，韩王信的儿子韩颓当又向西汉投诚，被封为"弓高侯"，韩说便是韩颓当的后人。韩说做事不够果断，却很有谋略，深受卫青器重。

卫青率大军在茫茫草原上寻找匈奴大军决战，找了多日，却连匈奴人的影子都没找到，这让卫青非常失望。

晚上，大军驻扎在草原上，卫青安排好岗哨和防卫后，与韩说商量，如果一直找不到匈奴大军，他们该怎么办。

韩说建议撤军，认为他们已经在草原上转悠五六天了，没有找到匈奴大军，说明匈奴大军已经不在这附近，茫茫草原，他们到哪里寻找匈奴大军？再说了，草原上缺乏水源，要是跑得太远，孤军深入，他们又找不到水源，这一万骑兵和几千名运送辎重粮草的步兵和民夫没有水喝，那麻烦就大了。

卫青摇了摇头，说："皇上决意与匈奴决战，反对的大臣不少。马邑之谋无功而返，已经让皇上大失颜面。此番如果我等再无功而返，皇上怪罪不说，还会让皇上失去征战匈奴之决心。"

韩说点头，问："卫将军，我等皆有杀敌之心，可是即便如此，找不到匈奴大军，我等如何为国建功？"

卫青说："匈奴军找不到，是因为匈奴军没有固定之地。既然大军找不到，我等何不寻找匈奴人固定的地方，向这些地方发起进攻呢？"

韩说一愣："卫将军，您是想向匈奴人的营地发起进攻吗？"

卫青摇头，说："我记得你曾经跟我说起龙城，说它是匈奴一个很重要的地方，我们向这里发起进攻，如何？"

韩说摇头，说："不可，龙城是匈奴人祭天的地方，我只是听我爷爷说起过，很多匈奴贵族居住在那里。别说我从来没去过，即便去过一两次，我也找不到去龙城的路。何况龙城在匈奴腹地，我只知道大体方向，具体地址在哪里，我根本就不知道。"

卫青笑了笑，说："知道大体方向就可以了。行军打仗，讲究出其不意，匈奴人肯定不会想到我们大军会直奔龙城，这正是我等杀敌立功的好机会！"

8. 赏与罚

第二日，卫青率大军沿着阴山山脉向北，直奔龙城。卫青一边走一边心里嘀咕，因此他并不知道龙城的具体地址，真是两眼一抹黑往前走。他手里有一张羊皮地图，地图上有西汉各要塞山河的详细分布图，对于匈奴的一些主要地名，也有标注，但是这标注只是划了一个范围，范围大小不止一百里，因此不可作为依据。

卫青还有一个参照，那就是韩说的记忆。他的记忆更不靠谱，他从来没到过匈奴地域，只是听爷爷说起过这里的山水以及重要地址，包括龙城。他们走了这些天，目之所及，除了草原还是草原，只能大体辨别方向，根本无法知道他们到了什么位置。还好，走到第六天，他们看到了阴山山脉，这使得他们对位置和方向有了参照。

大家都觉得他们应该离龙城不远了，卫青让大军扎营歇息，向周围派出了四队精干哨探，在方圆一百里内打探情况。当天傍晚，一队哨探匆匆回来，说在东北方向约二十里处发现一队匈奴巡逻，有百人左右。

卫青派韩说带了三百精锐，跟着那队哨探一起过去，趁着夜晚包围了这队巡逻的匈奴人，捉了一个活口，把其余的都杀了。

经过审讯，得知龙城离此地有七八十里路。卫青让辎重部队留在原地，他将一万大军兵分两路，从东西两侧包围龙城。

傍晚，大军包围了龙城。有点可惜的是，龙城里只驻扎了一支约有七百人的匈奴军，一万大军杀这毫无准备的七百多人，实在是牛刀小试。卫青意犹未尽。然而，他们一万多人的军队已经深入匈奴地域近千里，如果在这里遇到匈奴军队的围攻，后果将不堪设想。卫青率大军马上后撤，与辎重部队会合，返回塞内。

四支大军征战匈奴，唯有卫青获胜，刘彻将之封为关内侯，食邑三百户。

李广和公孙敖因为吃了败仗，按律当斩，但是汉武帝推行以钱赎罪制，两人交了罚金，免了斩刑，被贬为庶人。

汉武帝是个只看结果、不看过程的人。他不管你付出多大努力，不管你遇到什么样的对手和困难，只要失败了，就要追究责任。这种单纯以军功论赏罚的策略，简单粗暴，凸显了皇家天下的霸气和蛮横，却也有效。

卫青从小为奴，又是私生子，习惯了看人的眼色行事，也更能体会到世态炎凉。卫青看到公孙敖和李广下狱，很是不安。刘彻召见他的时候，他为两人说情，说李广戍边几十年，屡建功勋，朝野无人不知，即便是匈奴人，也很敬重他。此番他率一万将士对阵匈奴四万大军，视死如归，身受重伤也没有降敌，被俘后还夺马杀回，李将军虽然失败，但那是因为双方实力悬殊。

卫青有一句话没敢说，按照汉武帝的说法，李广遇到匈奴，死战要死；如果不战，也必然是死，王恢就是个例子；边战边跑也是个死，比方公孙敖。也就是说，李广为大汉卖命几十年，下场竟然如此悲惨，这得多伤那些为大汉卖命的武将的心啊！他卫青这次直闯龙城，侥幸没有遇到匈奴的大军，要是遇到匈奴主力，大败而归，必然也会被判斩刑，他卫青家里没钱赎命，这小命是不是就没了？

卫青想到这里，不由得打了一个冷战。伴君如伴虎，果然不假。

刘彻听卫青说完，笑了笑，说："将军果然是仁义之人，朕没看错。李将军死战匈奴，朕自然明白。不过朕是皇帝，不可有妇人之仁，宁可错杀，不可放纵。假如朕今日饶了李广和公孙敖，日后必然会有人借此发挥，为自己或者他人开脱，朕要以此立威，少不得委屈两位将军了。何况朕允许他们以金赎命，相比王恢畏而不战，朕已经是体谅他们了。"

卫青跪拜："末将不懂治国之策，多有妄言，请皇上恕罪。"

刘彻说："将军与朕是一家人，可以无话不说，朕对将军也是如此，没有妄言之说。将军少年英武，有勇有谋，此番直捣龙城，是汉匈开战之首捷，大汉朝野为之欢呼。不过匈奴大军几十万，还未动其根本。匈奴人能打善战，此番李广将军一万精锐战匈奴，除了李广，无一人生还，可见匈奴之残暴。朕望将军不要大意，要做好准备，继续征战匈奴。"

卫青拱手："皇上放心，末将铭记！"

卫青回到家，母亲卫媪非常高兴，大姐卫君孺、大姐夫公孙贺、二姐卫少儿、二姐夫陈掌带着儿子霍去病皆来祝贺。三姐卫子夫不方便回来，也派人送来了礼物。

公孙贺此番出征，空手而归，无功无过，心情沮丧，众人都安慰他。

卫青笑着说："姐夫，你就别哭丧着脸了，李广将军差点成了匈奴人的俘虏，身受重伤，还被判了斩刑，公孙敖也是如此。你一箭未发，一万大军陪着你去匈奴腹地转了一圈，不赏不罚，也算可以了。"

公孙贺苦笑："卫青，好歹我是你姐夫，怎可如此取笑？日后征战匈奴，要带着姐夫，让姐夫也给你姐姐脸上争点光。"

卫青拱手，说："姐夫，万万不敢啊。你可是屡立战功，我卫青不过侥幸，立了这么一次小小的功劳，怎么能跟你比呢？日后卫青还需要姐夫多多提携呢。"

公孙贺苦笑："你小子现在是皇上身边的红人，谁敢提携你啊！我昨日在街上遇到了李广老将军，老将军脸色不好，不过说起你来，对你很是敬佩。李广与匈奴交战多年，对匈奴很是了解，日后要想对匈奴作战，应多拜访李将军，向他讨教一些经验。"

霍去病在旁边插话说："他不是被匈奴打败了吗？败军之将，能有什么好经验？"

卫青弹了霍去病一个脑瓜崩，说："小屁孩，别乱说话。胜败乃兵家常事，何况李将军以一万对匈奴四万狼兵，勇气可嘉，虽败犹荣。姐夫，你哪天有空，我们去看望一下老将军。"

公孙贺点头，说："过些日子吧。现在你正是春风得意之时，李将军正晦气，要是现在去，恐怕老将军会多想。"

卫青点头，说："李老将军忠勇盖世，此番却遭此待遇，难免有看法。此事过些日子再说也可。"

第二章

霍去病崭露头角

1. 高阙要塞

与小时候受尽委屈的卫青不同，霍去病幼年时期，便随着母亲进入长安，过着锦衣玉食的生活。与卫青相同的是，霍去病勤于习武，九岁的时候，便显现出了极高的骑射天赋。卫青闲着的时候，他像一根尾巴似的跟在卫青后面，就是为了能跟卫青多学几招功夫。

卫青自然也非常喜欢这个外甥，从十多岁开始，霍去病大部分时间都是住在他家。在这里，霍去病受到了卫青的启蒙教育，了解了匈奴对大汉边塞军民犯下的累累罪行，小小的年纪，便下定决心，要像舅舅一样，勤学武艺，战场杀敌。

龙城之战的第二年（前128年），卫子夫为汉武帝生了一个儿子，汉武帝大喜，册立卫子夫为皇后，并大赦天下。

卫子夫成为皇后，卫媪一家自然也大有奖赏。卫青一家人不仅有卫青龙城大捷之荣耀，还有皇后加持，尊荣无比。

匈奴方面，却是磨刀霍霍，积极准备对西汉下手。

卫青奇袭龙城，是自西汉王朝建立以来，汉朝对匈奴威胁最为严重的一次。卫青大军直入匈奴腹地，剿杀了七百名匈奴人，虽未对匈奴军队造成太大的伤害，却让一向傲慢的匈奴人感觉到了危险，感觉到了西汉王朝的浓浓杀意。

匈奴自然不肯服输，他们要对企图反抗的西汉朝廷还以更沉重的打击，让西汉朝廷明白，他们匈奴人是不可战胜的，是不可挑衅的，汉匈之间的游戏规则，只能由匈奴人来制定，也只能由他们来任意破坏，西汉朝廷的反抗，只能招致更严重的报复。

当年秋天，匈奴左贤王率两万铁骑入侵西汉，攻陷辽西郡（今辽宁义县西），杀了辽西太守，劫掠了当地边民两千余人，然后继续向西，进攻渔阳。驻扎在渔阳的材官将军韩安国先前抓到一个匈奴俘虏，俘虏说匈奴大军在劫掠了辽西郡之后，已经带着两千边民返回匈奴了。韩安国因此没有防备，将屯军放假回家，耕种庄稼，军营中只留下了七百士卒。匈奴两万大军席卷而至，韩安国率军出战，一看匈奴大军人多势众，七百人不够塞人家牙缝的，又带着士卒退回了城内。匈奴人进攻西汉，本来就是来劫掠财物的，他们看到汉军不理他们，他们也就不理汉军，在城外劫掠了一千多人、牲畜财物一大宗，不慌不忙地走了。

汉武帝听到这个消息后，大为恼火，派使者将韩安国训斥一顿后，将之调守右北平。此后匈奴不断骚扰西汉边境，卫青趁机向刘彻建议，起用李广，让李广守卫右北平，震慑匈奴。汉武帝准奏，封李广为右北平郡守，镇守右北平。李广上次率一万大军决战匈奴主力，虽然失败，但是他的凶猛还是让匈奴人非常忌惮，李广来到右北平后，匈奴人不敢再在附近闹事，大汉东部边境终于安定了。

卫青奉汉武帝之命，驻军雁门郡，准备再次对匈奴发起进攻。

不久，左贤王率部绕过右北平，进犯渔阳、雁门等郡。卫青率三万将士出雁门关，包围了正在劫掠百姓的匈奴军队。匈奴人展开反攻，卫青率三万勇士猛打猛冲，斩杀匈奴军三千多人，剩下的仓皇而逃。

此战汉军获胜，卫青却并不满意。这种敌来我打的被动战术，即便获胜，也无法对匈奴构成威胁，更无法打垮匈奴。卫青与善于被动防御的李广不同，他想主动进攻，打匈奴一个措手不及。

卫青与汉武帝商量，要趁匈奴还沉浸于对汉王朝的侵袭而不设防的时候，突袭其防备薄弱的河南地。汉武帝对卫青的计划非常满意，并允许他自己挑选军队战马。

河南地，也就是今天的鄂尔多斯草原，因为其位置在黄河之南而得名，又称河套平原。黄河由兰州向北，一直到巴彦淖尔，又掉头向东南至内蒙古托克托，然后从托克托南下直到潼关，将宁夏、内蒙古一部分，陕西等地包含在内，形成了一个狂野的歪歪扭扭的"几"字形，河南地，就在这个"几"字的顶端部分。这个顶端部分现在属于内蒙古，东西长约一百八十公里，南北宽约六十公里，西接贺兰山，东临呼和浩特，北靠阴山山脉的大青山，"黄河百害，唯利一套"，这"一套"指的便是这里。这里气候温和，地势平坦，黄河水滔滔不绝，河套之内的大部分土地，都可以轻易引水灌溉。秦朝时期，当地的百姓就开渠引水，种植小麦。加上此地土地肥沃，因此有"塞外江南"之美誉。

河套地因为物产丰富，又恰好处于中原王朝与塞外王朝争霸之地，因此饱受战争蹂躏。战国时，河套平原在很长一段时间内都归属赵国，后来赵国衰弱，河套平原被匈奴人夺去，成了匈奴人的粮仓。秦统一天下后，秦始皇派蒙恬收复了河套地区，蒙恬从榆中沿黄河至阴山构筑城寨，并修筑了北起九原、南至云阳的直道，构成了漫长而坚固的防御线。蒙恬在此守卫十余年，匈奴人不敢侵扰。

秦末，群雄并起，秦边防形同虚设，冒顿单于在消灭了东胡和月氏后，沿高阙南下，重新占领了河套地区。世代居于此地的楼烦、白羊两个胡族，也归顺了匈奴。从此，匈奴统治河套地区一百余年。

汉武帝刘彻早就有了夺取河套地区的打算，只是苦于没有可用之人，一直没有付诸行动。此番卫青提出要进攻河南地，汉武帝大喜，让其火速准备，并驻军于云中郡，随时准备发起对河南地的进攻。

公元前127年秋，匈奴大举入侵上谷、渔阳等地，刘彻命将军李息从代郡出发驰援上谷，让卫青马上率大军西出云中，向河套地区发起进攻。

卫青厉兵秣马，对河套地区志在必得，刘彻却暗自担心，害怕卫青陷入匈奴人的包围。河套地区匈奴兵力不多，楼烦和白羊虽然现在也属于匈奴的一部分，而且善于骑射，但是河套地区大部分已经是农耕文明，与当年游牧文明有着很大的区别。游牧民族从出生开始就生活在马背上，骑马如履平地，骑射对于他们来说，就是家常便饭，因此农牧民背起弓箭，就是勇猛的骑兵。农耕文明是不需要骑马的，他们平时的工具是锄头，他们的军队是专业的，这就使得他们的军队不可能无限扩张。

这是卫青对楼烦和白羊的了解。河套地区属于匈奴右贤王管辖范围，右贤王的军队不必担心，唯一需要担忧的，是右贤王的援军。卫青大军因此采取迂回侧击的战术，大军从云中郡出发，直接朝西走，昼夜不停，急行军七百余里，抵达了河南地与右贤王联络的必经之地——高阙要塞。

2. 卫青收复河南地

阴山山脉是中国北部东西向山脉，是重要的地理分界线。阴山山脉西起狼山、乌拉山，中为大青山、灰腾梁山，南为凉城山、桦山，东为大马群山。东西长约1200公里，海拔1500—2000米，山顶海拔2000—2400米。北坡和缓，倾向内蒙古高原，南坡以1000多米的落差直降到河套平原，是断层陷落形成的，极难翻越。

高阙要塞位于狼山与乌拉山之间。阴山山脉雄伟险峻，护卫着河套平原，也把河套平原与漠北做了一个清晰的分界。最神奇的是，狼山这一段突然断开，如刀劈斧削，留出了一个狭长的山口，山口两边危崖耸立，犹如天阙，因此此山口被称为高阙。高阙山口本来是林胡族进出河套平原的必经之路，也是楼烦、白羊与其他诸胡交往的进出之地。战国时期，赵武灵王击败林胡和楼烦，在此修筑要塞，派兵驻守，将河套地变成了赵国的领地。后来匈奴崛起，无视赵国驻军，侵占了河南地。赵国派李牧驻扎雁门关，李牧设计打败了匈奴，重新控制了此地，并加强了高阙守卫。战国末期，赵国衰落，匈奴人重新控制了高阙，进入河南地，击败了楼烦，河南地再次并入匈奴。直到秦统一天下后，蒙恬打败匈奴，重新控制高阙要塞。秦亡后，匈奴再占高阙，控制河南地。

　　河南地的变迁史，就是一部中原王朝的兴衰史。任何一个中原王朝兴起之后，都会从匈奴人手里把河南地夺回来，而中原王朝在衰弱之后，也会无奈地把河南地让给匈奴。

　　无论是匈奴还是中原王朝，只要想占领河南地，都把攻占高阙当作首选。卫青首战高阙，一是为了切断匈奴的援军，二是为了彻底消灭楼烦、白羊二王的军队，不留后患。

　　高阙在匈奴腹地。自秦末中原军队撤离此地后，上百年来，中原军队再没有进入此地。匈奴右贤王觉得中原军队进入高阙要经过河南地，需要先打败匈奴的军队，因此认为高阙只是匈奴与楼烦之间的交通要地，便将高阙要塞交给楼烦王管理。楼烦王也没把高阙当回事，只派遣了小股军队象征性地驻守着。守高阙的军队每天无所事事，便开垦了一些菜地种菜，还放了一群羊，最重要的事就是每天开关一下要塞的大门。偶尔捉个偷羊贼，就算是天大的事了。

　　当卫青的大军绕道要塞后方，从阴山北侧经过匈奴地域，突然出现在要塞前方的时候，守卫要塞的楼烦军队还没有反应过来。楼烦现在隶属匈奴，但是他们从来没有参与过对汉朝的进攻，因此除了与汉朝接壤的楼烦守军，很少有人见到过汉朝的军队。守护要塞的这些军人就很疑惑，不知道这支军队是哪一方的。

　　匈奴的军队没有统一的服装，都是穿着在家里放羊的衣服直接上战场。面前来的这支人马队伍整齐，穿着一模一样的军服，一看就不是善茬。有的守军还在发愣，不知道该上前打招呼，还是打开要塞大门，有年龄大的匈奴人突然喊了一声："他们不会是汉朝的军队吧？"

有人不信，说："汉朝军队怎么能跑到这里？他们又不是鸟，能从天上飞过来？"

守军们都跑到要塞上，看着越来越近的卫青大军。卫青以为高阙守军这是要抵抗，下令放箭。守军们看到汉军要放箭，知道来者不善，大叫一声，纷纷跑下要塞，朝南一路逃去。

卫青率领大军占领高阙后，留下一支人马在此守卫。他则率部寻找楼烦和白羊二王决战。

楼烦王和白羊王听说汉军像天兵天将一般竟然突然出现在高阙，害怕了。他们逃往匈奴的后路被切断，只能向南逃跑。卫青大军随后掩杀，斩杀两王军队两千三百余人，获得牲畜粮食无数。

卫青让大军稍作休息，派快马飞驰长安，向皇帝报捷。

楼烦王和白羊王多少年来养尊处优，没想到祸从天降，逃得狼狈不堪，汉军随后紧追不舍。

他们一边派人联系右贤王，让右贤王发兵救援，一边来了个大拐弯，朝西奔逃，想从西边渡过黄河，跑到右贤王的地界里去。

卫青率大军一路追击。楼烦王和白羊王率部逃到陇西，一面准备过黄河继续西逃，一面派三千多人埋伏在路旁，准备袭击追击的汉军。

卫青大军追到陇西，埋伏的楼烦军看到三万杀气腾腾的大汉军队，哪里还敢再战？逃又无处逃，只得出来投降。

卫青大军继续追击楼烦王和白羊王，两王眼看情形危急，匆匆渡河而去，丢弃了无数的辎重财宝，汉军仅缴获牛羊便达百万余头。楼烦、白羊二王在右贤王接应下逃出塞外，再也没有回来。

卫青此战出其不意，充分利用他善于长途奔袭、大迂回的作战方式，在河南地纵横千里，将匈奴在河南地的势力清剿干净，使得此地再次纳入中原王朝的版图。

因这一带水草肥美，形势险要，武帝在此修筑朔方城，设朔方郡、五原郡，从内地迁徙十万人到此地定居，还修复了秦时蒙恬所筑的边塞和沿河的防御工事。此举解除了匈奴骑兵对长安的直接威胁，也建立起了进一步反击匈奴的前方基地。

最为重要的是，汉军在此战中几乎没有伤亡，"全甲兵而还"。

汉武帝大喜，下诏封卫青为长平侯，封邑三千八百户。随卫青出战的苏建、张次公，分别被封平陵侯、岸头侯，各食邑一千一百户。

3. 主张和亲的汲黯

卫青收复河南地的第二年，也就是元朔三年（前 126 年），病了一年多的军臣单于去世。太子於单即位，成为新单于。

於单的叔叔伊稚斜势力强大，且有很多王公贵族支持。伊稚斜对於单非常不满，认为他过于软弱，无法统领广袤的匈奴帝国，遂在领地自封为单于，发兵攻打於单。

於单单于率本部军队迎战伊稚斜，双方在漠北草原上展开了一场鏖战。於单单于势力不如叔叔，但是因为是正宗传人，支持他的都是单于庭的老贵族和母亲那边的部族。军臣单于妃子众多，於单性格懦弱，对父亲的妃子们很是尊重，因此这些妃子也都支持於单。女人们看似没有什么本事，但是她们身后都有各自的势力，何况她们明白，如果於单做了单于，她们作为长辈，日子还能过下去，如果让伊稚斜做了单于，她们势必要回家，穷苦到死，因此这些妃子都团结在一起，支持於单。

支持伊稚斜的，是匈奴军中的少壮派。这些少壮派能打能冲，崇拜桀骜不驯的伊稚斜。双方摆开架势，打了几仗后，於单军事能力欠缺的弱点暴露出来，几乎每次都以失败而告终。

匈奴是个不讲道义、只看实力的民族。当初冒顿杀了父亲头曼单于自立为王，匈奴人没有觉得冒顿大逆不道，反而觉得这小子能打敢杀，有种，跟着他干有肉吃，因此迅速获得了匈奴上层的支持。

他们对伊稚斜也是如此。

於单几次战斗失利，原本支持他的那些部族便迅速掉头，转而支持伊稚斜去了。於单眼看大势已去，再不走就要脑袋搬家，只好连夜带着家眷和部分卫士，投奔了大汉。

汉武帝收到边塞的禀告后，让人把於单送到长安，并在大殿上亲自接见了这位恐慌无助的匈奴单于。於单向汉武帝匍匐请罪，控诉叔叔伊稚斜的暴行，汉武帝对其很是同情，当场下旨，封於单为涉安侯，并在长安城内拨了一处府邸，专供於单一行人居住。

於单千恩万谢，带着家眷住了进去。

可惜的是，於单因为惊吓过度，加上路上受到风寒，不久一病不起，延宕了五个月，便与世长辞了。

汉武帝少不得又下旨，隆重安葬了这位回不去故土的匈奴单于。

而此时，夺得单于之位的伊稚斜，心里还是很不踏实。於单虽然没了，但是於单还有儿子啊，还有他的那些昔日部族，表面服自己，其实心里还都有小九九。伊稚斜迫切需要一场胜利，来确立他在匈奴的地位。

当然，还有右贤王。

前番卫青率大军收复的河南地，便是匈奴右贤王的属地。河南地水草丰美，不只是放牧的好地方，更是匈奴人唯一的粮仓。河南地的丢失，让右贤王非常心疼，仿佛摘去了心肝一样。

楼烦王和白羊王的日子更是难过。这两人在属地过惯了锦衣玉食的好日子，现在跑到脾气暴躁的右贤王这里，寄人篱下，要看着右贤王的脸色过日子，做梦都想回到那花团锦簇的河南地去。

在两王的怂恿下，右贤王多次率军进犯朔方郡，杀死大汉的百姓官员。然而，朔方守军坚守边塞，无数次击退右贤王军队。右贤王很是郁闷，转而派骑兵攻打代郡。代郡太守恭友率军马拼死抵抗。匈奴此番下决心要给西汉一个下马威，大军轮番攻击代郡城池，代郡守军最终不敌，匈奴人攻进要塞，疯狂杀人。代郡军民死伤无数，太守恭友被杀。匈奴人烧杀抢掠，劫掠了很多财物牛羊和一千多人，方返回塞外。

当年秋天，右贤王又派四万大军攻进雁门关，再次劫掠了一千余人和大宗财物。匈奴小股军队骚扰百姓，更是数不胜数。

一份又一份边关加急文书，摆在汉武帝的案头，汉武帝焦头烂额，疲于应付。

这时候，主爵都尉汲黯突然求见。汉武帝不想见，让宦者告诉汲黯，他身体不舒服。宦者跑出去，一会儿回来了，告诉汉武帝，汲黯在外面跪着，说要一直等皇上身体好了，他才敢回家。

汉武帝不由得骂了一句："这个倔驴！"

汲黯是西汉名臣，倔强，刚正不阿，深受汉武帝器重。汲黯在汉景帝时任太子洗马，因为行事严正，刘彻继位后，任命他做谒者之官。

东越的闽越人和瓯越人发生攻战，汉武帝派汲黯前往视察。他未到达东越，行至吴县便折返而归，禀报说："东越人相攻，是当地民风本来尚好斗，不值得劳烦天子的使臣去过问。"

河内郡发生了火灾，绵延烧及一千余户人家，此事被汉武帝得知，汉武帝派汲黯去视察。汲黯路过河南郡时，看到当地百姓因为遭受旱灾，上万户人家饱受饥荒之苦，很多地方发生了人吃人的事件。汲黯经过一番调查后，决定设法帮助当地老百姓。他手里有代表皇帝权力的符节，便拿出符节，说他奉旨来河南郡调查灾情，发放官仓粮食赈济受灾百姓。郡守看到符节，不敢怠慢，急忙打开粮仓放粮。

汲黯回来后，向汉武帝报告："陛下，河内郡普通人家不慎失火，由于住房密集，火势便蔓延开去，只是一般火情，不必多忧。倒是微臣路过河南郡时，眼见当地贫民饱受旱灾之苦，灾民多达万余家，有的竟至于父子相食，微臣就趁便凭所持符节，下令发放了河南郡官仓储粮，赈济当地灾民。现在微臣请求缴还符节，承受假传圣旨的罪责。"

按大汉律法，假传圣旨是要被判死罪的。幸亏此前汉武帝已经得知了河南郡旱情，他认为汲黯贤良，便免了他的死罪，降级任用，调任荥阳县令。汲黯极要面子，认为让他当县令，还不如杀了他，便称病辞官还乡。汉武帝知道汲黯虽然有些抗上，却是可用之才，便再次下旨，召汲黯回朝任中大夫。

但是这个汲黯根本就不吸取教训，每有事件，必定直言谏诤，汉武帝忍受不了他的聒噪，便将他外放，当了东海郡太守。

汲黯崇尚道家学说，治理官府和处理民事，喜好清静少事，把事情都交付自己挑选的得力郡丞和书吏去办。他治理郡务，不过是督查下属是否按大原则行事，并不苛求小节。汲黯上任一年后，东海郡便清明太平，百姓称赞。汲黯在东海郡的政绩传到汉武帝耳中，汉武帝又觉得汲黯是大才，得留在身边，便再次将他召回，任主爵都尉，比照九卿的待遇。

汲黯与人相处很傲慢，不讲究礼数，当面顶撞人，容不得别人有过错。与自己心性相投的，他就亲近友善；与自己合不来的，就不耐烦相见，士人也因此不愿依附他。但是汲黯好学，又好仗义行侠，很注重志气节操。他平日居家，品行美好纯正，入朝，喜欢直言劝谏，屡次触犯汉武帝。他仰慕傅柏和袁盎的为人，与灌夫、郑当时和宗正刘弃交好，这三人也因为多次直谏而不得久居其官位。

就在汲黯任主爵都尉而位列九卿的时候，王太后的弟弟武安侯田蚡做了宰相。年俸中二千石的高官来谒见田蚡时都行跪拜之礼，田蚡还不予还礼。但汲黯求见田蚡时从不下拜，经常是向他拱手作揖完事。

这时汉武帝正在招揽文学之士和崇奉儒学的儒生，说想要如何如何，汲黯便当着众人的面说："陛下心里欲望很多，只在表面上施行仁义，怎么能真正仿效唐尧虞舜的政绩呢？"

汉武帝大怒，但是当着满朝文武和儒生又不便发火，便下令退朝。

群臣中有人责怪汲黯，汲黯梗着脖子说："天子设置公卿百官这些辅佐之臣，难道是让他们一味屈从取容、阿谀逢迎，将君主陷于违背正道的窘境吗？何况我已身居九卿之位，要为国家着想，不能因为爱惜自己的生命，而耽误了朝廷大事！"

一众大臣都以为这次汉武帝不会饶恕汲黯，出乎众人意料的是，汉武帝虽然窝了一肚子的火，却并没有追究汲黯的过错。

汲黯多病，而且已抱病三月之久，汉武帝多次恩准他休假养病，他的病体却始终不愈。最后一次病得很厉害，汲黯不能上朝，请同僚庄助帮他向汉武帝告假。

汉武帝问庄助："庄助，你觉得汲黯这个人怎么样？"

庄助很坦诚地说："回禀陛下，汲黯当官执事，并没有过人之处。然而他能辅佐年少的君主，坚守已成的事业，以利诱之他不会来，以威驱之他不会去，即使有人自称像孟贲、夏育一样勇武非常，也不能撼夺他的志节，这便是汲黯的过人之处。"

汉武帝深为同意："诚然。古代有所谓保国安邦的忠臣，汲黯就很近似他们了。"

卫青入宫奏事，汉武帝曾踞坐在床侧接见他。丞相公孙弘平时有事求见，汉武帝有时连帽子也不戴。至于汲黯觐见，汉武帝不戴好帽子是不会接见他的。汉武帝曾经坐在威严的武帐中，适逢汲黯前来启奏公事，汉武帝没戴帽，望见他来，连忙躲到帐内，派近侍代为批准他的奏议，可见汲黯在汉武帝心中的地位。

汲黯是顽固的主和派。他力求国家少事，常借向汉武帝进言的机会建议与匈奴和亲，不要兴兵打仗。

卫青率兵取得河南地大捷后，在朝中一时风头无两，后来他的姐姐卫子夫又做了皇后，卫青叠加国舅身份，一众大臣对卫青毕恭毕敬，唯有汲黯对他不冷不热。卫青为人厚道，从来不与之计较。

有人劝汲黯说："现在大将军尊贵无比，皇上想让群臣居于大将军之下，大将军如今受到皇帝的尊敬和器重，地位更加显贵，你不可不行跪拜之礼。"

汲黯答道："大将军尊贵，更应该有礼有节。难道他对别人拱手行礼，就会显得不尊贵了吗？你们是以小人之心，度大将军之腹。"

卫青听到汲黯这么说，更加认为汲黯贤良，多次向他请教国家与朝中的疑难之事，看待他胜过平素所结交的人。此是后话。

然而，汲黯有一点让汉武帝非常不满，那就是汲黯是那一帮反对征讨匈奴的大臣的带头者。汲黯觉得匈奴极其强大，当年汉高祖都无法战胜他们，最后只得用和亲之策牵制他们，大汉这才有了八十多年的安稳日子，现在朝廷要与匈奴开战，是不自量力。匈奴地域广阔，气候恶劣，匈奴军队神出鬼没，大汉军队想找匈奴人决战，都找不到人，一不小心在大漠中迷路，找不到水源，就会遭到灭顶之灾。反观匈奴，他们随时想打，都能找到大汉的军队，想撤，跑进大漠里人影都找不到，大汉军队怎么跟人家打？何况，即便找到了匈奴大军，大汉军队也很难战胜他们，当年汉高祖就是个例子。

现在汲黯要见汉武帝，肯定是想劝说汉武帝赶紧和亲，汉武帝正焦头烂额，一肚子火，这时候要是见了汲黯，两人不得打起来？

汉武帝没有见汲黯，汲黯在大殿外跪着，一直到天黑，才被宦者劝回了家。

汲黯一走，汉武帝马上派人宣卫青进殿。

卫青进入大殿后，汉武帝单刀直入："卫青，匈奴人欺人太甚，朝廷是不是应该发兵，教训教训他们？"

卫青拱手告曰："末将以为，此时匈奴锐气正盛，匈奴各部皆做好了与大汉血战的准备，此时大军不宜出征。"

汉武帝皱了皱眉，问："那依你所见，大汉何时出兵才是相宜？"

卫青说："禀告皇上，末将刚刚得到消息，为了与大汉作对，右贤王正准备将王庭搬到漠南之地。末将正做准备，等右贤王在漠南之地驻下后，就对其王庭发起进攻。如能一战抓住右贤王更好，即便抓不住，大军直捣王庭，杀他们个措手不及，必然会打掉右贤王的气焰，让其不能再如此嚣张。"

汉武帝还是有些不高兴："依你所见，现在就任凭匈奴人杀我官员百姓而不顾？"

卫青拱手："皇上，末将的意思不是不顾，而是寻找合适战机。这两年，右贤王屡屡得势，越发嚣张，得意而忘形，等右贤王放松了对大汉的戒备，那时候末将率大军出击，才能一战而胜。现在他们出兵骚扰大汉边境，即便我等出兵围剿，能不能找到匈奴主力姑且不论，即便找到，匈奴人也早有准备，即便胜利，也是苦战而胜，需要大汉勇士付出无数的生命。何况匈奴人越来越狡猾，胜负难料。"

汉武帝长出一口气，说："那你知道右贤王什么时候会将王庭搬到漠南吗？"

卫青拱手："末将不知，亦不敢确定。不过末将估计，右贤王既然有此想法，只要大汉肯予以帮助，他会在一年之内将王庭搬到漠南。"

汉武帝一愣:"大汉如何帮助?"

卫青又拱了拱手,说:"末将未获皇上恩准,便让细作在大漠散布朝廷之虚言,先请皇上恕罪。"

汉武帝哦了一声,说:"只要是为了打击匈奴,朕恕你无罪。"

卫青拱手:"谢过皇上。末将让身在塞外的细作放言,说大汉重臣汲黯因为这两年匈奴进攻朔方、雁门关等地,大汉损失严重,故向皇上进言,希望皇上与匈奴重启和亲之策,皇上因此疏远卫青。此举目的就是让右贤王大意,使其迅速将王庭搬迁至漠南之地。如此,末将便可以寻找机会,直捣王庭!"

汉武帝终于有些高兴了:"如此甚好。只是不要等得太久,朕顶着一众主和大臣的压力打匈奴,不容易啊!"

第二天上朝,汲黯第一个出列上奏,要求汉武帝重启与匈奴和亲之策,汉武帝一反常态,假装答应,这让一众文臣武将很是惶惑。

4. 千里奔袭右贤王

元朔四年(前125年)夏天,伊稚斜与右贤王联合,出兵十二万余众,兵分三路,对朔方、代郡、定襄、上郡等地发起全面攻击。

北部边塞全线告急。好在汉武帝早就做了防备,加强了北部边塞的兵力部署,派出了李广等一批猛将随时支援,即便如此,大汉还是损失严重,朔方等郡几次易手,数千将士战死。

此时卫青得到消息,右贤王已经把王庭搬到了漠南之地,在高阙西北，离高阙只有六百余里。

匈奴大军劫掠一番，带着大宗牛羊财物离去。汉武帝召见卫青，命令他集结兵马，出击匈奴右贤王部。

自卫青夺取河南地，驱逐楼烦王、白羊王后，右贤王很是恼火。

匈奴军事势力除了匈奴单于本部外，便是左、右贤王两大军事集团。右贤王控制的区域阔大，从西汉边境往北至贝加尔湖，西到斋桑湖，包括河西走廊全部，如果按控制区域面积算，右贤王控制的地域比西汉的地域要大多了。

自卫青夺取河南地两年多来，右贤王对西汉出兵数次，劫掠财物人员无数，西汉都是被动迎战，损失了不少人马。

卫青的细作在匈奴内部散布刘彻听取大臣汲黯的意见，准备重启和亲之策，右贤王得知后高兴了，与楼烦王和白羊王商量，准备等西汉朝廷的人来到匈奴后，就向他们要河南地，让两王重回故乡。两王也随着右贤王来到漠南王庭，这里离他们的故土不过六百多里，两王日夜翘首盼望，就等着返回老家过好日子。

卫青这边，却悄悄组织人马辎重粮草，从各地向朔方集结。等卫青准备妥当，又在高阙进行了一番休整，已经到了来年的春天。

漠南的早春依然寒风凛冽，一片荒芜。右贤王住在阴山北侧的临时王庭里，正与手下将军、楼烦王、白羊王饮酒作乐。这个季节，漠北还飘着雪花，大小湖泊还没有解冻，牛羊只能在草原上啃食枯草，即便是习惯了戈壁苦寒的匈奴人，也都躲在帐篷里取暖。

右贤王根本没有想到，西汉朝廷会在这种时候派军队攻击他们。

为了掩盖汉军真正的作战意图，汉武帝派大行令李息与岸头侯张次公率五万大军首先出发，朝着左贤王发起进攻。左贤王得知消息，向右贤王求援，右贤王想了两天，派出一万大军，支援左贤王。汉军进攻左贤王，右贤王其实是有些不理解的，楼烦王认为这很可能是汉武帝做做样子

053

给那些好战的将军看，西汉朝廷有人主战，有人主和，汉武帝想要和亲，必然会设法堵住主战派的嘴，派出一支军马去左贤王那边转一圈，吃个败仗或者找不到匈奴大军，正好为和亲找一个理由。左贤王虽然位置比右贤王高，但是若论军事，他可不如现在的右贤王。这也是汉朝军队不敢来跟右贤王主力作战的原因。一席话说得右贤王放下心来。

楼烦王和白羊王为了让右贤王帮他们夺回河南地，对右贤王竭力吹捧，右贤王被捧得不知天高地厚，每日只管带着两位河套王和一众将军喝酒作乐。

李息与张次公率大军出发十多日之后，卫青方奉汉武帝命，率大军出朔方，直扑右贤王王庭。卫青此番出兵，配备了四名大将。卫尉苏建为游击将军，左内史李沮为强弩将军，太仆公孙贺为骑将军，代相李蔡为轻车将军，原本已削职为民的公孙敖被再次起用，被任命为护军校尉，随军出征。

苏建出身低微，勇猛能战，卫青进攻河南地的时候，苏建以校尉身份随大军出征，因为军功受封平陵侯，并曾谋划监督建立朔方城。

此番苏建以游击将军身份随卫青出战，非常兴奋，期待再立大功。

李沮年龄大一些，曾经服侍汉景帝，忠心耿耿，汉武帝此番让他随卫青出征，也是给他一个立功的机会。

公孙贺是卫青的大姐夫，他第一次出征匈奴，没有找到匈奴军作战，无功而返，此番随卫青出征，决心杀敌立功，别让小舅子瞧不起自己。

李蔡为李广堂弟，曾与李广一起屡立战功，此番随卫青出战，也是摩拳擦掌。

公孙敖更不用说，作为卫青的好友，他第一次出战匈奴，因为遇到匈奴主力，损失七千军马，被判为死罪，后来以金赎罪，被贬为庶民。此番公孙敖跟随卫青出战，自然是盼望立功，一雪前耻。

这次出兵，卫青准备非常充分。军队不但在朔方得到了休整，而且

第二章 霍去病崭露头角

战马优良，所率将士更是个个勇猛能战。最重要的是，卫青在这两年里一直为进攻右贤王做准备。他派出的几百名细作，已经把右贤王王庭的地址、路线、附近水源等情况摸得一清二楚。

卫青率大军从朔方出发，过了高阙要塞，前面便是右贤王的领地了。

右贤王虽然没有料到卫青会率大军直奔王庭，但是他并不笨，在从高阙到王庭的路上，布置了多处巡逻岗哨。这些岗哨每处有一百人左右，有各自的巡逻范围，住址也经常变换。好在卫青的细作早就把这些巡逻岗哨的住处摸清楚了，卫青派公孙敖和赵不虞作为先锋部队，率五千猛士先行，清剿路上的匈奴巡逻队，不许放过一个活口，以免泄露军情。

公孙敖和赵不虞分为两队，看到岗哨的帐篷或者巡逻的匈奴军队就从两边合围，全部杀掉，没有一个匈奴人能从他们的刀下逃出去。

公孙敖和赵不虞率部一边剿杀匈奴的岗哨和巡逻队，一边朝着右贤王的王庭进军。

第三天夜里，他们在风雪中翻过一座小山坡，发现了一片藏在山坳里的帐篷。帐篷大小不一，众星拱月般地围着中间一个山包一般大的帐篷。大帐篷外挂着无数的灯笼，里面隐隐传来丝竹之声。

很显然，中间那个大帐篷，应该就是右贤王的住所了。最外面围着的一圈小帐篷，应该是卫军的住处。

公孙敖和赵不虞让军队稍作休息，不许喧哗，等待卫青大军来到。

等了一会儿，卫青率大军来到，卫青看了一下情势，发现这地方虽然是个山坳，却有好几处通道，可以通到外面，每处通道口，都有几个帐篷，很显然，帐篷里有卫军。

卫青把剩下的两万多大军分作三队，自己和苏建率一队，李沮和公孙贺率一队，李蔡和都尉韩说率一队，四队大军从四处通道同时杀入，堵住匈奴军，尽力全歼匈奴军，活捉右贤王。

众人各自率大军离去。卫青和苏建率大军来到最远的一处山口外，

055

下令司号官吹响进军的牛角号，四路大军一起呐喊着，从四处山口冲了进去。在外围巡逻的匈奴人看到一片黑压压的铁骑冲进来，吓得掉头就朝里跑。营帐里面的匈奴人，还没明白是怎么回事，就成了汉军的刀下之鬼。

四路大军冲进匈奴营帐中，左冲右突，匈奴军队根本无法组织起像样的反抗，一触即溃。

右贤王与楼烦王、白羊王以及一众匈奴贵族，正在喝酒吹牛，忽然听到外面杀声震天，忙问手下怎么回事。正在这时，有裨将冲进来，说汉军从天而降，军马无数，正朝大帐杀过来，匈奴人无法抵挡。

右贤王连忙召集护卫准备逃跑。此时别说牛羊马，即便金银珠宝也顾不得了，右贤王带着河套两王和家眷，在几百名贴身卫士的护卫下，朝着冲进来的汉军直接杀了过去。

别看这些匈奴卫士只有几百名，却个个凶猛无比，手中的弯刀所向披靡。冲过来的汉军根本不是他们的对手。有了这突然杀出来的几百名匈奴卫士带队，附近的匈奴军马上集结过来，他们跟在这些匈奴卫士后面，护卫着右贤王等人，径直杀出了汉军的包围，冲了出去。

轻骑校尉郭成立功心切，带着部下追赶，追了一会儿没有追上，只得放弃。

剩下的匈奴人有的投降，有的被杀，这一役，斩杀匈奴军一万余人，俘获男女老幼一万五千余人，其中包括右贤裨王十多人以及他们的家人，还有其他贵族一百七十多人，另有牲畜百万头，辎重粮食无数。

汉武帝得到捷报，大喜。卫青大军还没班师回朝，汉武帝便派出特使捧着印信，来到军中，封卫青为大将军，节制大汉所有军马，加封食邑六千户，卫青的三个儿子也被封为列侯。长子卫伉为宜春侯，次子卫不疑为阴安侯，幼子卫登为发干侯，均食邑一千三百户。

这封赏简直是太大方了，特别是加封还在襁褓中的儿子，可以说是空前绝后，卫青深感不安。

回到长安，见到汉武帝后，卫青向汉武帝请求撤销对三个儿子的封侯，被汉武帝拒绝。

随后，汉武帝又封赏了随从卫青作战的公孙敖、韩说、公孙贺、李蔡、李朔、赵不虞、公孙戎奴、李沮、李息、豆如意等人。护军都尉公孙敖被封为合骑侯，封邑一千五百户，来了个大翻身。

卫青通过这一战，确定了自己在大汉朝廷里一人之下、万人之上的身份地位。如果说突袭河南地一战，还让众人有些不服，觉得是卫青运气好的话，千里奔袭右贤王王庭一战，则充分展现出了卫青过人的军事才能，朝廷上下，无人不服。

此战之后，匈奴右贤王再也没有勇气进入漠南之地，河南地再也没有匈奴军队的骚扰，朔方郡不只成为汉军打击匈奴的前哨，而且从此平安宁静，朔方外的大片地域，也逐渐成为西汉百姓放牧的安全区域。

5. 主力决战

右贤王蜷缩回到了北方，再也不肯主动出战，这让刚刚坐上单于之位的伊稚斜单于很是不高兴。

为了给匈奴挽回面子，也为了让自己的单于之位坐得更稳固，伊稚斜单于代替右贤王，不断派出军队袭扰西汉要塞。

元朔五年（前124年），伊稚斜派一万军队突袭代郡，杀死了代郡都尉朱英，劫掠两千余人和大批牛羊财物而去。接着又派军队攻击雁门关，劫掠定襄、上郡。匈奴军队充分发挥他们快马奔袭的优势，打了就跑，跑回来再打。他们在汉、匈之间漫长的边境线上，肆无忌惮地四处骚扰，杀人放火，守卫边塞的汉军防不胜防，苦不堪言。

元朔六年（前123年）夏，汉武帝调集了十万大军，再次以大将军卫青为统帅、公孙敖为中将军、太仆公孙贺为左将军、赵信为前将军、苏建为右将军、郎中令李广为后将军、李沮为强弩大将，大军兵分六路，浩浩荡荡，从定襄出发，北进数百里，寻找匈奴作战。

然而，伊稚斜早就做好了准备。大军还没出定襄，他的线人就把消息送出来了。伊稚斜率大军埋伏在山谷里，专等卫青大军到来。

卫青率两万大军与匈奴主力相遇，双方展开激战。卫青虽然勇猛，汉军也很能打，但是匈奴早就做好了准备，而且是汉少匈多，卫青大军眼看落入下风，幸亏公孙敖和李广各自率大军赶到。伊稚斜一看汉军势力强大，马上撤退。这次双方算是打了个平手，皆有损失。

卫青已经得到消息，匈奴的军队正在赶来增援，汉军深入匈奴腹地，地形不熟，而且十万大军补给困难，经过与众将军商量后，卫青决定撤军，分别到定襄、云中等地休整。

此时霍去病已经年满十八岁，是羽林骑（前身是建章营）中的佼佼者。

建章营里的勇士都是战死沙场的将士的后裔，改名羽林骑后，在选拔将士时，除了战死沙场的将士后裔，也从附近各郡选拔英武之士加入。汉武帝对羽林骑非常重视，重金聘请了包括匈奴人在内的大批精于骑射和拼杀的教官，霍去病在这里得到了包括拼杀、骑射在内的整套训练。

在军功制的西汉王朝，朝野上下，都弥漫着一股杀敌立功的风潮。汉高祖取得天下后，为了抗击匈奴，采用秦的二十级军功爵位制度，以将士在战斗中取得的敌人首级多少来计算军功，很多贫困百姓因为军功而光宗耀祖，将士的后人更是如此。

霍去病自小深受舅舅卫青影响，虽然过着锦衣玉食的富贵生活，却刻苦训练，与一帮少年子弟日夜盼望着上战场，杀敌立功。

汉武帝刘彻对这个外甥，自然也是格外关注。羽林骑经常陪皇帝出行，汉武帝也趁此机会，观察霍去病。霍去病行事谨慎果断，给汉武帝留下了深刻的印象。

卫青率大军一出定襄受挫，汉武帝很是不满意。卫青大军在定襄休整一个多月后，便收到了汉武帝再次出征的命令。

霍去病得知西汉大军又要出战匈奴，赶紧求见汉武帝，请求随大将军出征。汉武帝略一思量后，便答应了霍去病的要求，任命他为骠姚校尉，统领八百猛士，随卫青出征匈奴。霍去病兴奋异常，马上率部赶到定襄，与舅舅会合。

卫青正在军营中与赵信、苏建等人商量进军事宜，霍去病一头闯了进来，一脸的兴奋："霍去病见过大将军、赵将军、苏将军！"

卫青一愣："咦，你怎么来了?!"

霍去病一脸严肃："皇上有令，让在下率八百羽林骑士，随大将军上阵杀敌！"

卫青早就知道霍去病有随他上阵杀匈奴的想法，卫青也知道，作为一名武将，上阵杀敌，是他们的宿命，是早晚的事。但是他跟二姐卫少儿多次说过，让霍去病先结婚，有个孩子后再上战场。大汉规定，成年男子必须服三年兵役，很多人家害怕儿子战死沙场，都让儿子在服兵役之前结婚，留下孩子。卫青几次战场杀敌，多次受伤，虽然伤势不重，但是他太了解战场的险恶了。匈奴人的骑射精准刁钻，即便在他们逃命的时候，也会突然转身射击，给追击者以致命打击。汉军虽然打败过匈奴，但是每次跟匈奴作战，都是小心翼翼，尽量避免与匈奴大军正面大战。这些封侯的将军，哪个身上不带点伤呢？

霍去病已经年满十七，正是英雄少年时，血气方刚。他对舅舅和母亲的话置若罔闻，执意不肯成家，一心只想上场杀敌。

此番霍去病奉旨杀敌，卫青自然也不好说什么，将他的队伍编于自己的大军之中，命他跟着自己，不要随意乱跑。

经过一番谋划后，卫青命赵信与苏建各率本部人马，计三千余骑，出定襄后，向右侧进击，寻找匈奴军队。上谷太守郝贤率本部兵马，向左翼进击，寻找匈奴军队。卫青率大军，以曾经出使匈奴的张骞为向导，从中路直插匈奴腹地。

卫青的计划是，两侧军队作为搜索军队，遇到匈奴小股部队可以将之歼灭，遇到大股部队则速报卫青大军，卫青率大军将之歼灭。

伊稚斜单于得知卫青大军来到，也分出两股军马迎战卫青的左右军队，自己亲率八万大军迎战卫青主力。

伊稚斜早就恨透了卫青，此番率狼军主力亲自迎战，发誓要像先祖冒顿单于围汉高祖一样，将西汉大军分割包围起来。只要能围住一天，匈奴各地的增援纷纷来到，西汉的这支主力就插翅难逃。而消灭了卫青这十万大军，西汉必定元气大伤，几十年内再无出击匈奴之力量。

卫青自然也是抱着必胜的信心来的。西汉这八十多年来，饱受匈奴的蹂躏践踏，这些年虽然取得了一些胜利，夺回了河套平原，但是匈奴主力一直未受挫败。二出定襄，如果能战胜匈奴主力，动了匈奴元气，匈奴人必然会有所收敛，西汉的边塞将会变得安宁一些。但是如果汉军战败，匈奴必然会更加猖狂，刚刚到手的河套平原必然要被夺走，西汉朝野会惶恐不安，更不用说他们这些将士的命运了。

双方皆抱死战之决心，皆不肯后退，近二十万大军便在广袤的草原和戈壁滩上，展开了一场生死对决。

卫青所率的这十万大军，是屡经战阵的西汉军中精锐，个个勇猛无敌，视死如归。

匈奴八万大军也个个凶猛，手中弯刀、弓箭，皆是杀人凶器。

这是一场惨绝人寰的绞杀。刀枪刺进肉体的声音如海浪滔滔，惨叫声、吼叫声冲入云霄，战场上沙尘滚滚，热血遮日，几十平方公里的土地上，鲜血汇成无数小溪和泥淖，地上到处都是尸体，还有伤员。活着的人身上、战马身上，到处都是鲜血。

卫青率一队将士左冲右突，伤敌无数。一名匈奴将军率一队人马冲过来，想挡住卫青。卫青身边的亲兵护卫着他一阵冲锋，匈奴将军不敌，所率军士都被杀光，受伤落荒而逃。

双方大军从早晨杀到中午，不分胜负，皆杀红了眼。

傍晚时分，匈奴大军已经死亡一万余人，受伤者无数。汉军死了有五六千人，受伤者也不少。到了这个时候，匈奴人已经落于下风，开始有匈奴人逃跑。

公孙敖带着军队堵截逃跑的匈奴人，被卫青拦住。卫青明白，如果双方继续残杀下去，汉军损失会非常大。让匈奴人逃跑，给他们一个活下去的机会，则会让他们加速溃败。

果然，随着逃跑的匈奴人越来越多，匈奴大军军心开始动摇。在公孙敖等人的再一次冲锋中，匈奴大军终于全面溃败，四散而逃。伊稚斜眼看拦不住，只得带着护兵，随着大军逃跑而去。

6. 霍去病首战大捷

苏建和赵信率三千将士右出不久，便遇到了匈奴的两万大军。两万大军包围三千将士，苏建一边派人向卫青求援，一边率队奋力冲杀，抗击匈奴大军。

赵信本来是匈奴一个部落的王爷，战败后投降汉军。匈奴将军认识赵信，他一边率部与赵信、苏建所率汉军鏖战，一边劝赵信投降。三千汉军无法抗击匈奴两万大军，几个回合后，三千汉军便折损了一半，而他们派出向卫青求救的士卒还音信皆无。看着对面刀枪如林的两万大军，赵信害怕了，劝苏建跟他一起向匈奴投降，他保证匈奴王会优待苏建。苏建义正词严，驳斥赵信，并劝赵信不要做背信弃义之事。赵信见苏建不肯投降，也不勉强，带着他所属的八百军士投降了匈奴。

匈奴大军再次向汉军发起进攻，苏建眼见不敌，只得落荒而逃。

霍去病随着卫青大军与匈奴主力决战，两军开战后，霍去病带着八百骑士杀入匈奴大军中，在匈奴军中左冲右突，杀得不亦乐乎。匈奴人溃败后，霍去病带着骑士一路猛追，追到匈奴人没影了，他们才发现自己竟然已经深入大漠，远离大军。而此时，天已经黑了。

霍去病没有惊慌。

来都来了，总不能空着手回去。

他下令扎营歇息一宿，第二天继续朝大漠深处突进。

中午时分，前哨回来报告，前方发现匈奴人营帐。人马不少，应该在三千人左右，但是他们丝毫没有发现汉军来到，战马都在营帐外放着，营帐里外有人忙碌，好像在做饭。

霍去病大喜，让众人上马，在哨探的带领下，一阵疾驰，便看到了匈奴营帐。霍去病带着众人挥舞刀枪，便朝着匈奴营帐冲了过去。

这时候，匈奴人也看到了汉军，但是他们已经没法组织起有效的反攻，只能被动地操起武器，进行抵御。

英勇的少年骑士们初尝杀人快感，个个疯狂，杀人如砍瓜切菜。几个冲锋，便杀死了大部分企图反抗的匈奴人，剩下的小部分四散而逃。

清点战绩，他们八百人的一个小队，竟然杀死两千余名匈奴人。斩杀的人中，有单于的祖父辈籍若侯产，俘虏的人中有伊稚斜单于的叔父罗姑比。

霍去病与众人押着俘虏回到大营，让担心了两天的卫青终于放下心来。看到霍去病的战果，卫青惊喜不已。即便是对霍去病寄予厚望的卫青也没有想到，这个外甥首次从军，竟敢带着区区八百骑士深入大漠，取得如此大的战果。

二出定襄获得大胜，汉武帝大喜，对有战功的将士进行了封赏。

卫青获赏千金。上谷郡太守郝贤四次随大将军出征，屡立战功，被封为众利侯，封邑一千一百户。张骞随卫青出征，作为大军向导，能为大军找到水源，解决大军喝水的问题，也算大功一件，被封为博望侯。霍去病第一次随大军出征，便率本部将士深入大漠，取得辉煌战果，汉武帝以其过人之勇猛，封其为冠军侯，封邑一千六百户。

据记载，汉武帝此番动用了二十万金进行赏赐，加上十万大军深入匈奴腹地，后勤补给线太长，动用了马匹三十多万匹，还有几十万的民夫运送辎重粮食，且两出定襄，将士损失一万多人，均需动用大批国库财钱加以抚恤，一时国库空虚。汉武帝无奈，开始设立武功爵，动员百姓出钱买爵，以此增加朝廷收入，弥补亏空。

此前张骞历经十三年出使西域回来，给汉武帝带来了关于辽阔西域的众多知识。汉武帝由此得知，原来外面的世界如此广阔，匈奴之外不只有月氏，还有康居，有产汗血宝马的大宛，有安息、身毒等众多国家。

当然，最让汉武帝感兴趣的，还是匈奴。现在匈奴右贤王的王庭已经跑到漠北，伊稚斜单于的大军也不见踪影，左贤王看到右贤王和伊稚斜都吃了大亏，也缩在王庭里不敢出来了，大汉军队要想一劳永逸地消灭匈奴主力，就得深入漠北，而这不但要耗费数倍的运送粮草的人员，而且加大了军队的风险。千里荒漠，地势陌生，利于匈奴军队埋伏。还有最让人担忧的水源问题。大军深入漠北，如果中途找不到足够的水源，别说战斗，就是渴，也能把军队渴死。

汉武帝把目光盯在了河西走廊上。河西走廊，东起乌鞘岭，西至玉门关，南部是祁连山和阿尔金山，北部被马鬃山、合黎山和龙首山包裹，东西两千里，南北宽二百到四百里，最狭窄处只有数里，为西北—东南走向的狭长地带，因位于黄河以西，有两山夹峙，形如走廊，故名河西走廊。

河西走廊水资源丰富，有三大东西走向的水系，孕育着广阔的平原。这里因此水草丰茂，森林广阔，种植业发达。此地为进出西域的必经通道，商户络绎不绝，经济发达。

春秋时期，河西走廊生活着月氏和乌孙两个部族，两个部族以黑河为界，月氏居于河东，乌孙居于河西。月氏人控制着河西走廊的大部分地区，从敦煌至武威，都是月氏人的势力范围。后来，月氏人强大起来，西击乌孙，乌孙西逃，东击匈奴，匈奴不敌，被迫纳贡称臣，头曼单于将自己的儿子冒顿单于送给月氏人当人质。

后来匈奴人在冒顿单于的率领下崛起，东击林胡，西击月氏，月氏王的头颅被冒顿单于制作成了饮酒器，溃败的月氏人一路西逃。匈奴成为西汉的心头大患后，汉武帝派张骞出使西域，寻找大月氏，希望大月氏能与汉朝一起夹击匈奴，盖因月氏人与匈奴人有此深仇大恨。

现在的河西走廊，已经成了匈奴人的天下。河西走廊气候温和，土地肥沃，而且水源充足，这里成了匈奴人最好的牧场。

匈奴人在河西走廊有大大小小几十个部族，其中两个最有实力的部族是右贤王的近亲。这两个部族一个是浑邪王，掌管区域在张掖、敦煌一带；另一个叫休屠王，居住在武威一带。这两个王直接听从右贤王指令，领导其他几十个部族。

相比生活在漠北的右贤王和伊稚斜，生活在这里的匈奴人简直太幸福了。这里不只气候温和，还出产品质优良的军马和粮食，供应给右贤王。

现在右贤王北逃，河套远离右贤王的掌控范围，汉武帝觉得，应该将河西走廊纳入大汉的管辖范围了。

7. 右贤王的忧虑

自卫青大战伊稚斜主力之后，伊稚斜已经对汉军产生了惧意。赵信归降后，伊稚斜将其视为匈奴的救星，封他为"自次王"，并将自己的姐姐嫁给他为妻。

匈奴与汉军几次大战失利，伊稚斜已经感觉到，现在的汉军已经不是之前的汉军了。他必须小心对待，方可有生机。伊稚斜将赵信请到单于庭，与他商量如何对付汉军。

赵信对伊稚斜单于说："汉军屡屡得胜，现在士气正旺，而且汉军有卫青和霍去病两名勇将，以匈奴当前之势力，实在无法与之对抗。在下劝大单于暂且避其锋芒，将王庭搬迁至漠北深处，汉军如果来袭，则要跨越千里大漠，深入漠北。而汉军进入大漠作战，运输粮食以及大量的水，是非常大的困难，距离越远，需要的人力物力便越多。且对于汉人来说，漠北乃苦寒之地，他们来到此地，疲惫不堪，战斗力下降，我们伏兵于半路，进攻汉军，汉军必然战败。我们消灭了汉军的主力，再逐步南下，收服河南地，到那时候，大汉军心涣散，即便有卫青和霍去病，也无力扭转乾坤了。"

伊稚斜不想把王庭迁到漠北，他为此特意召集贵族王爷们商量此事。但是霍去病的一个突袭，活捉了大单于的叔叔，使得一向跋扈的老贵族们害怕了，都纷纷表示，离汉人边境越远越好，他们不怕苦寒，只怕汉人军队。

这些老贵族都有自己的领地，有军队。伊稚斜的军队，很大一部分是由这些贵族的军队参与组成的，既然他们都害怕了，要撤，伊稚斜只能照办，但是心里很是哀伤。他知道，他现在失去的，不仅仅是两万战死的

065

军士，更是信心。现在匈奴人谈汉色变，与当年汉人谈匈色变一样，真是风水轮流转，十年河东，十年河西。

伊稚斜没办法，只得下令，将王庭北迁。王庭的大小贵族以及仆役，加上军队几十万人，上万辆马车，上百万的牛羊，浩浩荡荡却行动缓慢，一直行走了两个多月，才找到一处有河水的地方驻扎了下来。

伊稚斜的王庭来到漠北，与右贤王的漠北王庭相距不远。右贤王带着金银牛羊来拜见伊稚斜，商讨如何应对西汉朝廷。

右贤王告诉伊稚斜，他在漠北王庭想了很多日子，终于想明白了。他们匈奴人善攻，但是不善守。如果在平原鏖战，只要谋略得当，实力差不多，匈奴人不比汉军差，哪怕他们有卫青有霍去病。但是如果汉军搞偷袭，匈奴人就完蛋了。因为匈奴人没有城墙，没有要塞，即便是王庭，也都是帐篷，即便有守军，也无法与奔袭过来的汉军精锐相比。因此汉军千里奔袭，屡屡得手，这是匈奴的不足之处。但是匈奴是游牧民族，居住帐篷，城墙不利于他们的搬迁，即便想建，他们也不会建。而他们去袭扰汉军，只能攻取要塞，这就使得他们的进攻无法与汉军相比。中原王朝北边的其他胡族，都是趁中原王朝软弱的时候进攻，比如战国末期；在中原王朝强盛的时候收缩，比如秦朝中期蒙恬一统西北边塞。秦末，匈奴人又拿下了河南地，在边塞地区为所欲为，一直到汉武帝初期。现在中原王朝翅膀硬了，他们就没必要跟他们硬碰硬，因为按照规律，现在到了边塞胡族们收缩的时候。

伊稚斜是个有雄心壮志的单于，他知道右贤王说得有道理，但是他还是想努力打败西汉军队，像先祖冒顿单于一样，让西汉朝廷给自己送一个公主当老婆，当然，要陪送一群美女伺候公主，还要送上百车的金银珠宝、绸缎布匹。

可惜，现在这些都是做梦。他们现在最主要的事情，是设法阻击汉朝军队的进攻。

左贤王也到单于王庭拜见伊稚斜。上次卫青打败伊稚斜所率大军，李息率部进攻左贤王部，左贤王军队与李息所率大军决战，左贤王损失两千余人，落败而逃。但是这点损失还没有伤到左贤王的元气，而且左贤王老奸巨猾，不像右贤王和伊稚斜单于那样过于招摇，西汉朝廷还没有把他当成重点打击目标，因此左贤王看到右贤王和大单于都被西汉军队打残了，有些幸灾乐祸。左贤王劝右贤王，一定要看好河西走廊，那地方跟河南地一样，是匈奴人的粮仓，要是再让西汉军队把河西走廊夺去，他右贤王可就没有什么好地盘了。

右贤王有些不高兴，说："休屠王和浑邪王皆有雄兵四五万，楼烦王和白羊王跟他们没法比，西汉军队想拿下河西地，那是做梦！"

左贤王走后，伊稚斜也劝右贤王，要注意河西地。他右贤王的王庭也在漠北，离河西走廊千里之遥，那附近没有别的匈奴部族可以接应，要是西汉大军进攻河西走廊，靠休屠王和浑邪王以及其他部族的那些军队，恐怕很难是西汉军队的对手。

右贤王也不傻，自然知道河西走廊的重要性，他虽然假装对左贤王和伊稚斜的提醒不以为然，回到王庭后，却马上派人去河西走廊，让休屠王和浑邪王加强防备。

自从冒顿单于把月氏人赶出去，匈奴人独霸河西走廊后，河西走廊已经八十多年没有战事。休屠王和浑邪王也从不主动进攻汉朝，因此偏安一隅，很是自在。他们从来都没有想到，强大的匈奴单于会被汉朝军队打得蜷缩到漠北极寒之地，更没有想到，汉朝的军队会来攻击他们。

因此，这两王接到右贤王的命令后，乱成了一团，带着手下的将军四处巡查，加强防备。

然而，一个月过去，两个月过去，半年过去了，连汉朝军队的影子都没见到一个。休屠王和浑邪王放松了，觉得汉朝可以进攻的地方太多了，人家也许根本没看上这点破地方。两王很快恢复了原先吃喝玩乐的状态，把右贤王的警告忘到了脑后。

8. 霍去病一战河西走廊

元狩二年（前121年）春，汉武帝封霍去病为骠骑将军，命霍去病率一万大军，进攻河西走廊。

这一年，霍去病刚刚二十岁。年纪轻轻，地位显赫，又是独自率部出击匈奴，真是少年得志，一时风头无两。卫青担心霍去病的安全，在他临行之前，千叮咛万嘱咐，将自己所有的战斗经验和盘托出。

其实霍去病的作战方式，跟卫青很相似，都是大迂回、大穿插的突击战术。卫青和霍去病这种迥异于李广等老将传统阵地战的作战模式，在面对匈奴这样的对手时，非常有效，几乎是百战百胜。霍去病和卫青研究过，如果他们用传统的作战方式跟匈奴人作战，取胜不易。比如两年前卫青率十万大军对阵伊稚斜的八万大军，虽然卫青大军获胜，但是也付出了很大的代价。卫青大军的胜利，可以说基本上是靠着人数的优势，是惨胜。大迂回大穿插的战术，可以起到突袭的效果，这对于没有城墙优势的匈奴人来说，是致命的。

不过这次霍去病出兵，却采取了正面快速进攻的作战方式。之所以采取这种方式，是因为霍去病从派去的细作那里得到消息，河西走廊的众多匈奴王如一盘散沙，即便是休屠王和浑邪王也很少来往，他们丝毫没有防备汉朝的想法。在他们看来，汉朝现在正与右贤王和伊稚斜你来我往打得热闹，怎么会顾得上这河西走廊？

霍去病点齐一万大军，令大军带足六天的口粮和水，不用辎重部队，然后迅速从陇西出发，过黄河后，经过金城、令居（现甘肃永登西），来到乌鞘岭。

乌鞘岭位于天祝县境中部，南临马牙雪山，西接古浪山峡，岭南有滔滔不息的金强河与水草丰美的抓喜秀龙草原，岭北有当地人誉为"金盆养鱼"的安远小盆地。乌鞘岭东西长约17公里，南北宽约10公里，海拔3500多米，素以山势峻拔、地势险要而驰名于世，是东西部的重要交通要道。

乌鞘岭的北段势似蜂腰，两面峭壁千仞，形成一路险关隘道。此段长度约30公里、宽不过半公里的南北延伸、蜿蜒曲折的高山峡谷，扼控兰州、武威，史有"秦关""雁塞"之称，便是被誉为中国西部"金关银锁"的古浪峡。

古浪峡两侧壁立千仞，可谓一夫当关、万夫莫开。

霍去病率大军来到古浪峡口外五公里处，害怕峡口有匈奴驻军，不敢继续前进，让大军先驻扎休息，等待前方哨探的消息，再做夺取峡口决定。

一会儿哨探派人回来报告，说古浪峡口根本没人，只有一座帐篷。帐篷是空的，里面长满了野草，很显然，这里很长时间没人居住了。

霍去病不敢相信。匈奴因为地域广阔，而且没有定居点，很少修建城墙要塞，但是他们经常派出巡逻队伍，在汉军经常出入的道路上巡逻，很多地方也有固定的巡逻哨。

古浪峡这种地方，在这里随便垒上几块大石头，然后设一支人马，即便是霍去病大军，想攻下这里，也绝非易事。没有守关将士，没有巡逻哨，没有帐篷，很显然，河西走廊的匈奴人根本就没想到，汉军会从这里朝他们发起进攻。

霍去病率大军经过古浪峡，果然没有看到匈奴人。看到的这座帐篷，很多地方已经破了，应该是被狼或者是别的动物给撕碎了，几块比较大的布条在寒风中飘动着。

过了古浪峡后，霍去病率大军朝西疾行。

当天傍晚，前哨报告，说前面发现一片帐篷，有三五千人。霍去病带着大军冲杀过去，帐篷里的匈奴人还没有来得及反应，便被汉军杀得四散而逃。汉军打扫战场，审讯俘虏，得知这片帐篷是匈奴部族遫濮族营地。他们杀死的人中，竟然还有遫濮王。

霍去病没有想到，他们竟然无意中就剿灭了一个匈奴部族。

大军进入哨探选好的营地埋灶做饭，休息了一夜后，继续朝西进军。

在狐奴河（现石羊河）流域，居住着河西走廊两个最大部族之一的休屠部。休屠部沿河而居，并建有简单的王城。遫濮部逃出来的人，向休屠王报告了霍去病大军杀进来的消息，休屠王这才感到有些害怕。

右贤王派使者传令让他加强防备，一直没有战事侵扰的休屠王，派了一支人马驻扎在古浪峡口。驻了半年左右，这支人马没有看到一名汉军，峡口离休屠王部族太远，来回运输粮食实在不方便，再加上那地方属于遫濮部地域，休屠王便把监视峡口的任务交给了遫濮王。他没有想到，遫濮王比他还不当回事，直接就把监视峡口的人给撤了回来。现在遫濮王的小命没了，汉军直接杀到休屠王的老窝，休屠王没有办法，只得草草迎战。

休屠王的所谓王城，不过是垒了两道石墙，跟汉朝的城墙根本没法比。休屠王的军队趴在王城上射箭，汉军战马一跃便可跳跃过去。汉军士气正盛，休屠王的军队草草上阵，一会儿便被汉军杀得弃城而逃。

休屠王没想到汉军如此英勇，带着家眷在卫士的保护下，逃出王城，连匈奴人的祭天金人都没顾得上带，被汉军缴获，交给了霍去病。

祭天金人是匈奴人在祭祀天地鬼神的时候最重要的礼器，可谓国之重器，匈奴单于将祭天金人交给休屠王管理，显然这休屠王在匈奴部族中是有些来头的。

霍去病不知道这小金人是什么东西，部将赵破奴却知道这小金人对于匈奴人的重要性。赵破奴本为汉人，曾经被匈奴人劫掠而去，在匈奴部族里长大，后来又逃回了大汉。得知祭天金人在匈奴部族里如此重要，霍去病大喜。

打败了休屠王后，霍去病又率部继续朝西走。遇到匈奴部族，便向其发起进攻，大军所向披靡，无人敢敌。

最后，汉军抵达位于焉支山下的浑邪王部。

浑邪王部是河西走廊实力最为雄厚的部族，部族有十万余人，军队两万多人。浑邪王控制的区域为当年月氏人的核心区域，月氏人在这里夯土建筑王城，名为昭武王城，匈奴人把月氏人赶走后，浑邪王就在这王城里驻了下来。王城有内外城墙，有王宫，这些围墙和王宫虽然没法跟西汉的王宫相比，但是匈奴这种习惯住帐篷的游牧民族，能在这种看起来也算宏伟的王城里住着，还是让看惯了帐篷的大汉将士愣了好一会儿。

浑邪王自然也得到了情报，早早做了准备。城墙上站满了匈奴人，张弓搭箭，严阵以待。

这一路杀过来，汉军一个硬仗都没有打。进攻浑邪王城算是遇到了像样的抵抗，汉军攻打浑邪王城用了大半天的时间，傍晚时分，浑邪王的军队还不肯放弃，依然在负隅顽抗。

原本霍去病觉得这仗打得没劲，一看到浑邪王要来真的，顿时兴奋起来，大喊一声，顶着城墙上射下的箭雨，拍马冲了过去。

众将士不敢怠慢，挥舞刀枪，拍马就跟着霍去病冲过去。一阵箭雨之后，一部分大汉勇士中箭落马，剩下的冲到城墙下，搭起梯子攻城。城墙上的匈奴人用箭朝下射击，大汉将士死伤严重。

赵破奴率另一队将士冲到城墙大门前，看到大门竟然是用薄木板拼起来的。赵破奴用手中大刀砍了一刀，大门便出现了一个破洞。众将士大喜，纷纷用刀砍去，几下子便将大门砍倒了。

这真是意外之喜。很显然，浑邪王根本就没有想到有人会来攻城，因此在原先月氏人做的大门破烂不堪后，找人随便做了一个薄木门。赵破奴派人向霍去病报告此事，霍去病打马来到，带着众勇士从大门冲了进去。

赵破奴等人冲进昭武王城，手中大刀如砍瓜切菜，杀得没有防备的匈奴人溃散而逃。霍去病率大军抓住了浑邪王的儿子以及相国都尉等人，浑邪王则在卫士的保护下，仓皇而逃。

9. 血战河西

霍去病率一万精锐突袭河西走廊，本意是一探虚实，因此他见好就收，看到浑邪王逃跑了，并没有追赶，而是在略作休整后，带着大军回撤。

休屠王和浑邪王以及其他部族的匈奴人，从霍去病的进攻中逃命之后，并没有闲着，而是召集精锐准备决战，决心让汉军有来无回。他们在浑邪王的率领下，聚集在皋兰山下，利用匈奴人善于野战的优势，摆开战场，等着霍去病大军。

霍去病知道，他们孤军深入，要想活着回去，就必须全力以赴，打服匈奴人，否则，以他们这点人马，匈奴人会吃了他们。

霍去病在得到哨探送来的消息后，让众将士略作休息，填了填肚子，然后上马列队。

他骑着马，在每个队列前缓缓走过，神情肃穆。

走完之后，他打马来到众人前面，对众人说："大汉将士们，我们一万人来到河西走廊，经过大小十多次战斗，杀敌千余人，损失四百多名兄弟。现在，被我们打败的匈奴人聚集在一起了，他们就在离我们十里远的地方，两万多匈奴精锐，手持弯刀和弓箭，想把我们消灭在这片草原上。这几天来，我们驰骋一千多里，完成了皇上交给我们的任务，现在我们要回到大汉的土地上。但是他们挡住了我们的去路，他们想杀了我们，想挡住我们回家的路，诸位都是我霍去病的好兄弟，诸位说，我们现在该怎么办？！"

众人齐声喊："杀回去！杀回去！"

霍去病朝着众人拱手："好！生死由我不由天，兄弟们，跟我杀过去！"

霍去病一马当先，手持大刀，率领将士们冲到匈奴人的阵前。匈奴人看到汉军杀过来，也不废话，号叫着就冲了过来。

匈奴军队有两万多人，对突然杀来的汉人恨之入骨，手中弯刀闪着寒光，朝着汉军就砍。汉军经过这些日子的战斗，已经只剩下了九千余人，而且个个疲劳不堪。但是面对恨不得扒了他们皮的匈奴人，他们没有退路，只能杀出一条血路。

年少气盛的霍去病带着众人，与匈奴人杀到了一起。

这是两个民族为了疆域、为了争夺生存权而进行的战争。汉军进攻河西走廊，是反击匈奴的一部分。匈奴左右贤王和单于进攻西汉边境要塞，是为了匈奴的利益，为了扩大自己的生存空间，还有最重要的一条，匈奴强大了，自以为可以去欺负别的国家。但是现在西汉也强大了，西汉军队就可以来河西走廊教训匈奴人。匈奴人当年进攻西汉边塞，掠杀百姓，抢夺财物，无恶不作。汉军进攻匈奴，虽然没有掠夺财物，却也是见人就杀，见到帐篷就发起进攻。因为匈奴人的特点是平时放牧，战时为军，只要是男人，就是战士。

对于深入匈奴腹地的汉军来说，这是生死之战，是一处不得不过的鬼门关，他们没有退路，只有杀死对方，他们才有活路。

两边将士嘶吼着，眼里喷着火星，一刹那间，刀枪插进身体的声音不绝于耳，惨叫之声滔滔不绝。三万铁骑搅起的尘土遮住了清冷的太阳，飞溅的血光如阵阵彩虹。

霍去病带着众将士冲杀了一会儿，觉得身边的人越来越少，他问赵破奴："赵破奴，咱的将士呢？"

赵破奴喊道："霍将军，都死了！匈奴人太多了，也能打，咱这是拿命换命啊！"

霍去病对赵破奴说："擒贼擒王，找他们的头目打！否则咱今天就要撂在这儿了！"

赵破奴得令，带着自己的属下将士，边拼杀边寻找匈奴人的头目。找了一会儿，他终于看到了一个王爷模样的人，身边围着几十名卫士，正在指挥匈奴人进攻。赵破奴弯弓搭箭，将这名王爷模样的人射于马下，他身边的几十名卫士惊惧不已，一哄而散。

霍去病见了大喜，趁机大喊："大汉将士们，匈奴人败了，冲啊！"

陷入苦战的汉军听到霍去病的喊叫，来了精神，开始反击。赵破奴又看到了浑邪王，也带着几十名卫士在督战。赵破奴再次弯弓搭箭，朝着浑邪王射了一箭。这一箭射中浑邪王旁边的卫士，刚好射穿了卫士的喉咙，这名卫士捂着喉咙，摔下了马。浑邪王大惊，带着一众卫士落荒而逃，旁边的休屠王看到浑邪王跑了，也不敢独自待下去了，带着卫士随即逃去。

两位大王跑了，匈奴人的杀气一下子泄了，皆四散而逃。

战斗结束，霍去病审讯俘虏，得知被赵破奴射杀的那人，竟然是河西走廊第三大部族折兰部的王爷折兰王。清点战场，他们又发现了匈奴卢侯部卢侯王的尸体。

此战，杀死了匈奴人八千九百余人，汉军也付出了战死七千余人的沉重代价，惨胜。

让霍去病后怕的是，幸亏赵破奴射杀了折兰王，吓跑了浑邪王，否则如果匈奴军队再坚持一会儿，双方再各失去两千人马，汉军必败。这真是一场恶战！汉军胜在顽强，有丰富的战斗经验，匈奴人也足够勇猛，可惜的是，他们战斗经验不足。

有时候，战争要靠勇气和经验，也要靠运气。

不管怎么说，霍去病这场试探性的出击，在付出了巨大的代价后，还是取得了胜利。霍去病班师回朝，将匈奴的祭天金人献给汉武帝。汉武帝大喜，对霍去病加封食邑两千户，并昭告天下。

第三章

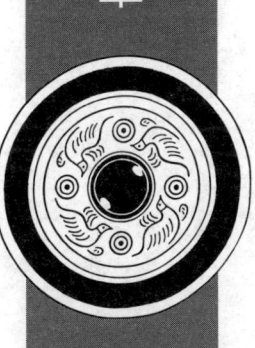

二出河西

第三章 二出河西

1. 霍去病的婚事

　　霍去病屡立战功，母亲卫少儿高兴之余又很是担心。卫青来看她，卫少儿与弟弟说起霍去病上战场之事。卫青宽慰她，霍去病看似刚猛，其实颇有谋略。况且汉武帝为了保护他的安全，给他配备了几百名顶尖高手当护卫。有了这些护卫，即便是在敌人的重重包围中，他们也会带着霍去病杀出重围，安全返回。

　　听卫青这么说，卫少儿略微放心了一些。

　　卫青此番来找卫少儿，是来与姐姐商量霍去病的婚事的。很多人来给霍去病提亲，都被他拒绝。

　　霍去病拒绝的理由很简单："匈奴未灭，何以家为?!"

　　卫青劝过霍去病很多次，一向很听舅舅话的霍去病，这次也不肯听了。卫少儿为此事更是愁得不行，她相信卫青的话，相信霍去病在战场上有人保护，但是万一呢？战场上的弓箭可是不长眼的，赵破奴能一箭射杀折兰王，万一……

　　霍去病从陇西回来后，汉武帝就与他跟卫青一起商量，要再次征战河西走廊。霍去病正是血气方刚的年纪，一听打仗就高兴，这些日子每日与汉武帝以及了解河西走廊地势的张骞在一起商量如何二次进军河西走廊，这让卫青更加担忧起来。

　　汉武帝雄才大略，卫青对其很敬佩。作为武将，杀敌报国，甚至捐躯沙场都是应该的，但是武将同时也是一个家庭的顶梁柱，一个母亲的儿子，要杀敌立功，同时也要兼顾家庭。霍去病还小，不懂得这些，他卫青是过来人，是孩子的舅舅，他不能不为此操心。

卫青替外甥相中了一个王侯家的女儿，来与卫少儿商量。卫少儿自然同意，让卫青赶紧说服霍去病，让他速速结婚，别一天只知道打啊杀啊的。

卫青说："姐姐，此事急不得。我与你商量，是想趁去病现在还在京城，征得他的同意，然后我们请媒人提亲。两三个月内，他就要返回陇西，再次准备西征，等他西征回来，便可办理结婚之事。"

卫少儿愁着了："难就难在这里啊，现在皇上这么宠他，他只肯听皇上的话，我们的话他都听不进去。"

卫青说："我这些日子劝了他好多次，他也是不听，心里天天想的就是打匈奴。也怨我，从小跟我玩，我那时候也是年少气盛，天天跟他说匈奴怎么欺负我们。我劝他，他倒有理由了，说他现在这个样子，都是当年我教的。他说他不是不成亲，而是等他打完了匈奴再说。匈奴地域那么大，人那么多，他什么时候能打完？"

卫少儿说："我也这么说他啊，他对我爱理不理的，气死我了！"

卫青笑了笑，说："有一个人的话他应该能听，姐姐，你带着去病去见这个人，让这个人说说他。"

卫少儿问："皇上？"

卫青摇头，说："皇上那么忙，这点小事怎么好麻烦他。找皇后啊。"

卫少儿顿悟："对，对，找皇后。别人的话他不听，皇后的话他总得听吧。"

卫少儿带着霍去病，以看望小姨的理由拜见皇后卫子夫。卫青事先跟卫子夫把事儿说了，因此卫子夫让霍去病坐在她旁边，直接说起了此事。

"孩子，你已经到了娶妻的年纪，男大当婚，女大当嫁，这世间之人概莫能外。你立志打匈奴，这跟娶妻不矛盾啊。古语说，成家立业，如果这世上人人都不成家，这国家还会有人吗？你即便把匈奴人都杀光了，国家没有人了，又有什么意义呢？"

皇后果然水平高，短短的几句话，让霍去病服服帖帖："末将愚钝，幸得皇后指点，末将知错了。"

卫子夫笑了："我是你小姨，没外人的时候，别'皇后''皇后'的，显得生分了。"

霍去病拱手："是。外甥霍去病谨遵小姨和舅舅之命，即刻聘请媒人前去提亲。"

卫子夫哦了一声："这事儿跟你舅舅有什么关系？"

霍去病笑了："小姨你就别装了，此事肯定是舅舅找的你和我母亲，你们三个一起来对付我。"

卫子夫和卫少儿都笑了。

卫子夫说："你知道就好。我们三个为你的终身大事，可是操碎了心。特别是你母亲，这些日子愁得饭都吃不下。孩子，你虽然贵为将军，但是要听母亲和舅舅的话，我们可都是为了你好。"

霍去病拱手："多谢小姨提醒，外甥谨记。"

有了皇后的话压轴，卫少儿开始聘请媒人，为儿子说亲。

霍去病则辞别母亲和舅舅卫青，带着人马返回了陇西，准备第二次出征河西。

如果说第一次出征河西，是一次试探性的军事行动，那么这次出征河西，就是一次巩固并扩大第一次战争成果的征战。

有了第一次的战争经验，汉武帝已经开始更加明确地计划针对河西走廊的战争。他要再次利用霍去病这把利刃，将河西走廊再狠狠地豁上几道口子，然后伺机而动，最终将河西走廊收入囊中。

因为上次霍去病对河西走廊的突袭，休屠王等人已经做好了准备，再从乌鞘岭进去，显然是不可能了。汉武帝与卫青、霍去病计划，决定大军从陇西向北，经过腾格里沙漠和阿拉善沙漠，从河西走廊的背后进入，对休屠王和浑邪王的军队进行突袭。这是卫青和霍去病比较喜欢的大迂回大穿插战术。

为了吸引匈奴各部的注意力，汉武帝搞了个两线作战。他先派李广与张骞率一队军马，从右北平出发，进击左贤王部。

左贤王在匈奴的地位很高，仅次于大单于，军事实力自然也是不弱。右贤王和伊稚斜单于都被汉军狠狠打败过，唯有这左贤王还没有吃过汉军的亏，因此很是嚣张。

上次李广与卫青各率一万兵马与匈奴本部军队决战，李广因为遇到单于主力，全军覆灭，被贬为庶民。后来李广又被起用，驻守右北平。这么多年，李广一直没有再随大军进攻匈奴。现在贵为郎中令，九卿之一。但是李广对这些都不在乎，他心心念念的，就是杀匈奴军、建功封侯，因此这次能够重新领兵征战匈奴，非常高兴。

2. 拼命三郎李敢

李广与儿子李敢率四千骑兵作为先锋，率先出发，博望侯张骞率一万主力随后。

李广一心想要寻找匈奴人决战，带着四千将士晓行夜宿，快马加鞭，不几日便到达了左贤王的腹地。

李广让大军暂时休息，然后派人联系张骞。

按照规矩，前军与后军的距离应该在行程半天到一天之内，然而，李广派出的哨探朝后跑了两天，也没有找到张骞的军队。

第三章 二出河西

李广拿出地图，与儿子李敢仔细研究，觉得他们没有偏离行军路线。张骞的军队没有赶上来，如果不是走得太慢，那就应该是迷路了。李广与众部将一番商量后，决定继续赶路，同时派出一个小队，继续联络张骞部。

李广不知道的是，他们的行动，早就被左贤王尽收眼底。

左贤王自然知道李广大名。李广曾经驻守右北平，与左贤王的军队常有冲突，因此左贤王早就对这个"飞将军"恨得牙痒痒。李广带着区区四千将士孤军深入，可把左贤王高兴坏了。他与诸将商量，决定先集中优势兵力，吃掉李广的这四千人，活捉或者杀掉李广，然后再对付张骞所率的一万人。

李广带着四千大军再次开拔不久，迎头便遇到了左贤王亲自率领的四万大军。

这四万大军，皆是能战之士，是左贤王的精锐。李广率领的将士虽然不弱，但是看着面前黑压压、漫山遍野的匈奴狼兵，将士们有些害怕了，直朝后退。

左贤王派会汉语的匈奴人打马过来，朝着李广喊话："汉朝的李广将军，左贤王让我来告诉你，他爱惜你是一个人才，不想让你死于乱军之中，因此给你一个机会，你带着你的人投降吧。左贤王说了，你们要是投降，每个人都会比你们在汉朝的待遇更优厚，官更大。李广将军会直接封王，有自己的领地。汉军兄弟们，你们也看到了，现在包围你们的，是四万匈奴勇士，你们不过几千人，还深入匈奴腹地，我们的勇士一个冲锋，便可将这区区几千人消灭殆尽，是死还是活，是被我们的弯刀砍下脑袋，还是来喝着奶酒吃羊肉，你们自己选择吧。"

李广冷冷地哼了一声，说："我李广守边塞，与你们匈奴打了几十年，我什么时候怕过你们？回去告诉你们的左贤王，只管放马过来吧！"

匈奴人拱手说："李广将军的大名，在匈奴无人不知无人不晓。你说得没错，你守卫边塞几十年，劳苦功高，但是你现在在你们的皇帝面前算

083

个什么呢？十七岁的霍去病闯进我们匈奴人的营地，带着八百人，连老弱妇孺在内杀了两千多人，便被封侯。而你多次血洒沙场，死里逃生，死在你本人手下的匈奴勇士没有上千，几百也有了吧？你们的皇帝还判你斩刑！哈哈，你们的皇帝只看胜败，不看局势，真是有失公平！李将军之名，无论是在我们匈奴，还是在汉朝，谁人不知谁人不晓？可惜在大汉那么多的王侯之中，竟然没有将军的大名，我们左贤王都替将军感到委屈呢，将军如果还执迷不悟，这不只是屈辱了，简直是糊涂！……"

这个匈奴人说得很是有些道理，李广身边的将士们蠢蠢欲动。

李广看到这情况，突然大喝一声："尔等骚扰我大汉边界，杀我大汉百姓，我李广作为大汉将军，食大汉俸禄，自然应该战场杀敌，保卫大汉边塞！皇上以军功行赏，是大汉之惯例，并不是故意为难我李广！尔等胡言乱语混淆视听，企图以如簧巧舌诱骗我李广，岂不知我李广世代为大汉忠臣，焉能投降大汉之敌国！再敢胡说，我李广的箭可是会杀人的！"

李广说完，取下弓箭，便瞄准了匈奴人。

匈奴人不敢再说话，朝着李广拱了拱手，便打马回去了。

左贤王见离间不成，只得下令发起进攻。四万匈奴军潮水一般涌了过来。李广拔出利剑，指挥众人冲锋，然而，他突然发现周围的人正悄悄地朝后退。将士们看着眼前蜂拥而来的四万匈奴军，皆面露恐惧。李广明白，四千对四万，匈奴人主场作战，以逸待劳，气势正盛，而汉军跋涉几百里，疲惫不堪，他们没有丝毫取胜的可能。也就是说，如果不出意外，匈奴人只须几个冲锋，就会把这四千人都砍成肉泥。

面对如此明晰的死亡威胁，谁能不怕？

即便他是飞将军李广，心里不也是微微发抖吗？

但是经历过数次生死的李广很快便稳定了情绪。他知道，现在他不能退，不能怕，他是一军之将，是这四千人的主心骨，现在，他也是大汉的脸面。他虽然对汉武帝也有些怨言，但是现在，匈奴是他的敌人、不共戴天的敌人，他不能表现出丝毫的犹豫。

他一转头，看向了在他侧后的儿子李敢。

李敢对父亲的意思心领神会，他朝着李广拱了拱手，猛然举起大刀，对着身后的人喊道："兄弟们，匈奴人不过是宵小之徒，只会劫掠百姓而已！你们不信，看我李敢如何杀敌！"

李敢举起大刀，嘶吼了一声，便如一支利剑，带着他身边的三十名勇士，朝着匈奴人冲了过去。

匈奴人看着李广的军队有些畏惧，正等着他们溃败呢，没想到竟然还有人敢朝他们发起冲锋，而且就这么几十个人。

匈奴人有些发愣，大概觉得这些人是疯了。而李敢等三十人已将生死置之度外，挥舞大刀，冲进匈奴队伍里，猛冲猛打，他们这种疯狂的气势竟然让匈奴人害怕了，纷纷躲避。

李敢等三十名勇士竟然在四万匈奴人阵前几次杀进杀出，杀死了上百名匈奴人，又毫发无损地回来了。

李广则趁匈奴人发愣的这段时间，迅速让将士们用辎重粮草建造了一个简易的屏障，四千大军躲在屏障里，张弓搭箭，严阵以待。

3. 李广强弩定军心

左贤王看到汉军几十人在他们的四万大军中如入无人之境，敬佩之余很是恼火。他一声令下，四万大军朝着汉军就冲了过来。

李广让众将士稳住，一直等匈奴人进入汉军的有效射程之内，才下令放箭。四千支箭矢朝着匈奴人飞过去，跑在前面的匈奴人很多都中了箭，倒在地上。汉军几个齐射，匈奴人死伤不少，他们不敢朝前冲了，也朝着汉军射箭。

若论射箭，匈奴人不比汉军差。不过他们心太急，而且没有辎重粮草可以搭建防御屏障，只能跪在地上，朝着躲在防御屏障后面的汉军射箭。

双方互相射击，皆伤亡惨重。汉军有屏障挡着，匈奴人利用弧形原理，朝天上射箭，箭头朝天上飞了一会儿，然后落入汉军的阵地中。屏障只能挡住前面射来的箭，无法阻挡从天上落下的箭头，匈奴人一个齐射，就能给汉军造成小几百人的伤亡。

跟匈奴有过无数次拼杀经历的李广非常明白，即便被射死，他们现在也只能利用弓箭杀伤敌人，如果冲出去与匈奴人拼杀，四万匈奴人会很快把他们碾成齑粉。李敢的那种打法，是勇气，更是取巧，在真正的大军决战时，那种打法是没用的。

因此即便很多人死于匈奴人的弓箭之下，李广也不允许军队冲出去跟匈奴人厮杀，只是让大家放箭，阻止匈奴人的进攻。

很快，汉军的箭就不多了，匈奴人也退后了很多。李广让众将士暂停射击，让一部分将士弯弓搭箭，严阵以待，剩下的赶紧抢救伤员，并赶紧捡拾地上匈奴人射过来的箭，加以利用。

匈奴人略微停顿了一下，又发起了攻击。汉军带来的箭已经射光了，他们利用匈奴人射过来的箭，加以还击。匈奴人发现汉军射来的箭是他们射过去的后，知道汉军的箭已经用尽，就不再用箭对他们发起进攻，而是顶着藤制的盾牌接箭，挥舞弯刀，向汉军的阵地冲过来。

李敢发现了匈奴人的阴谋，急了，对李广说："将军，我们还是发起冲锋吧，躲在这里就是等死啊！"

李广怒斥："出去更是送死！给我老老实实待着！"

第三章 二出河西

汉军捡拾的匈奴人的箭很快也将告罄。此时汉军的伤亡将近一半，剩下的两千将士，看着面前铺天盖地的匈奴人，个个面如死灰，斗志全无。

在这关键时刻，李广扯出了自己威力巨大的大黄弩。他让一众将士皆停止射击，李敢等几个人负责给他供箭。他将弓拉满，瞄准了打马跑在最前面的匈奴裨将，将之一箭射到马下。此后，李广频频发箭，每箭必中，射的都是带头冲锋的匈奴裨将。冲在前面的匈奴人害怕了，特别是那些带头冲锋的小头目，飞将军李广在匈奴人眼中本来就是神一样的人物，现在看到飞将军发怒了，都不敢带头冲，反而掉头向后跑。头目缩回去了，普通匈奴人更不肯当冤大头，纷纷后撤。

众将士看到匈奴人撤了，纷纷长出一口气。李广在军中威望本来就很高，这次李广父子挺身退敌，更是让将士们看到了希望。

李广对众将士喊道："看到了没有？匈奴人没有什么可怕的，他们也怕死。两军相战勇者胜，只要我们拿出勇气来，我们就能战胜匈奴，活着回到大汉，立功受赏！"

到了这个时候，将士们已经对立功受赏没有了感觉，他们只想活着回到大汉，只想回家。

现在，张骞大军是将士们的唯一希望了。当然，还有一个前提，是他们得撑住匈奴人的进攻。

有裨将说："有李将军在，我们就不怕！再说了，到这种时候，怕也没有用。我们撑住了，等博望侯大军来到，我们就有希望了！"

众将士打起精神，四处寻找箭矢，以便应对匈奴人的进攻。

左贤王站在高处，将这一切尽收眼底。他赞叹了一声，对一众属下说："这个李广，真是神一样的人物啊！怪不得当年大单于要活捉李广。要是我匈奴有此人，便有人对付卫青和霍去病了！"

手下说："大王，那我们今天就活捉李广！汉武帝喜欢勇武之人，如果我们活捉了李广，汉武帝必然恨之，李广无法回去，只能为我所用。"

左贤王摇头，说："像李广这种人物，恐怕难以驯服。无论是抓还是杀，今日一定要打败汉军。如果时间长了，他们的援军来到，里外夹击，以李广的勇猛，我们将很难取胜。"

匈奴人按照左贤王命令，又发起了几次进攻。李广与众将士分工，他专射匈奴头目，众将士射杀匈奴人，还有一部分将士专门捡匈奴人射过来的箭，他们竟然就这样运用匈奴人提供的箭，一次又一次挡住了匈奴人的进攻。

夜晚来临，汉匈双方皆疲惫不堪。

匈奴军队把李广的军队团团围住，开始扎下帐篷，埋灶做饭。

李广让李敢率一部分将士警戒，剩下的将士也开始做饭，准备歇息。

饭毕，天已经完全黑了下来。害怕匈奴人晚上突袭，李广命令众将士马不离鞍，刀不离身，换班歇息。他则手按刀柄，四处巡防，鼓舞将士。众将士看到李广谈笑自若，很是敬佩，军心因此安定。

李广一直巡视到半夜，李敢与他商量，说要带着众将士趁匈奴人休息的时候连夜突围。李广想了想，否决了李敢的提议。据他观察，匈奴人并没有全部休息，他们像汉军一样，也是轮流休息。即便是在帐篷中歇息的军士，也是怀抱弯刀，随时可以跳起来作战。匈奴人还派专人照顾马匹，马不离鞍。如果这时候突围，极有可能陷入他们的包围之中，以致万劫不复。

"我们最好的办法就是拖延时间。此处位于行军路线中，博望侯必然会率大军来到。到那时候，我们里应外合，便可打败敌军。"李广说。

李敢却很担忧："如果博望侯大军不能来呢？"

李广其实也担心这个。如果这个左贤王真是一名出色的将军，他便会派一支人马拦住博望侯的军队，只要能拦住一天，李广他们就必败无疑。

但是他不能这么说，现在全军包括李敢都以他为支柱，如果他把担忧说出去，军心必散，他们更加无法与匈奴人抗衡了。

他因此说:"博望侯见多识广,肯定会找过来,此事尔等不必担心,只管休息好,明日再战匈奴即可。"

4. 博望侯终于来了

汉军与匈奴互相警惕,度过了漫长的一夜。这一夜,匈奴人没有休息好,汉军更没有休息好。匈奴人怕汉军趁夜偷袭,汉军也怕匈奴人趁夜偷袭,双方皆神经兮兮,一有风吹草动,便大呼小叫,以为对方杀过来了。

好不容易挨到天蒙蒙亮,双方皆很疲惫,却不得不强打精神,准备战斗。

面对即将开始的一天,汉军既充满期望又充满恐惧。

期望的是,张骞赶紧来到,救他们于水火之中。

恐惧的是,不知道今天匈奴人会发起什么样的进攻,他们这两千人是否能顶得住对方数万人的进攻。

将士们没有生火做饭,好在带了比较多的肉干和锅盔,他们喝着凉水,撕扯着肉干,勉强填饱了肚子。

李广两眼布满血丝,但是他依然精神抖擞,四处巡视,督查各部加固屏障。李广觉得今天匈奴人会直接进攻,因此他令众将士分阶段调整屏障,将运送辎重的车子放在外面,以阻滞匈奴骑兵的进攻。

看着不远处正准备进攻的匈奴人,众将士心情灰暗,虽然在准备战斗,却没有精神。李敢也很忧虑。远处的山峰,不远处的小树林,都很安静,丝毫没有援军的影子。

他看得出来，众将士比他还忧虑，而父亲，则是在极力撑着。他们不知道张骞现在在哪里，不知道他能否来救他们，不知道他们的下场到底会如何。

不过有一点他们很明白，如果匈奴人对他们发起全面进攻，他们这点人马，很快便会崩溃。昨天他们是靠着锐气坚守了一天，而现在，他们虽然不能说是精疲力竭，但也是锐气皆无，苟延残喘。

而对面，匈奴人正在调度，准备进攻。

汉军早就做好了准备。他们恐惧了一天，一晚上，加上今天的整个早晨。现在看到匈奴人要开始进攻，他们反而不那么紧张了。事已至此，他们无力改变战局。匈奴人会发起什么样的进攻，他们不得而知，张骞是否会来救他们，他们更是不得而知。他们现在所能做的，就是杀敌！杀死这些侵犯他们家园、杀害他们妻女的小个子敌人。至于敌人什么时候能杀了自己，那只能由老天来决定了。

他们看着匈奴人骑着马，号叫着，从四面八方如潮水一般涌过来。

李广和李敢率领众将士，在匈奴人快到眼前的时候，才开始射箭，射杀了跑在前面的部分匈奴人。然而，这次匈奴人并没有轻易退却，即便李广射杀了几个匈奴将军，他们还是朝着屏障后面的汉军冲了过来。

看到匈奴人冲了过来，训练有素的将士们很自然地进入了战斗状态。李广和李敢率先跳上屏障，挥舞刀枪杀敌。众将士一看飞将军和李敢都上了，皆纷纷手持刀枪，涌了上来。

屏障横放的车子让匈奴人的骑兵很是不便。匈奴人不得不下马，手持弯刀继续冲锋，显然这正是汉军将士们所期望的。车子上很难站稳，他们上了车子，就给了汉军反攻的好机会。有些匈奴人想拖走车子，清理出利于骑兵进攻的空地。李广就率领将士们朝着企图拖走车子的匈奴人射箭。如果车子被拖走，屏障就会变得单薄，匈奴人骑着马就能跃进屏障里，汉军便会变得危险。

第三章 二出河西

近两万匈奴人发起了全线进攻,汉军剩下的两千人拼死抵抗。一时间,呐喊声、惨叫声震天动地,血肉横飞,一拨又一拨匈奴人倒下,一拨又一拨匈奴人冲上来。

汉军利用这小小的屏障和外围的车子,巧妙地消耗掉了一部分匈奴人的锐气和冲力,然后利用汉军的长枪,对付匈奴人的短刀,自然就占了一些优势。匈奴人虽然多,但是在背水一战的汉军面前,他们的第一拨进攻并没有占到便宜,在留下了近一千具尸体之后,匈奴人不得不撤了回去。

汉军清点伤亡人数。还好,战死二百余人,受伤一百多。

李广给众将士打气:"两万匈奴也并不可怕,只要我们能在这里坚守住,就一定会等来博望侯的援军。诸位,我们没有退路,匈奴人想杀光我们,我们只能坚持住,等待援军。"

众将士虽然相信李广,但是他们很怀疑,博望侯的援军到底能不能来,什么时候能来。他们也知道,飞将军对这个问题也没法回答。他又没有千里眼,怎么能知道博望侯在哪里?

不过到了这个份上,说别的没用了,有一点力气,那就跟匈奴人拼了。

匈奴人第二次进攻,吸取了第一次进攻的教训,他们全都下了马,徒步冲了过来。

对于汉军来说,有一个非常不好的问题,那就是匈奴人的尸体把很多车子周围都铺平了。他们放在外围、阻挡匈奴人的屏障已经失去了威力,他们面前已经几乎变成了坦途。汹涌的匈奴人踩着同伴的尸体,像踩着一块块木头,毫无阻碍地冲了上来。

汉军站在屏障上阻敌,阻挡着潮水一般的匈奴人,双方杀得不可开交。匈奴人多次冲破屏障,冲进屏障内,都被李敢带人杀了出去。匈奴人第二波冲锋,又留下了近一千具尸体,汉军这次死伤五百余人,仅剩下一千二百多能战之士。

经过两次搏杀,这一千二百多人,也皆疲惫不堪。匈奴人退下后,

091

将士们都躺在地上，一动也不愿意动。

李敢让将士们起来，打扫战场，抢救伤员，也没有几个人愿意动弹。

将士们劝李敢："李将军，别折腾了，匈奴再来一拨进攻，兄弟们就差不多都死光了，还打扫什么战场啊？"

李敢骂道："我们是大汉的军人，哪怕只剩下最后一个，也是顶天立地！怎么能说这种丧气话？！我们的兄弟在流血，等你们受伤了，你们也希望没人管吗？！"

众将士不得不起来，帮受伤的将士们包扎。匈奴人刀法歹毒，砍人的时候不是砍喉咙，便是捅肚子。砍到喉咙的，倒地便亡，痛快。捅破肚子的，血和肠子流了一地，躺在地上哀号，很长时间死不了。但是谁都知道，这些人是没法活下去的，最多能顶半天。很多受伤将士疼痛难忍，让李敢给他们个痛快。李敢不肯，他们只能自己拿起刀抹脖子。

李广转着圈，看着受伤和死去的将士，脸色严峻。到了这种时候，众人皆心知肚明，再打气也没有用了。

倒是有人问他："李将军，博望侯还会来吗？"

李广脸色严峻，点头说："会来！一定会来！"

李广这话是说给将士们听的，也是说给自己听的。他不知道将士们是否会相信，但是他知道张骞一定会来。他相信张骞，即便他在沙漠中迷路，也会很快纠正过来，赶过来。但是他不确定，张骞来的时候，他们是否都已经全部战死了。

是的，是全部战死。他已经做了决定，这次如果出不去，他宁可自杀，也不做匈奴人的俘虏。还有儿子李敢。看到尚显稚嫩的儿子，李广的心在哆嗦。但是他确定，如果这次不能脱险，他们父子两人都不能做俘虏，不能给李家先祖丢人，不能让李家后人无法在大汉活下去。

匈奴人略微休息了一会儿，再次发起了冲锋。

李广率领众将士，包括受伤的，都站在了屏障上。一千多人，稀稀拉拉，已经无法把屏障全部站满了，李广满心悲凉。

匈奴人显然也有些累了。两次冲锋，他们留下了近三千具尸体。第三次冲锋，他们也不像上两次那么猛了，但是却很坚定，一副志在必得的样子。

李广心中明白，如果张骞再不来，这几乎就是最后一战了。他的将士们已经疲累至极，只能勉强端起枪。而匈奴人还有一万七八千人。他们是轮流冲锋，剩下的可以休息，吃一些东西，因此体力充沛。这场冲锋的最后结果，可想而知。

匈奴人冲过来，双方交战。汉军拼命支撑，奈何体力不支，只一个回合，便有很多汉军倒在了匈奴人的弯刀下。

李敢带了几十名精锐，左冲右突，砍杀冲进来的匈奴人，匈奴人越来越多，汉军眼看就要崩溃。

就在这千钧一发之际，突然响起了汉军冲锋的牛角号声。

李广一愣，狂喜："博望侯来了！我们的援军到了！大汉将士，杀啊！"

听到牛角号声的匈奴人也愣了。小头目们转头看，看到自己军队的阵脚乱了，知道汉军的增援来了，有些害怕。

李敢趁机喊道："我们的援军来了，卫青和霍去病杀过来了！"

李敢这么喊，其实就是吓唬这些匈奴人的。汉军将士们自然知道卫青和霍去病不会来，但是他们知道这两人对匈奴人来说意味着什么，就一起喊起来："卫青大将军来了！霍去病将军来了！"

匈奴人一听这两人带着军队杀来了，害怕了，顾不得进攻，转身便跑。

李广带着将士们跃出屏障，尾随追杀。

张骞的大军兵分两路，掩杀匈奴人。匈奴人没有防备，大败而逃。张骞率大军略微追赶一程，便返回来看望李广等人。

张骞很歉意地告诉李广，他带的大军在半路迷路了，因此耽误了两天，他很是抱歉。

而今，李广的前锋军队只剩下了不到一千人，士气低落，已经无法继续跟匈奴人决战，只得返回大汉。

5. 越过沙漠

霍去病和公孙敖各率两万大军，分别从北地郡、陇西郡出发。按照汉武帝之命，霍去病率大军经腾格里沙漠、巴丹吉林沙漠，到达居延海，公孙敖率领两万大军从霍去病行军路线北侧行进，策应霍去病大军，阻止右贤王对霍去病大军的袭击，为霍去病大军清除骚扰，双方在居延海会合，然后进入河西走廊，突袭匈奴。

霍去病率部渡过黄河后，继续朝北进发，一直到达腾格里沙漠。现在已经是赤日炎炎的夏季，沙漠里的每一粒沙子，经过太阳的暴晒后，仿佛都变成了一个一个的小太阳，炙烤着这支年轻的骑兵。

霍去病率大军沿着腾格里沙漠，朝着西北行进。霍去病手里的地图，对这一带的山形地貌没有详细的标注。对匈奴有些了解的赵破奴也没来过这地方，只能依靠道听途说的一点了解，带着大军过沙漠，跋山涉水，一路朝着西北方向走。

过了腾格里沙漠后，他们找到一个当地人，给了他一些金子，让他当向导。幸亏有这名向导带路，带着他们穿过了浩瀚的巴丹吉林沙漠。沙漠昼夜温差大，白天酷热难耐，晚上经常刮起寒风，飞沙走石，许多将士因此得了风寒之症。最让将士们受不了的，是酷热。白天的沙漠就像一口下面烧着火的大铁锅,走一会儿便大汗淋漓,口渴得要命,需要喝大量的水解渴。要命的是,沙漠里没有水源,他们带的水只够平常饮用,且每天只能喝一点点,这点水进了肚子,一会儿便变成了汗。想要再喝水,军需官告诉将士,没有了,今天的定量只有这么多。将士们渴得嗓子冒烟,去找霍去病。

霍去病询问军需官,军需官哭丧着脸告诉他:"霍将军,出发之前,没想到这沙漠这么热。我等是按照将士平常喝水的量带的,即便如此,因为中途没有地方加水,我们带的水也让辎重车队不堪重负。在沙漠里走,马车经常陷进沙子里,不能动弹,人工推的车子更是苦不堪言。按照预计速度,要走到居延海还需要十多天,即便带了这么多水,也仅够大军走出沙漠。因此,将军,你就让将士们忍一忍吧。如果敞开让将士们喝,两天就喝没了,大军无法走出沙漠啊。还有这战马,连带辎重,有近五万匹战马,人没有水可以坚持,战马要是倒下了,大军可就完了。"

在沙漠找水,比在戈壁滩找水都难,基本上是没有希望。霍去病自然知道大军缺水的严重性,因此下令,必须按照军需官供应的水量喝水,任何人不得多喝。

将士们只得忍着。水变成汗蒸发后,将士们身体里再没有水分可以降温,皮肤在太阳的暴晒下迅速开裂,如酥饼一般一层层爆开。很多将士因此昏迷倒下,到了这个时候,军需官才拿出一点儿水来,给晕倒的将士喝下。

傍晚太阳落下后,温度迅速降低,将士们冻得瑟瑟发抖,大家只得挤在一起取暖。

忽冷忽热,导致很多将士得病,行进的途中,不断有将士倒下,再也没能站起来。很多将士抱怨,说这样行军,还不如跟匈奴人痛痛快快打一仗,即便战死,也死得痛快。

霍去病治军以严著称。这一次他却没有惩治这些背地议论他的将士,而是以身作则，像普通将士那样喝水，嘴唇干裂，身上皮肤爆开。

将士们看到霍去病也像他们一样遭罪，皆不敢说话。大军忍着饥渴，经过十多天艰苦行军，终于走出了巴丹吉林沙漠，来到了居延海。

居延海其实就是几条河流汇集而成的大湖。湖水清澈，凉爽甘甜。将士们看到这一片汪洋大湖，简直疯了，他们饱饮一通，又把自己的水囊都灌得满满的。军需官也长出一口气，带着负责辎重的将士，把几十个大水囊灌得满满的。

霍去病下令在居延海休整几天，顺便等公孙敖部来此会合。众将士欢呼雀跃，在居延海边好吃好喝休整了五天。经过五天休整，几乎奄奄一息的军队完全得到恢复，皆精神振奋，时刻准备着上马厮杀。

然而，公孙敖所率大军却没有按照约定的日子前来会合。霍去病又让大军等待了两日，公孙敖大军还是没有到来。霍去病怕耽误时间长了，让匈奴人得知大军的行踪，便不再等公孙敖，下令大军开拔。

赵破奴担心孤军深入，而匈奴人已经有所准备，因此劝霍去病慎重。

霍去病说："大军至此，后退不得，只能前进。休屠王和浑邪王是否知道我们来到此地，不得而知，右贤王肯定已经得知我军进入大漠。故此，我等不可久留，亦不可退，只能前进杀敌，从河西走廊返回大汉。"

赵破奴想到经过沙漠之时的狼狈。如果那时候右贤王大军杀至，汉军根本无力抵抗。霍去病说得对，他们现在无路可走，只能按照预定计划，杀奔河西走廊。

霍去病给公孙敖留下一个标记，便率大军沿着弱水向南，从合黎山垭口，顺利进入河西走廊。

6. 决战浑邪王主力

大军进入河西走廊后，面前豁然开朗。绿树成荫，鲜花盛开，高高低低的山丘，皆是一片绿色。

霍去病意气风发，指着远处的山峰说："如此大好河山，当属我大汉疆土！"

汉军士气高昂，向南走了大半天，看到了一处位于祁连山脚下的定居点。不过与其他匈奴人不同的是，这一处定居点里的人住的却是茅屋，石墙茅屋，这让霍去病有一种回到陇西的感觉。

霍去病很是疑惑，问赵破奴："匈奴人还有盖房子的吗？我看这房子，怎么像汉人住的地方呢？"

赵破奴摇头，说："这应该不是匈奴人。匈奴人是游牧民族，怎么会盖房子？"

霍去病让赵破奴带着几个人过去看看，不要杀人。

赵破奴带着几个人打马过去，用匈奴话问一个站在茅屋外的老人："老人家，你们是哪个部族的人？"

老人摇头，不说话，转身走回了屋子。

赵破奴不知道老人是听不懂他的话，还是害怕，只得在小小的村落里继续找人打听。他终于遇到了一个手持牧羊鞭的年轻人，便拱手问他："这位兄弟，请问你们是哪个部族的人？"

年轻人听懂了，抬头看了看赵破奴："你们是匈奴人吗？"

赵破奴知道，他们穿的是汉军的衣服，想冒充匈奴人肯定不行，只能实话实说："我们是大汉军队。"

年轻人没有害怕，眼里却射出了光芒："你们是来杀匈奴人的？"

赵破奴有些惊讶，却只能点头，说："是。"

赵破奴担心这个年轻人反抗，右手偷偷按住了刀柄。他没有想到，这个年轻人听他这么说，竟然笑了，竖起大拇指，说："大汉军队厉害，你们是英雄！是好样的！"

年轻人请赵破奴等人进他家里坐一坐，赵破奴很礼貌地拒绝了。这个年轻人说："我们不是匈奴人，我们是月氏人。当年匈奴人杀了我们的大王，毁了我们的家园，我们部落里的大部分人都朝西走了，剩下一些老弱留了下来。我们现在是匈奴人的奴隶，小孩长大以后就要去给匈奴王爷当奴婢，或者当兵，我们恨死匈奴人了。但是没办法，我们势力太小，不敢反抗。"

一听说是月氏人，赵破奴放心了。他问："你知道匈奴人的主力军队在哪里吗？"

年轻人说："顺路南下三百余里，有浑邪王的一支人马，附近还有酋涂国和呼于屠国，不过匈奴人会很快知道你们到来的消息，前面不远，就有游牧的匈奴人，他们会把汉军到来的消息飞快传给浑邪王。你们要小心，浑邪王军队有两三万人，非常勇猛。"

赵破奴辞别年轻人，回来向霍去病报告。霍去病听说他们是月氏人，让赵破奴给他们送去了一些金子和粮食，便率大军继续南下。

那个月氏年轻人没有说错，汉军进入河西走廊不久，匈奴各部就纷纷得知了汉军进来的消息。

这个消息让匈奴诸王惊愕不已。他们在东部乌鞘岭一带部署了大量的精锐，阻击汉军，但是令他们想不到的是，汉军竟然绕了个大圈，从他们的背后冲了进来。

匈奴诸王赶紧率领大军，向兵力最强的浑邪王靠近。浑邪王也连忙派人告知休屠王，让他率部参与围剿霍去病。

霍去病率部杀来的时候，很多部族的军队还在路上。霍去病一路前

第三章 二出河西

进，直奔浑邪王部。他知道，打败了浑邪王，匈奴各部就成了一盘散沙，一触即溃。

浑邪王匆匆聚集了几个部族的士卒，约有四万大军，在焉支山南坡摆开了战场，等待与霍去病大军决战。

霍去病从哨探口中得知消息后，从两万大军中分出五千，让赵破奴率领，迅速绕到敌军后面，等大军发起冲锋后，赵率大军从后面突袭敌军。

霍去病让大军略作休息后，便向浑邪王发起了冲锋。

河西走廊诸王这些日子也没闲着。他们痛定思痛，训练军士，强化防御，并确定了以浑邪王和休屠王为首领的联动防御机制。因此浑邪王在得知霍去病大军到来的同时，就已经有很多部族的军队匆匆地朝他们早就约好的地点集合了。

休屠王因为离浑邪王比较远，他的军队还没有赶过来。但是即便如此，集中在焉支山下的匈奴军队很快便达到四万多人。这四万多人分别属于浑邪王、酋涂王、呼于屠王、稽沮王等周围十余个部族的军队。他们没有统一的服饰，却都有属于自己部族的标志，因此五颜六色，看起来有些可笑。

浑邪王的军队略微像个样子，穿的是统一的青色衣服，排列也比较整齐，位于大军的中间位置。两侧是花花绿绿的其他部族，他们或躺或坐，悠闲自在，一点都不像打仗的样子。

霍去病知道，匈奴各部军队中，浑邪王的战斗力最强，他们只要先打败浑邪王，其他部族的军队便没有了主心骨。因此霍去病分出两支人马各两千人，迎战浑邪王军队两侧的其他部族联合军，自己则亲率剩下的一万多人，如一把利刃，直取浑邪王部。

浑邪王军队有两万人，这两万人在河西走廊无人可敌。他们这次准备好了，要与汉朝军队决一死战。因此看到霍去病率大军冲过来，浑邪王一声令下，这两万军队潮水一般就朝着霍去病的军队冲了过来。

一刹那的工夫，汉军的长枪大刀，就跟匈奴人的弯刀战在了一处。汉军人马虽不占优势，却皆是军中精锐，能打善战，何况他们现在面临的局势同上次一样，要是战胜，他们就可以经过河西走廊回家，要是战败，他们面对的将是万劫不复的深渊。

双方将士捉对厮杀，一时间呼叫之声连天，惨叫声不绝于耳。浑邪王的军士虽然训练少，但是他们本来就善战，加上人多，双方势均力敌，汉军和匈奴人皆死伤严重。如果这样打下去，等再有匈奴人加入战团，汉军必败无疑。

幸好霍去病有先见之明，派赵破奴带一支军马绕到了匈奴人后面，进行偷袭。

浑邪王以及诸王正站在战团外面指挥战斗，突然从后面冲来一队人马，浑邪王吓坏了，哪里还顾得上指挥？带着卫队仓皇而逃。

五千生力军从匈奴军背后杀入，浑邪王的军队马上就乱了。匈奴军一看浑邪王都跑了，军心马上就散了，霍去病趁机与赵破奴带着大军纵横掩杀，顷刻之间，两万多匈奴人死在了汉军的刀枪之下。

7. 二出河西之大捷

酋涂王看到汉军如此勇猛善战，浑邪王又跑了，害怕了，马上率本部两千余人向汉军投降。剩下诸王眼看大势已去，降的降，跑的跑，战斗开始得轰轰烈烈，结束得却也干脆利落。

霍去病率大军继续南下，遇到了休屠王率领的折兰王、卢侯王等部族大军。

休屠王已经知道浑邪王惨败的消息，他不敢与霍去病大军正面硬刚，而是率大军潜伏于路边，打算打一个伏击。

若论这种战法，自然是汉军最为擅长。没有什么经验的休屠王安排军队进入伏击圈的时候，各部军队拖拖拉拉，两三天才全部进入各自的伏击位置。而休屠王的阴谋，则被化装成匈奴人的汉军哨探看得一清二楚。

霍去病兵分三路，派出两支军队绕到匈奴人的后面，袭击准备伏击汉军的匈奴人，他则率中军，直接进入了休屠王设下的伏击圈。

休屠王刚要下令朝汉军发起进攻，两支负责偷袭的汉军却先猛地朝着埋伏的匈奴军队发起了进攻。正是螳螂捕蝉，黄雀在后，匈奴人阵脚大乱，慌忙逃跑。霍去病将中军一分为二，分别对两侧的匈奴军队发起了进攻，休屠王的军队大败，留下了三千余具尸体，仓皇而逃。

赵破奴杀得兴起，要带兵追击，被霍去病拦住。

霍去病说："穷寇勿追。若浑邪王与休屠王联合起来，进攻我大军，大军已然很是疲惫，我等即便勉强战胜，也要付出巨大代价。兵贵神速，我们要马上返回大汉，可待再战！"

汉军朝着东南乌鞘岭方向急速行军。中途夜晚休息，也是加派巡逻岗哨，马不卸鞍，人不解甲，随时准备战斗。

还好，沿途的一众小部落，早就知道汉朝大军的厉害，都离得远远的，没人再敢阻挡。

大军来到乌鞘岭，遇到了在此守卫的匈奴人。匈奴人正严阵以待，准备迎击从东面进来的汉军，没想到汉军竟然从背后杀了上来。匈奴人一战即溃，留下了两千多具尸体，剩下的逃之夭夭。

汉军顺利通过乌鞘岭，返回了汉地。

二出河西，汉军杀匈奴人两万六千余众，俘虏包括单桓王、酋涂王在内的匈奴五个部族王以及他们的家眷王子等五十九人，俘虏相国、将军、当户、都尉等六十三人。

汉军第二次河西大捷，让汉武帝非常兴奋。汉武帝下旨加封霍去病五千户；赵破奴因为战功被封为从骠侯，食邑一千五百户；校尉高不识被封为宜冠侯，食邑一千一百户；校尉仆多被封为辉渠侯，食邑一千一百户。

比较憋屈的是飞将军李广。李广带着四千将士，与左贤王的主力奋战两天，身上多处受伤，却因为所带军队损失太多，功过两抵，不奖不罚。

博望侯张骞因为贻误战机，致使李广部损失严重，按律当斩，武帝允许张骞凑钱买命，贬为庶人。公孙敖率大军迷路，没有赶到预定地点，致使霍去病孤军深入，也被判斩刑，公孙敖凑钱买命，亦被贬为庶人。

霍去病二出河西，长途转战两千余里，仅仅伤亡三千余人，歼敌三万余众，河西走廊的匈奴主力军队被击败消灭。现在的河西走廊，已经完全失去了对大汉朝廷的威胁，被大汉紧紧地握在了手里。

霍去病回到家，家里众人自然非常欢喜。卫青以及卫少儿等人设宴，为霍去病庆功。其间提到老将军李广，卫青很是为他感到可惜。

霍去病却不以为然。在他看来，将军出征，看的就是战绩。将军要有根据当时情况、处理问题的能力。李广率领四千人马陷入苦战，很显然是他战术失当。如果是他霍去病，他会设法避开匈奴大军，突袭匈奴不加防备的地方。

"李将军虽然勇猛，战功卓著，却不知如何在匈奴境内作战。他与博望侯失去联系，仅带四千人马，就不应该继续走原定路线，而应率大军迂回到匈奴人后方，杀他一个出其不意。老将军的做法过于拘谨，这是他经常陷于困境的主要原因。"

卫青有些惊讶："我倒是没有想到这一点，看来你在战术运用上，比我要想得多。"

霍去病有些得意："你们熟读兵书，拘泥于兵书战法。我不读那些东西，我就知道打仗要出其不意，方能取胜。舅舅，我这些都是跟你学的啊，你熟读兵书，我只是研习你的行兵打仗之法，然后将之运用到当时战况上。"

卫青感叹说："凡事都要有天赋，你的天赋就是会打仗，此乃大汉之福也！"

朝廷上下，人人皆以卫青、霍去病为尊。唯有主爵都尉汲黯对两人很是傲慢，这让霍去病有些不高兴。

霍去病与卫青多次说起此事，卫青很是惊讶，他严肃地对霍去病说："汲黯为人高傲，表里如一，他看到我们不像别的大臣那样毕恭毕敬，说明此人是个君子啊！我们两人虽然征战匈奴，有些功绩，但是人无完人，我们肯定有些地方不如他人。有人对我们有看法，这很正常。如果他们能说出我们做得不好的地方，利于我们改正，这人就是我们的镜子啊。皇上主张打击匈奴，汲黯是最坚定反对与匈奴为敌、主张与之和亲的人，他曾经在朝堂上多次反驳皇上，皇上却对其很敬重，称其为社稷之臣，可见皇上也知道汲黯之可贵。倒是那些看到我们就毕恭毕敬的人，更值得我们警惕，因为我们无法知道他们在想什么。"

霍去病对舅舅的话深以为然，从此对汲黯印象大为改观。

8. 卫青与汲黯

汲黯家世显赫，先祖曾受古卫国国君恩宠，祖先代代都在朝中荣任卿、大夫之职，到他已经是第七代。汲黯靠父亲保举，在汉景帝时当了太子洗马，因为人严正而被人敬畏。汉景帝死后，太子刘彻继位，任命他做谒者之官，后官至中大夫。

汲黯任主爵都尉而位列九卿的时候，王太后的弟弟武安侯田蚡做了宰相。年俸中二千石的高官来谒见田蚡都行跪拜之礼，汲黯见田蚡，田蚡向汲黯行礼，汲黯傲然而立，不予还礼。

群臣中有人责怪汲黯，汲黯说："天子设置公卿百官这些辅佐之臣，难道是让他们一味屈从取容、阿谀逢迎，将君主陷于违背正道的窘境吗？何况我已身居九卿之位，纵然爱惜自己的生命，但要是损害了朝廷大事，那可怎么办！"

众官都以为这次汉武帝肯定要惩罚汲黯，然而，让众人没有想到的是，汉武帝竟然忍下了此事，没有降罪于汲黯。可见，汉武帝也颇有心胸。

此时，汉朝正在征讨匈奴，招抚各地少数民族。汲黯力求国家少事，常借向汉武帝进言的机会建议与胡人和亲，不要兴兵打仗。汉武帝正倾心于儒家学说，尊用公孙弘，对此不以为意。及至国内事端纷起，下层官吏和不法之民都弄巧逞志以逃避法网，汉武帝这才要分条别律，严明法纪，张汤等人也便不断进奏所审判的要案，以此博取汉武帝的宠幸。但汲黯常常诋毁儒学，当面抨击公孙弘之流内怀奸诈而外逞智巧，以此阿谀主上取得欢心；刀笔吏专门苛究深抠律令条文，巧言加以诋毁，构陷他人有罪，使事实真相不得昭示，并把胜狱作为邀功的资本，于是汉武帝越发地倚重公孙弘和张汤，公孙弘、张汤则深恨汲黯，就连汉武帝也不喜欢他，想借故杀死他。

公孙弘做了丞相，向汉武帝建议说："右内史管界内多有达官贵人和皇室宗亲居住，很难管理，不是素来有声望的大臣不能当此重任，请调任汲黯为右内史。"

汉武帝听了公孙弘的建议，调汲黯当了几年右内史。汲黯在任期间，政事井井有条，让一众朝臣不得不服。

第三章 二出河西

汉武帝已经多次征讨匈奴并大获战绩，汲黯主张与胡人和亲而不必兴兵征讨的话，他就更加听不进去了。当初汲黯享受九卿待遇时，公孙弘、张汤不过还是一般小吏而已。等到公孙弘、张汤日渐显贵，与汲黯官位相当时，汲黯又责难诋毁他们。不久，公孙弘获封平津侯；张汤官至御史大夫；昔日汲黯手下的郡丞、书吏也都和汲黯同级了，有的被重用，地位甚至还超过了他。汲黯心窄性躁，不可能没有一点儿怨言，朝见汉武帝时，他走上前说道："陛下使用群臣就像堆柴火一样，后来的堆在了上面。"

汉武帝沉默不语。后来卫青觐见汉武帝，汉武帝对他说："一个人确实不可以没有学识，但是一个人只有学识是远远不够的。比如汲黯，他的愚直现在越来越严重，连朕都不放在眼里了。"

卫青答道："陛下，汲黯并不是目无陛下，他是心中只有陛下，不顾自身安危，才敢直言犯上啊。"

汉武帝觉得卫青的话有道理，便再次原谅了汲黯。

高傲的汲黯听说卫青多次为他讲好话，终于有些触动，在一次下朝的时候，对卫青说："大将军，下官多次在皇上面前进言，不要与匈奴为敌，更劝皇上，不要用那么多的金钱加封你们这些有功的将领，导致国库空虚，大将军应该恨我才对，为什么反而替我说好话呢？"

卫青拱手说："大人身世显赫，却没有像其他大臣那样，只想保住自己的荣华富贵而缩头缩尾，这是大人最值得卫青敬佩的地方。你主张与匈奴和亲，也并不是没有道理。和亲可以换来汉匈两国的暂时平安，不须将士长途远征，没有被匈奴人再次打败的风险。当年高祖用和亲换平安，是有一定的道理的。不过人无完人，有其长必有其短。大人知道和亲的好处，也知道和亲的坏处，却并不知道，只有一劳永逸，解决了匈奴的危险，大汉才能拥有真正的和平，老百姓才能过上好日子。现在国库空虚，是因为征战匈奴，但是假以时日，将匈奴的危险解除，大汉百姓就能过上真正安稳富足的日子，而不是用和亲乞求匈奴。"

汲黯依然一脸冷峻："大将军说得有道理。不过不知大将军想到大汉战败的危险没有？匈奴的国土比我们的大汉都要大，只要不将匈奴完全消灭，大汉就永远无法解除来自北方的威胁！现在大汉有大将军和霍将军，但是大汉的江山千秋万代，大将军和霍将军却不能千秋万代，如果大汉没有能打过匈奴的人，匈奴必然会对大汉实行报复！到那时候，大汉朝廷怎么办？大汉百姓怎么办？！大将军，汲黯的话也许你不喜欢听，但这是事实！是我作为一名大汉的臣子，不得不想到的！现在大汉的其他大臣，都对你们唯唯诺诺，不敢仗义执言，这是对大汉的罪恶啊！"

卫青知道，汲黯说得有一定道理，却并不全对。因此卫青敬重汲黯，却依然坚持进攻匈奴。汲黯也知道，大汉只有彻底解除了匈奴的威胁，才能真正强大，但是进攻匈奴的危险太大，他尊重卫青和霍去病这些将军，却依然坚持对匈奴的和亲之策。

正如卫青与汲黯的分歧一样，大汉朝野上下，有人反对与匈奴和亲，主张进攻匈奴，也有人反对进攻匈奴，主张与匈奴以和亲换和平。

因此汉武帝每次派军征战匈奴，心里都有非常大的压力。每一次对匈奴征战失利，都会有更多的反对战争的声音出现。而每次征战胜利，都会有更多的同意征战的声音出现。

连年征战，导致大汉朝廷国库空虚，汉武帝不得不想尽一切办法弄钱。允许买官，包括允许征战失利的官员以金钱赎罪，都是因为国库空虚汉武帝不得不采取的策略。

第四章

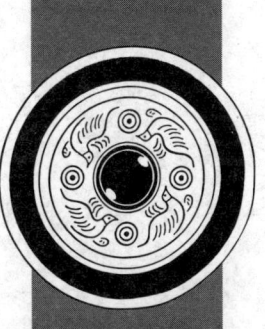

收服河西

第四章 收服河西

1. 右贤王求救大单于

汉军两次突入河西，河西诸部损兵折将，折兰王、卢侯王、遬濮王被杀，五个部族的王与诸多部族的将军、相国被擒，曾经富庶安稳的河西走廊，变得支离破碎，风声鹤唳。

休屠王和浑邪王以及诸部族失去了应对汉军的信心，休屠王主张向右贤王求救。浑邪王派人来到右贤王王庭，将汉军的两次突袭，以及河西诸部的损失报告给右贤王，请右贤王发兵帮助阻击汉军。

右贤王知道汉军的厉害，更知道凭借自己的这点势力无法与汉军抗衡，便亲自去见伊稚斜单于，期望大单于能够发兵，帮他保住河西走廊。

匈奴各部连连受挫，伊稚斜单于正气得牙帮子冒火，手下禀告，右贤王来了。

右贤王拜见大单于之后，便说："尊敬的大单于，汉将霍去病率部两次进攻河西，河西走廊损失惨重，折兰王等三王被杀，诸多王族相国被汉人俘虏，河西军士损失四万余众，已经无力与汉军抗衡。浑邪王派人向我求救，我不敢擅自做主，特来向大单于禀告。"

伊稚斜听了那个气啊，这个右贤王打仗没本事，被汉军一打一个趔趄，说话还挺会说，"不敢擅自做主"，真能扯啊，不就是打不过人家，来找我大单于帮忙吗？伊稚斜心里也憋屈得要命，现在自己都被汉军打得跑到漠北来了，你还来找我帮忙，这不是乞丐要饭要到乞丐家了吗？我要是能"做主"，我还能把王庭搬到这个鬼地方？

109

大汉之刃霍去病

伊稚斜能坐上大单于这个位置，自然也不是善茬。他笑了笑，说："右贤王，你是我的两大贤王之一，能文能武。当年丢失河南之地，你说是没有想到汉军会突袭河南，河南之地是你的粮仓，你肯定会拿回来，这么多年过去了，河南之地没有拿回来，这河西之地又被汉军打得无法招架。汉军攻打河西，你也是没有想到吗？"

右贤王一见大单于不高兴了，忙跪拜于地："大单于，河西失败，责任在浑邪王和休屠王两个人！我早就派人让他们严防死守，将汉军阻挡在乌鞘岭外，可是他们没当回事，认为河西从来没有进攻汉军，汉军就不会进攻他们，因此他们没在乌鞘岭设置一兵一卒，汉军方能长驱直入。休屠王他们吃亏了，这才想起来在乌鞘岭安置兵马，可是汉军这次没有从乌鞘岭进军，而是绕道巴丹吉林沙漠，从背后袭击，浑邪王和休屠王因此战败。大单于，汉军实在是太强大，别说浑邪王他们，即便是……我，也不是汉军的对手啊！"

右贤王差点就说，即便是大单于也不是汉军的对手，话到嘴边，又收了回来。现在，整个匈奴都惧怕汉军，连大单于都将王庭从漠南搬到了漠北，小小的浑邪王和休屠王，怎么能是汉军的对手？

右贤王来找大单于，是希望大单于能够调派大军，帮助河西诸王守住河西。河西是他右贤王的辖区，更是他大单于的地盘。河西每年向右贤王进贡战马，右贤王当然也向大单于进贡一部分，危急关头，你大单于不能一毛不拔啊！

右贤王没有想到的是，大单于不但不想出兵，反而想拿浑邪王和休屠王开刀，恐吓那些被汉军吓得不敢迎战的匈奴将领。

大单于说："浑邪王和休屠王统领河西，享受各部供奉，这两人却疏于职守，只知道享乐。乌鞘岭那么重要的地方，竟然不设守卫，真是荒唐至极！他们是你的属下，本来我不该插手，不过这两人也太可恨，连续两次败于汉军手下，要是各部皆像他们，匈奴早就完蛋了！"

右贤王想起自己丢失的河南地,不敢说话了。

自汉军开始对匈奴进行攻击以来,伊稚斜本部和左贤王部都有损失,但是他们的损失都是战场失利,或者损失一些牛羊。而他右贤王,却是把属于他的最好的一块地盘输给了汉军。对于匈奴人来说,损失了牛羊和人马,只要土地在,这些损失很快就会生产出来,但是损失了土地,那就是丢失了根本。右贤王知道,大单于一直对此事耿耿于怀,因此他在大单于面前说话一直很小心。

这人倒霉吧,喝凉水都塞牙,汉军偏偏单跟他右贤王作对。

第一次汉军进攻河西,经过乌鞘岭。乌鞘岭啊,那么险要的地方,休屠王和浑邪王竟然没派军队守卫,想到这里,右贤王就气得牙疼。第二次汉军进攻河西地,竟然直接穿过他右贤王控制的巴丹吉林沙漠和腾格里沙漠,自己派出的巡逻队没有发现他们,让他们大摇大摆地从他右贤王的地域穿过,穿插到了浑邪王的背后,从背后向他发起了攻击。要是大单于追究起来,他右贤王更是难辞其咎!

面对暴怒的大单于,右贤王真是如坐针毡,汗出如浆。

伊稚斜坐在王座上,闭着眼,好长时间不发一言。右贤王坐也不是,站也不是,恨不得找一处地缝,钻到地下去。

伊稚斜沉默了一会儿,睁开眼说:"右贤王,你让浑邪王和休屠王来单于庭一趟,这两王与我也是亲戚,我却一直没有见过他们,让他们来一趟,我要听他们讲一讲,这个霍去病是如何带着一万人马,打遍河西诸王的。"

伊稚斜说这些话的时候,声音平和、疲惫,仿佛已经不生气了。右贤王却知道,这个时候的大单于是最可怕的。这个伊稚斜心狠手辣,恐怕是要对浑邪王和休屠王下手,杀鸡儆猴了。

右贤王本来是来求助的,没想到却替这两个王求来了杀身之祸,真是懊悔不已。对于右贤王来说,休屠王和浑邪王劳苦功高,是他的左膀右臂。这两人虽然打仗不行，但是他们统治的河西一带，是右贤王辖区中最富裕的地区，他们每年向右贤王进贡大量的牛羊乃至粮食。浑邪王部有大量的月氏人，与匈奴人不同，月氏人是半游牧民族，会种庄稼会盖房子，浑邪王利用河西土地肥沃、水源充足的优势，让部分匈奴人跟着月氏人学种地，他右贤王部因此不只有牛羊，还有大量的粮食可以食用，现在大单于要处置他们，其实就是杀鸡给他右贤王看的。

右贤王虽然心疼，却也是毫无办法，只得派人告诉这两王，让他们去单于庭，拜见大单于。

2. 两王预谋投诚

右贤王的人来到浑邪王和休屠王处，将大单于的命令告诉了两人。这两王一听大单于要见他们，知道不是好事，慌了，跑到一起商量对策。

休屠王主张朝西逃，离开匈奴地界，进入西域，就像当年月氏人被匈奴人追杀，逃离此地一样。西域地域广阔，小国众多，他们两部的人马合在一起，有十万之众，不怕找不到容身之所。

浑邪王对西去西域，没有兴趣。

他对休屠王说："西域小国众多，我们两部这么多人，小国肯定不敢留，免不了要打仗。当年月氏西逃，是一路打过去的，好几次差点被打败。当年月氏多么强悍，打遍林胡各部和匈奴，头曼单于都曾经向其称臣纳贡，我们这点人，怎么能跟月氏比？"

休屠王吓得一哆嗦："这么说，我们无路可走了？"

第四章 收服河西

浑邪王说:"既然要投奔他人,我等就投奔一个有本事、讲信义的。汉帝不但势力强大,而且对臣子慷慨大气,信义远博于各地。我们以河西之地作为礼物,向其投降,汉帝必然不会亏待我等。"

休屠王瞪大了眼珠子:"投奔汉朝?!汉朝可是我们的敌人!"

浑邪王说:"越是敌人,我等去投奔,他们才越是高兴。当年於单太子被伊稚斜追杀,走投无路,投奔汉帝,汉帝封之为涉安侯,拨府邸与其居住。我等带着这么多的人马牛羊还有河西之地前去投奔,汉帝能亏待我们吗?"

休屠王一听有道理,高兴起来,说:"要不我等派人与大汉皇帝谈一谈?"

浑邪王点头,说:"正是此意。"

浑邪王派了心腹,朝东过了乌鞘岭,直入大汉地界,拜见大汉官员,将河西两王要投降大汉的事告知了当地官员。汉朝官员不敢大意,忙派人将此事八百里加急向汉武帝禀告。

汉武帝得此消息,大喜,忙派李息奔赴大汉边境,与浑邪王的密使见面。

李息是大行令,负责大汉帝国的外交事务。浑邪王的密使见到了李息后,开诚布公地告诉李息,浑邪王和休屠王不想与大汉朝廷为敌,因此有归附之意,现在想知道如果他们归附,大汉朝廷会怎么安置他们。

李息来之前,已经得到了汉武帝的授意,他告诉浑邪王的密使,浑邪王和休屠王以及归附的各部之王,他们归附大汉之后,有两个安置办法,其一是留在河西,他们还是统领自己的部族,大汉会派大军来驻守河西,并分治郡县,就像大汉各地的王爷一样。第二种办法比较简单,河西各部尽数迁入中原,朝廷为之找地方居住,并会以不少于原属各王户数的人口给予各王封邑。大汉朝廷会派官员和军队进入河西,控制河西之地。

密使得到答复后,返回河西,禀告浑邪王和休屠王。浑邪王与休屠

113

王一起商量，觉得大汉朝廷挺有诚意，两人一番计议，又提出了将他们带去的匈奴百姓安置之事。他们希望与原部族百姓住在一起。密使又带着这些问题返回，与李息商量。

李息不敢私自做主，派人向汉武帝禀告，等汉武帝有了答复后，李息又与密使商谈。

汉武帝担心这么多人聚集在一起难以管理，而且匈奴人反复无常，怕他们再聚众造反，因此没有同意浑邪王的这个要求。不过汉武帝的说法是，大汉没有这么大的一块地方安置这么多人，需要分成几块安置。大汉拿出的都是水草丰美、物产丰富的好地方，他们的人过来，肯定会过得比原先更好。

密使不敢做主，又返回河西向浑邪王禀告。浑邪王与诸王商量，诸王又提出许多条件。与浑邪王和休屠王不同，折兰王、卢侯王、遬濮王这些小部落，虽然遭到汉军的杀戮，却没有投降汉军的意愿，何况按照浑邪王的打算，他们要全部从河西地迁到中原。他们的祖辈就生活在这里，因此他们不想去任何地方。因此这些部落百般推诿，提出了诸多苛刻条件。

浑邪王很是恼怒，但是又怕惹恼这些小王，致使小王们将此事报告给右贤王，因此浑邪王对诸王百般忍耐，又暗中派人去各处垭口埋伏，防备有人去向伊稚斜单于和右贤王报信。

即便如此，还是有一些部落不肯归附大汉，带着部落悄悄迁移他处。

浑邪王与休屠王经过几个月努力，终于与李息达成了协议。李息回去向汉武帝复命，浑邪王与休屠王则积极准备，以便按照约定时间率部过乌鞘岭，向汉军投诚。

休屠王有个裨将，曾经作为休屠王的特使，见过伊稚斜单于，还受到过伊稚斜的奖励。这位裨将是休屠王手下干将，对伊稚斜也是忠心耿耿。得知休屠王要向汉朝投诚，这位裨将在寒冷的夜晚赤裸上身，手托大刀，来到休屠王的王庭，要求休屠王杀了自己。

第四章 收服河西

休屠王大惊，问他为什么要这么做。

这位裨将说："大王，末将世代受王庭恩惠，食王庭俸禄，不敢对王庭有丝毫背叛。现在大王要背叛大单于，末将既不想背叛大王，也不想背叛大单于，故此请大王杀了末将，让末将的身体依然忠于大王，让末将的灵魂继续忠于大单于。只有如此，末将才能心安理得，末将死后，才有脸去见先祖！"

休屠王走到这位裨将面前，接过他手里的刀，做出要杀他的样子。裨将将脑袋前倾，一副坦然受死的样子。

休屠王将刀扔在地上，长叹一声，说："我也是世代受大单于和右贤王恩泽，如果不是无路可走，怎么能投降敌国？我也是无可奈何啊！"

裨将拱手说："大王，末将曾数次受大王差遣，去单于庭拜见大单于，并有幸受大单于恩惠。大单于想杀大王，或者是有什么误会，或者是大王误会了大单于，而大单于并无此意。大王，末将愿意去见大单于，将大王的忠诚告知于他，大单于必然会相信大王，加派军队，帮助大王守卫河西之地。到那时，大王依然是这里的王，众多的民众依然拥护你，不比到汉朝那里好得多吗？我们是大汉的敌人，即便汉朝现在能接受我们，将来会是什么样子，谁会知道呢？"

休屠王本来就对投降汉朝心存疑虑，听裨将这么说，自然是心动了。不过通往右贤王和大单于处的各垭口都有浑邪王的人设岗盘查，要想过去，需要征得浑邪王的同意。休屠王便匆匆赶往浑邪王处，与他商量此事。

115

3. 浑邪王怒杀休屠王

休屠王将他准备派人去见大单于、向大单于表忠心的想法告诉了浑邪王，浑邪王哭笑不得："休屠王啊，你真的以为大单于要杀我们，是因为我们不够忠心吗？我们率大军，两次与汉军决斗，死伤那么多人，你觉得大单于会怀疑我们的忠心？你真是太幼稚了，太可笑了！大单于要的不是忠心，而是我们两人的人头！现在匈奴各部对汉军非常畏惧，没有人愿意与汉军决战，大单于现在无计可施，急需杀人立威。我们两个恰好此时败于汉军手下，大单于不杀我们，还能杀谁？"

休屠王还是不肯相信："我们守卫河西这么多年，每年向右贤王和大单于进贡牛羊马匹，即便没有功劳也有苦劳。败于汉军手下的不止我们啊，白羊王和楼烦王失河南地，右贤王被袭龙城，大单于都没有杀他们，我们好歹还跟汉军杀了几个来回。当年白羊王和楼烦王被汉军追着屁股杀，他们头都不敢回，一直带着老婆孩子越过了黄河，把牛羊人马都扔了。我们虽然战败，但是我们的河西还没有丢，大单于是一个讲道理的人，他怎么会杀我们呢？依我之见，我们应该派人去向大单于请罪并搬取救兵，只要我们守住乌鞘岭和几个垭口，汉军就没法进入河西之地，我们还在这里当我们的大王，这才是上策！"

休屠王这么说，浑邪王就完全明白了，这个休屠王是不想向大汉投诚了。现在他浑邪王无论怎么说，也很难说服他。

浑邪王试探着问："既然如此，休屠王有何打算？"

休屠王高兴了，说："我已经物色好了使者，只要浑邪王同意，我就马上派人带着重礼去见大单于，让大单于发兵援助河西，只要大单于兵马一到，封锁住几个险要关口，汉军就无法进入河西。到那时候，我们两个

第四章 收服河西

再去见大单于，大单于必然会原谅我们。"

浑邪王笑了笑，说："大单于现在就让我们去，我们不去那就是违令，违抗大单于的命令，那就是死罪啊！"

休屠王说："这个我想过了，我们可以说汉军要对河西再次发动袭击，我们现在正组织抵抗，不能前去，所以才会派人来求大单于发兵救援啊。"

不得不说，休屠王的话是有一定道理的。但是浑邪王更明白，以伊稚斜的性格，他不会饶了他们的。何况他与李息沟通良久，好不容易达成了协议，如果他突然变卦，汉军必然恼怒，日后若汉军攻进来，他浑邪王必然没好果子吃。

浑邪王答应休屠王考虑一下他的建议，然后设宴款待休屠王一行。

休屠王是个酒鬼，几斤羊奶酒下肚，酒壮怂人胆，休屠王便开始撒酒疯。他借着酒劲，指桑骂槐，含沙射影，大骂有些人忘恩负义，有负大单于之恩。

浑邪王不想跟休屠王翻脸，装作没有听懂休屠王话里的意思，应付着休屠王，一直将他送走。

休屠王一走，裨王呼毒尼便求见浑邪王，说："大王，休屠王不怀好意，如果放任他胡闹，他必然会破坏我等投奔大汉的计划！"

浑邪王说："我已经看出来了，休屠王后悔了，他现在不想投奔大汉。不过此事该如何处理，我还没有想好。"

呼毒尼拱手说："大王！你可得赶紧拿主意！休屠王要是派人告发你向大汉投降，大单于必然会对你下毒手！在我看来，这个休屠王不能留！"

浑邪王一愣："我倒是没想到这一步。休屠王不想向汉朝投诚是真，我倒是觉得，他不至于向大单于告发我。"

呼毒尼哼了一声，说："大王，这休屠王是个没主意的货，这次他说要派人去见大单于，根本就不是他的意思。如果他真这么想，前些日子怎么会跟你一起谋划向大汉投诚?! 我敢保证，休屠王回去之后，他的手下肯定会怂恿他赶紧向大单于告密，这样他休屠王不但没罪，还会因此立功，受到大单于的奖赏！大王则必然会遭到大单于的毒害！"

浑邪王被呼毒尼的一席话说得害怕了："呼毒尼，那你说我如何是好？"

呼毒尼说："大王，我们现在没有其他的办法，只有杀了休屠王，控制他的所有人马。那个怂恿休屠王的人必然会去向大单于告密，我们只要控制了所有垭口，就必然会抓住此人。到了那时候，大王才能高枕无忧！"

浑邪王听从呼毒尼的话，点了两千人马，连夜奔袭，天明时分到达休屠王王城下。休屠王的人一见是浑邪王来了，自然不敢怠慢，慌忙打开城门，欢迎浑邪王入城。

浑邪王带着军队，直奔王庭。王庭的守卫看到这么多人冲进来，想拦住问个明白，被呼毒尼带着人杀了个精光。

浑邪王带着人进入王庭，休屠王还在搂着王妃呼呼大睡，屋子里酒气冲鼻。很显然，这个休屠王昨夜又是喝到半宿，喝多了，现在还没醒呢。

王妃听到有人进来，睡眼蒙眬地抬起头，问："谁啊？"

呼毒尼拔刀上前，大刀一挥，王妃的脑袋就从脖子上飞了出去。王妃的脖子喷涌着鲜血，身体扑倒在床上。

即便如此，休屠王还是打着呼噜，睡得酣畅淋漓。

浑邪王朝着休屠王深深鞠了一躬，然后朝呼毒尼挥了挥手。呼毒尼挥刀，猛然剁在了休屠王的脖子上。休屠王大叫一声，坐起来。浑邪王旁边的鹰庇、禽梨等人拔刀冲过去，一阵猛砍猛捅，可怜休屠王还没完全醒过来，便被砍成了血人，一命归西。

浑邪王迅速控制了休屠王各部，然后厚葬了休屠王，命休屠王各部与其余部族一起开拔，向汉朝投诚。

4. 汉武帝封赏来降匈奴

李息与浑邪王确定了双方在边界交接的日子后，李息便迅速返回长安，向汉武帝禀告。

汉武帝与卫青商量此事，卫青觉得此事不是那么简单。匈奴人反复无常，如果他们中途反悔，那么这次投降，很可能就会变成诈降。何况他们部族部落众多，势力错综复杂，即便是最有势力的浑邪王，也无法完全控制各部，他们中途哗变的可能性很大，所以要做两手准备。

汉武帝与卫青商量派谁去受降合适。按照职责，自然是李息最好。但是考虑到此人必须具备应付突发局面的能力，汉武帝觉得派霍去病去受降最好。

汉武帝说："派谁去都是有利有弊。李息作为大行令，本来就应该负责此事，他又跟浑邪王的密使多次接触，从这一方面来说，李息去最为合适。但是如果他们真有哗变，依李息之能力，恐怕无法控制局势。霍去病跟浑邪王和休屠王多次厮杀，河西诸王最怕他，即便有哗变，霍去病也能轻易控制河西诸王。"

卫青笑了笑，说："皇上所言极是。这次受降，其实风险不比突袭小。几万匈奴人聚在一起，如果他们真是诈降，需要大量军队才能压制。但是此事又不能派大军过去，那会让匈奴人反感，增加哗变的可能。"

汉武帝说："此事朕也反复考虑过。不过即便如此，也要让霍将军率一万军马前去。事无两全，小心为妙。"

汉武帝为了彰显大汉的气势，命令长安令征调马车，要组成一个两万辆马车的超豪华方阵，前去迎接浑邪王等人。

官府没有这么多的马车，长安令只得下令向民间征调。老百姓对朝廷连年征战、加征赋税本来就很不满，现在朝廷又要来征用他们的马车，自然不肯配合，纷纷把马车藏匿起来。长安令忙活了一个月，只征调到三千余辆破破烂烂的马车，别说炫耀大汉的威势了，如果把这三千辆马车派去，能让人家笑掉大牙。

汉武帝大怒，要杀长安令。

汲黯启奏说："皇上，长安令没有罪，你只有把我汲黯杀了，百姓才能交出马车。浑邪王背叛他的主子投降我朝，我朝只要给予适当礼遇便可，何至于兴师动众，让天下不安，以致国家贫困，来奉承异族呢？"

汲黯说话不留情面，直接点破了汉武帝好大喜功、喜欢摆排场的心事。

朝中大臣包括长安令自然是赞同汲黯的。匈奴来降，虽然各部各个家庭都带上了自己能带的所有物品，但匈奴人四处游牧，并没有多少东西可带，即便汉武帝给他们提供了两万辆马车，那也只是摆一摆排场，发挥不了实际作用。

汉武帝观察到，一众大臣中没有几个人支持他杀人，只得作罢，饶了长安令。

霍去病率一万大军西渡黄河，在河边扎下阵脚，迎接浑邪王。

浑邪王率河西各部远远看到汉军队伍整齐，甲胄鲜明，刀枪如林，而且带头将军竟然还是两次突袭河西、给他们造成很大损失的霍去病，众人都害怕了。即便是赞成投诚的呼毒尼，看到这一万大军，也踌躇了。

他对浑邪王说："大王，我怎么觉得这汉军不像是迎接咱们，倒像要杀人的样子呢？"

浑邪王也疑惑了，下令队伍停下。他看着一身杀气的霍去病，说："汉朝应该派李息来，怎么派霍将军来了？！"

浑邪王这边有些犹豫，后面诸部听说霍去病带着一万铁军前来"迎接"他们，也都踌躇不前，汉朝该不是要把他们都杀光，一劳永逸解决问题吧？

第四章 收服河西

休屠王的裨将趁机喊道:"汉军这是要杀我们啊,大家都赶紧跑吧,跑得晚了可就没命了!"

匈奴各部本就各怀心思,对浑邪王主导的投诚并不很赞成,如今看到汉朝大军压境,而且来受降的将军竟然就是他们最为痛恨和惧怕的霍去病,早就蠢蠢欲动了。休屠王的裨将这么一喊,除了浑邪王本部,其余众人转身便朝后跑。但是因为队伍太长,最后面的还不摸情况,稀里糊涂地朝前冲,于是两处人马挤在一处,队伍大乱。很多人干脆四散而逃,一时间,投诚的队伍人喊马叫,乱成了一锅粥。

霍去病看到前面有变,迅速带着军队冲了过来。看到浑邪王惴惴不安,霍去病先让大军围住了浑邪王及其属下裨王,质问浑邪王是怎么回事。浑邪王告诉霍去病,叛乱者主要是休屠王的手下和部分小部落。休屠王因为要告发他向大汉投降,被他杀了,现在休屠王的裨将趁机叛乱,跟他浑邪王没有关系。

霍去病让部分将士保护浑邪王,他率大军冲到叛乱之军士前面,对带头叛乱的休屠王军士以及其余部落一阵冲杀。想逃回去的军士们本就没有战心,汉军一阵冲杀,跑在前面的匈奴人便倒下了一片。

休屠王部裨将看到霍去病大军过来杀人,召集起兵马朝着汉军冲过来。霍去病命令军队分开,他带着一部分将士包围了休屠部军士,令赵破奴率一部分将士追杀其余逃跑的部落。

霍去病大军本来就做好了杀人的准备,此刻个个如蛟龙出海,手中刀枪翻飞,一个个匈奴人被他们砍倒在马下。休屠部几个裨将被杀,跟着他们冲锋的匈奴士兵皆被霍去病大军收拾干净,剩下的军士不敢战了,老老实实返回了投诚的队伍中。

赵破奴率一部分将士,斩杀欲逃回去的各小部落匈奴人。这些人更是不堪一击,在被赵破奴杀了几个来回后,剩下的也乖乖地返回了投诚的队伍。

121

霍去病大军一番杀戮，杀了八千余名匈奴人，控制住了局面。剩下的匈奴人再也不敢哗变，在汉军的监视下，有序过了黄河，等待朝廷安置。

浑邪王把户籍典册献上，早就等待在此的大汉一众官员，按照事先的安置措施，将投诚过来的四万匈奴人分别安置在陇西、北地、上郡、朔方、云中五郡。这五郡都在河南地的边缘地带，相隔比较远，以此防止他们日后繁衍壮大后，聚集闹事。

霍去病又带着浑邪王和他的裨王以及各部落小王进入长安，接受汉武帝的封赏。

浑邪王因为投诚有功，被封为漯阴侯，食邑万户，成为汉王朝第三个一次得封万户的侯。呼毒尼被封为下摩侯，鹰庇被封为辉渠侯，禽梨被封为河綦侯，大当户铜离为常乐侯，各有封地。其他三十二个小王及其他匈奴裨将也得到了大量的赏赐。汉朝竭尽国家之力进行封赏，花费近百亿，匈奴降众非常满意。

但是此事让一众大臣很有意见。

这些匈奴的权贵住在长安，得到了朝廷的赏赐后，手里又有了大量的金钱，纷纷置办家业，大肆购物。

汉朝有一项规定，与匈奴人做生意，是需要办手续、接受官员的监督的，否则就是违反了货物不得非法出边关的法令。在市场上做买卖的小商人不懂这个啊，住在长安的外族人太多了，他们像长安人一样出来购物，根本就没有什么限制。

管理市场的官员将此事上报，一直报到汉武帝这里，汉武帝下旨，按律法办理，不得宽恕。

大汉律法规定，与匈奴人做生意，涉嫌货物非法出关者，当处斩刑。长安府衙经过调查，抓获了五百多名向匈奴人出售货物者，全部押赴刑场斩首。

此事在朝野上下引起了轩然大波。

第四章 收服河西

汲黯对汉武帝厚待投诚的匈奴人本就不满,见他又如此轻视百姓性命,很是恼怒。上朝的时候,汲黯直言不讳:"陛下,匈奴人向来背信弃义,不顾自高祖时起就建立起来的和亲之谊,进攻我要塞,杀我守关将士百姓无数。我大汉发兵征讨匈奴,战死疆场与负伤的人数不胜数,而且耗费了数以百亿计的巨资。微臣愚钝,认为陛下会把抓到的匈奴人作为奴婢赏给从军而死的家属,并将掳获的财物也送给他们,以此告谢天下人付出的辛劳,满足百姓的心愿。这一点现在即使做不到,浑邪王率领几万部众前来归降,也不该倾尽官家府库的财物赏赐他们,征调老实本分的百姓去伺候他们,把他们捧得如同宠儿一般。陛下对匈奴人百般恩宠,却对自家百姓如此苛刻。无知的百姓哪里懂得让匈奴人购买长安城中的货物,会被死抠律令条文的执法官视为将财物非法走私出关而判罪呢?陛下不仅不能缴获匈奴的物资来慰劳天下人,却要用严苛的法令杀戮五百多无知的百姓,这种做法就是'保护树叶而损害树枝'啊。陛下,大汉的根本是百姓啊,这种做法对百姓是不公平的。"

汉武帝沉默,没有反驳汲黯的话。

汉武帝明白,如果他反驳,这个无所顾忌的汲黯还会说出更难听的话来。

下朝后,汉武帝对卫青说:"我很久没听到汲黯的话了,今日他又一次信口胡说了。"

卫青知道,汲黯的话是有一定道理的。譬如这次被杀的五百商人,虽然按律当斩,但是他们是在长安的市场上正常交易,又不是在边关做生意,怎么会知道这条适用于边关的律法呢?汉武帝说此举是严肃律法,其实很多官员私下议论,都觉得此事是这些商人的无心之过。在长安市场上买东西的胡人太多了,很多商人根本就分辨不出他们是匈奴人还是其他地方的胡人。此处又不是与匈奴相邻的边塞,没有专门的互市,以边关律法苛责普通小商人,如此做法确实有些荒唐。

但是汲黯以此类比，谴责汉武帝对匈奴人过于恩惠，卫青是不同意的。

汲黯对匈奴人的态度一向是消极的，汉武帝却在想尽办法收服匈奴。此番浑邪王来降，汉武帝大肆封赏，本意就是给匈奴各部看一看，与汉王朝作对那是死路一条，但是向汉王朝投诚，却是有享不尽的荣华富贵。汲黯看不到这一层，汉武帝因此对他很是不满。

事后数月，汲黯因犯小法被判罪，适逢汉武帝大赦，他仅遭免官。于是汲黯归隐于田园。

5. 休屠王儿子金日䃅

休屠王的部众也分别得到了适当的安置。普通军士和百姓分散于五处安置地，这五处地方，被称为"五属国"，基本自治，但是受到汉王朝的严密监视。

一些平叛有功的裨将，也得到了封赏，有些参加叛乱的，则被贬为百姓，分散于五属国中。

休屠王的近亲因为鼓动叛乱，被罚为官府的奴婢。休屠王的阏氏和太子日䃅以及日䃅的弟弟伦，因为精通养马之术，被派到少府管辖的黄门养马。

休屠王家族，世代都是为大单于供应马匹的，因此太子日䃅来到皇家的养马基地后，利用匈奴人的养马经验，帮助大汉改进了养马技术，受到马监的重用。

两年之后的秋日，汉武帝在上林苑游玩，喝酒喝得高兴了，让马监

第四章 收服河西

把养的马匹牵出来遛遛。马监让一众黄门牵着马依次从汉武帝面前经过，这些黄门没有见过世面，都转头偷看汉武帝身边的后宫佳丽。唯有一个黄门，面色庄重，目不斜视，对旁边的热闹景象不屑一顾。

汉武帝很好奇，就让马监把这个黄门叫过来，问他家住何方，姓甚名谁。

黄门不卑不亢地鞠躬说："禀陛下，下官日䃅，是匈奴河西部休屠王的儿子。"

汉武帝一愣："休屠王?! 你是休屠王的长子?!"

日䃅说："正是。"

汉武帝叹了口气，说："那你是太子了。休屠王糊涂啊，如果他像浑邪王那样投奔大汉，现在他也是万户侯，代代传承，你就是日后的万户侯，怎么可能到这里养马呢？这个休屠王，真是糊涂！"

日䃅鞠躬低头，一声不吭。

汉武帝见过了太多的卑躬屈膝，因此对这个不卑不亢的休屠王太子很感兴趣。汉武帝让宦者带他下去洗澡，换了衣服，入席饮酒。一番交谈后，汉武帝对这个昔日的太子印象非常好，马上提拔他做了马监，负责朝廷的养马事宜。

日䃅在马监的岗位上兢兢业业，做事沉稳，深得汉武帝喜欢，因之连连升官，先后升为侍中、驸马都尉，最后官至光禄大夫。因为其父休屠王曾制造匈奴用来祭天的小金人，汉武帝赐其姓金，名金日䃅。

休屠王的阏氏对两个儿子家教很严，汉武帝得知后很是赞许。她病死后，汉武帝下诏在甘泉宫为她画像，题名"休屠王阏氏"。金日䃅每次看见画像都下拜，对着画像涕泣，然后才离开。金日䃅的长子被汉武帝宠爱，是汉武帝逗乐子的弄儿，常在汉武帝身边。

有一次，弄儿从后面围住汉武帝的脖子，金日䃅看到儿子不懂规矩，很是生气，狠狠地瞪了他两眼。

125

金日磾的儿子看到后，害怕了，哭着对汉武帝说："皇上，我爹爹发火了，他会揍我的。"

汉武帝问金日磾："你为什么要生我弄儿的气？"

金日磾看到皇上护着儿子，只得作罢，没有惩罚他。

金日磾的儿子长大后，行为乖张，经常调戏宫女，金日磾严厉警告他多次，说他如此不知检点，会给全家带来杀身之祸。金日磾的儿子不肯听，依然我行我素。一日金日磾进宫，看到儿子在宫殿中与宫女嬉闹，行为狂浪，不堪入目。金日磾大怒，将其带回家中训斥。儿子不服，与金日磾吵了起来，金日磾怒气更盛，拔刀将儿子杀死。

汉武帝得知金日磾杀了他的弄儿，非常愤怒，命人宣金日磾进宫见他。

金日磾见到汉武帝后，跪地磕头，说："陛下，微臣斩杀犬子，是因为这孩子行为乖张，微臣是怕他日后在宫中惹了祸事，让大汉后宫蒙羞啊。"

汉武帝哼了一声，说："朕的弄儿，朕自然了解。这孩子虽然有些乖张，却聪明伶俐。这些年，这孩子带给朕多少快乐，这些是你们做臣子的做不到的。"

金日磾说："陛下，微臣的儿子微臣自然喜爱。虎毒尚且不食子，微臣是凡夫俗子，怎么能无故杀死自己的儿子？这孩子实在是恃宠而骄，已经是不可教化了。微臣如果不杀了他，他必然会祸乱朝廷，给陛下脸上抹黑啊。微臣了解自己的儿子，不得不杀了他！"

汉武帝自然也是知道自己这个弄儿的性格的。他虽然不觉得这个弄儿会祸乱朝廷，但是弄儿恃宠而骄，汉武帝早就有了察觉。

现在金日磾为了大汉杀了自己的儿子，汉武帝觉得金日磾对大汉忠心耿耿，对其更为看重。

汉武帝后期，发生了足以影响大汉历史的巫蛊之祸。巫蛊之祸时，朝臣马何罗与江充交好，马何罗的弟弟马通更因诛杀太子时奋力作战而得到封爵。后来汉武帝得知太子冤屈，就把江充宗族和朋党全部诛杀。马何罗兄弟害怕被杀，于是谋划造反。此事被金日䃅发觉，就暗中注意他们的动向。

马何罗也觉察到金日䃅似乎在观察他们，便推迟了行动。一日汉武帝驾临林光宫，金日䃅恰巧身体不舒服，在殿内休息。

马何罗、马通以及小弟马成安假传圣旨深夜外出，一起杀了使者，发兵起事。

此时汉武帝还未起床，马何罗闯进宫殿，到处寻找汉武帝。

金日䃅陪伴汉武帝留在宫中，听到动静，赶紧跑进汉武帝卧室所在宫殿，躲在内门后。

马何罗袖藏利刃，从东厢而入，看见金日䃅后，知道事情败露，索性一不做二不休，拔刀跑向汉武帝的卧室。金日䃅在后面追赶，马何罗跑得慌张，撞到宝瑟摔倒在地，金日䃅趁机抱住马何罗，高声呼喊："快来人啊，马何罗造反了！"

汉武帝从床上惊起。

侍卫拔刀冲出来，围住了马何罗，汉武帝恐怕伤到金日䃅，禁止他们用刀。金日䃅揪住马何罗的脖子，把他摔到殿下，侍卫捉住捆绑起来，经过审讯，造反者都伏法受诛。

金日䃅因此以忠诚笃敬、孝行节操而闻名。

自从在汉武帝身边，金日䃅几十年不用目光直视汉武帝。汉武帝赏赐给他宫女，也不敢亲近。汉武帝要把他的女儿纳入后宫，金日䃅不肯。金日䃅为人如此笃厚谨慎，让汉武帝称奇。

后元二年（前87年），汉武帝病重，嘱托霍光辅佐太子刘弗陵，霍光要谦让给金日䃅。金日䃅以自己出生于外国、能力不如霍光并且会让匈奴轻视汉朝为由婉拒，成为霍光的助手。霍光把女儿嫁给金日䃅之子金赏。他们就和上官桀、桑弘羊一同辅佐时年八岁的汉昭帝。

汉武帝留下遗诏，以讨灭马何罗的功劳封金日䃅为秺侯，金日䃅因为汉昭帝刘弗陵年幼，坚辞不肯接受封爵。

第二年九月初一，金日䃅病情严重，大将军霍光奏明汉昭帝后封其为侯，在病床边授予他侯爵封号及印绶。九月初二，金日䃅病逝，终年49岁。

汉昭帝为他举行隆重的葬礼，赐给安葬器具及坟地，用轻车军士为他送葬，军队排列直到茂陵，赐谥号为敬侯。

6. 大单于的计谋

汉武帝在收服河西走廊，完成了对河西走廊的建制划分、派遣驻军之后，又把目光投向了龟缩在漠北的匈奴大单于伊稚斜。

降服匈奴，平定北方，一雪前耻，是西汉朝廷孜孜以求的梦想。当年汉高祖刘邦率大军被围在白登，求天天不应，求地地不灵，刘邦无奈求助冒顿单于的阏氏，让一介女流给堂堂大汉开国皇帝和几十万大汉将士解围，此事一直像一块大石头一般，压在大汉朝廷的头顶上，让几代大汉皇帝呼吸不畅，胸闷气短。

此后持续几十年的屈辱的和亲之策，更是让大汉朝廷颜面尽失。几代皇帝韬光养晦，终于有了今天的局面。汉武帝虽略有得意，却非常明白，北方的威胁并未消除，匈奴的大军还没有伤及根本，他们随时都会卷土重来。

收服河西后，汉武帝一边与一众大臣商量如何治理河西，一边继续训练军队，让马场抓紧时间驯养战马。

第四章 收服河西

伊稚斜更是没有闲着。

自听从赵信的主张,把匈奴王庭搬到漠北之后,伊稚斜就积极准备抗击汉军。

伊稚斜不服,当年威风凛凛的大匈奴,当年曾让汉廷拜服、送美女又送金钱的匈奴帝国,在自己手里竟然都快让汉朝廷打废了,丢盔弃甲不说,丢了河套又丢了河西,这两处地方可是匈奴水草最为丰美的好地方!

伊稚斜每每想起来,就气得牙根疼。

右贤王丢了河西走廊,很长时间不敢来见大单于。丢了河南地的楼烦王和白羊王,吓得从右贤王的王庭跑到了匈奴的最西边,后来干脆离开匈奴,跑到乌孙国界去了。

浑邪王投降大汉后,伊稚斜非常愤怒,想让右贤王到大单于王庭领罪。左贤王乌维是伊稚斜的太子,他向伊稚斜进言,说右贤王部溃败,并不是右贤王一人之过,现在汉朝军事强大,即便匈奴本部,也不是汉朝大军的对手,右贤王固然有失地之罪,但是如果让别的王来守卫河南地和河西走廊,恐怕也不是汉军的对手。因此现在治右贤王之罪,非但不能服众,反而会落下滥杀无辜之恶名。

相比右贤王,左贤王乌维年轻,而且有勇有谋,他对伊稚斜说:"汉军虽然勇猛,却也并不是不可战胜。汉军善于谋略,善于长途大迂回突袭,这是因为我们匈奴土地辽阔,无险可守。汉军这是抓住了我们的弱点。我们要想打败汉军,只有一个办法。"

伊稚斜来了精神:"什么办法?"

乌维说:"现在我们躲在漠北之地,汉军要想攻击我们,就需要越过千里戈壁滩和茫茫的大草原。当然,我们要想攻击汉军,也需要越过这千里戈壁滩和大草原。因此,汉军现在没有力量攻击我们,我们也没有那么大的力量去进攻他们。"

伊稚斜皱着眉头,说:"别说这么多废话,说你的办法。"

乌维笑了笑，说："大单于不要急，所谓知己知彼，百战百胜，我们只有了解了汉朝军队，了解了我们自己，才能找出他们的缺点，找到我们的优点。我们只有利用我们的优点，攻击他们的缺点，才能打败汉军，一雪前耻。"

伊稚斜耐着性子，点头，说："你继续说吧。"

乌维说："我们的优点是本土作战，有地理优势，缺点是我们的军士大都不是专事打仗，他们平常要放牧养活家庭，因此军事训练没法与汉军相比。"

伊稚斜点头。

乌维说："但是如果利用我们的地理优势和我们军士的适应能力，把汉军拖到这广阔的漠北草原来作战，汉军必然顾此失彼，难以招架。我们再学先祖的'白登之围'，预先埋伏好兵马，将他们分割包围起来，到那时候，汉军再能打，没吃没喝的，也坚持不了几天，必败无疑。如此几次，汉军消耗太大，无力再对我们发起进攻，到那时候，我们便可进攻汉军要塞，让他们片刻不得安宁。汉军为了防守本土，必然收缩战线，把河西走廊和河南之地再让出来，甚至重启和亲之策，也不是不可能。"

伊稚斜大喜："左贤王，那你说说，我如何是好？"

乌维说："休养军队，明年春天进攻汉军要塞，使得汉军暴怒，将之引入大漠之中，然后将之包围，消灭他们！"

赵信对乌维的建议深为赞同。他告诉伊稚斜，匈奴疆域辽阔，东西两万余里，南北有近一万里，但是人烟稀少，所有的人都加起来，也只有长安和洛阳两个城市加起来的人口数量。而且汉朝经济发达，能支撑起大规模的战争。所以，他们不能跟汉朝打消耗战，他们消耗不起。他们的优势就是疆域，可以将汉朝的军队引进来，利用他们军队移动速度快、疆域辽阔的优势，拖着汉军朝干旱缺水的地方跑。到了那种地方，别说打了，就是渴，也能把汉军渴死。

伊稚斜听了这两人的主张，很高兴。他下令赵信和乌维制订作战计划，训练军士，准备在来年春天，进攻大汉。

伊稚斜还听从左贤王的建议，派人带着牛羊等物品，慰问正在惶恐中的右贤王，以示安抚。

右贤王看到伊稚斜送来了这么多的礼物，并派大臣对失去河西走廊之事进行慰问，笼罩在心头的阴霾马上散去，对大单于的宽宏大量非常感激。他也迅速准备了礼品，不远千里赶往大单于庭，向大单于请罪。

伊稚斜自然是假惺惺加以抚慰，让他放心，丢失河南地和河西走廊之事，事出有因，他大单于心胸阔大，不会以此为难他。现在匈奴面临困境，各部应该团结起来，对付汉朝军队。

右贤王感激涕零，表示属下各部都会听从大单于调遣，绝不推诿。

伊稚斜让右贤王回去，务必安排好本部的防务，加派巡逻和岗哨，不可再让汉军偷袭成功。

右贤王得令，赶紧带着手下众人出了单于庭，回到了自己的属地。

7. 句火进入匈裔营

霍去病忙着训练将士，准备进攻漠北。卫少儿和卫青则趁机张罗，布置婚房，让霍去病完婚。

霍去病对婚事不以为然，一切事宜皆由舅舅和母亲等人操办。结婚头一天下午，才勉强从军营回到家，在家里住了三天，便又回到了军营。

汉武帝知道，汉匈之间，必有一场恶战。而此前所进行的战争，都是小规模或者区域性的，匈奴本部和左贤王大军并未伤及元气。匈奴虽然退到了漠北之地，但是以伊稚斜的性格，他绝不会善罢甘休。汉军只有做好充分的准备，才能在接下来的大规模冲突中占得先机。

自元光六年（前129年）卫青率部奇袭龙城至今八年，八年间，汉军与匈奴大小战争数十次，主动出击十余次，损失战马几十万匹，加上战后奖赏和阵亡将士抚恤，将几代皇帝积攒下来的国库银两消耗殆尽。

连年征战，国库空虚，战马严重不足，汉武帝一方面要督促将士训练，一方面要想尽办法充盈国库，培养良马，殚精竭虑，疲惫不堪。

霍去病作为汉武帝最为倚重的股肱之臣，自然负有重责。霍去病昔日让赵破奴招募了一队匈奴裔骑兵，他们在协助霍去病进攻河西的战斗中，立下了汗马功劳。

此番汉武帝准备进攻漠北王庭，需要大量有经验的匈奴人，协助他们驯养战马，寻找水源，以及学习如何在缺水的草原戈壁生存，等等。赵破奴四处寻找能战的匈奴人，并给霍去病带来了一名昔日的匈奴裨将。

这名裨将名叫句火，曾为左贤王手下猛将，参与过当年左贤王部与李广所率四千大军的包围，对李广深为敬重。因为被左贤王以作战不力之罪没收了牛羊家产，并被贬为普通战士，句火便带着家人跟着商队进入了汉朝，做起了生意。句火从匈奴带了一车羊皮和兽皮过来，从关内换取食盐和布料，再运回匈奴售卖。看起来很简单的生意，却自有玄妙之处，句火做了几趟生意，差点把裤衩都赔掉了。没办法，句火只得在中原给人家做苦力，赚一些吃食养活老婆孩子。

后来句火跟人一起跑到了长安，他去投奔李广，想在自己崇拜的飞将军门下从军。没想到李广对匈奴人很抵触，怕他们是细作，不招匈奴人。

句火没办法，只得继续在长安做工。后来他听别的匈奴人说赵破奴在招匈奴人当兵，便找到了赵破奴，想当兵立功赚钱。

赵破奴看到句火身体健壮，面带杀气，觉得他不是普通的匈奴人，就跟他过了几招,还让他上马射了几箭。句火跟赵破奴过招,没有使尽全力,赵破奴便甘拜下风。上马射箭,更是箭箭中靶心。

赵破奴知道来者不善,也没啰唆,便直接带着他来见霍去病。

赵破奴生于汉地,幼时与父母一起被匈奴人掳走,在匈奴为奴,也在匈奴的营帐中长大。父母健在的时候,赵破奴一直思念家乡,痛恨匈奴人,后来父母忧郁成疾,皆英年早逝,剩下少年赵破奴一个人,孤独地在匈奴人的辱骂中长大。赵破奴长大后,偷偷跟着匈奴商队入关,然后从军。因为痛恨匈奴,改名为赵破奴。

因此,赵破奴对匈奴人警惕性很高。这个句火刀法箭术皆很精湛,赵破奴怀疑他是匈奴细作,将句火带到大营,建议霍去病将之关押起来,严加审问。

霍去病让赵破奴先将句火带到面前,他要看看人,试探一下。

句火年近四十,经历沧桑,见到刚过二十岁、英姿勃发的霍去病,知道不是一般人物,很是拘谨。

霍去病笑了笑,说:"句火将军,你不必见外,我霍去病最喜欢勇士,你到我这里投军,有什么要求,尽管说吧。"

句火一听是霍去病,愣了一下。霍去病之勇猛,匈奴无人不知无人不晓,句火只是没想到,这个在匈奴人心里犹如阎王爷一般的人物,竟然如此年轻。

但是在句火的心里占第一位的,依然是李广。

李广是神,无人可比。

句火不卑不亢,鞠躬说:"匈奴人句火,拜见将军。句火有一事不明,将军怎么知道我曾经从军呢?"

霍去病笑了笑,说:"句火将军身体雄壮,气度不凡,眼里有杀气,在匈奴,只有做过裨将以上的人,才会有这种气概。本将军虽然说不上见多识广,但是是否在战场杀过人,曾经带过多少人,还是能看出来的。"

句火拱手说:"霍将军果然厉害。不过在下最为崇拜李广将军,在匈奴人眼里,李广将军是神,他不但能征善战,而且宽和待人,待将士如兄弟。可惜的是,句火投奔李将军,被李将军拒绝,没有办法,这才投奔霍将军。"

霍去病笑了笑,说:"这不奇怪。本将军手下将士,很多都在李将军手下效力过。李将军爱兵如子,大汉朝野无人不知。本将军与李将军不同,本将军认为,纪律严明、等级森严,才是一支军队该有的样子。有的将士喜欢跟着李将军,也有很多将士喜欢跟本将军作战,因为跟着本将军,立功封侯的机会多。赵破奴就曾经是李将军手下,后来跟着本将军,河西一战,便被封为从骠侯。句火将军,你要是愿意跟着本将军,本将军封你为骁骑校尉,正六品,以后视战功封赏。"

句火拱手说:"在下看得出来,赵将军很怀疑在下,对在下百般审问,霍将军难道就没觉得在下是匈奴所派之细作吗?"

霍去病笑了笑,说:"用人不疑,疑人不用,本将军从来如此。"

句火下去后,赵破奴问霍去病:"霍将军,此人刀法箭法都很厉害,你不觉得他有细作嫌疑吗?"

霍去病笑了笑,说:"他如果真是细作,怎么会让你知道他会射箭会战场拼杀?伊稚斜再糊涂,也不会派这种人来当细作吧?"

赵破奴大悟,拱手说:"将军果然厉害,在下佩服!"

霍去病说:"皇上正在准备北征匈奴,漠北之地我们从来都没去过,更没人知道那里的情况,因此匈裔营对我等非常重要。他们了解漠北情势,知道哪里有水源,哪里适宜埋伏,他们就是我们军队的活地图。要是没有他们,大汉军队进入漠北,那就是死路一条。赵将军,本将军让你率领匈裔营,你责任重大!这个句火,老成持重,有作战经验,以后必有大用,你务必重视此人!"

赵破奴拱手:"在下明白!"

8. 匈裔营风波

匈裔营是霍去病的秘密武器，是他进攻匈奴出奇制胜的法宝。霍去病的用兵之道，除了大兵团大迂回突袭之外，便是充分利用匈奴人，利用他们的身份，为汉军刺探情报，掌握要进攻的匈奴军队的动向；利用他们熟知地形的特点，为大军寻找水源，躲避敌军的埋伏。

决战的时候，匈裔营更是冲锋在前。每次战争，都是损失巨大。在二进河西之战中，霍去病的匈裔营几乎损失殆尽，幸亏浑邪王带着四万匈奴人投降，霍去病花重金在这些匈奴人中征召兵士，除了弥补汉军精英的损失外，他充分学习匈奴人的优点，弥补汉军的缺点，对以后几次与匈奴的决战，都起到了决定性的作用。

霍去病虽然极力为匈裔营的存在保密，但是伊稚斜派到大汉的细作，还是得知了匈裔营的部分消息，将此事报告给了伊稚斜。

伊稚斜很是震惊。他没有想到，年纪轻轻的霍去病竟然如此老辣，利用匈奴人攻击匈奴人。震惊之余，他派细作携带大量黄金，来到长安寻找匈裔营将士，收买他们，让他们为匈奴提供情报。

当然，有的匈裔营将士不肯被收买，他们的命运只能是消失。

赵破奴对匈裔营的管理是很严格的，匈裔营的将士接二连三消失，赵破奴马上将此事上报给了霍去病。霍去病正在家里洞房花烛呢，听说匈裔营有将士消失，第二日便赶回军营，与赵破奴商量处理此事。

赵破奴告诉霍去病，将士消失，最大的可能是匈奴细作所为。现在长安城内，匈奴人到处乱窜，谁知道有多少匈奴细作呢？

霍去病去匈裔营巡查，隐隐地感觉到，匈裔营似乎有匈奴人的细作。他不动声色，将赵破奴叫到面前，授意一番。

赵破奴找到句火，让他扮作伊稚斜派来的细作，以请匈奴兄弟喝酒的名义，暗中试探。

句火性格耿直，不肯做这种事。赵破奴很上火，找到霍去病，请求免掉他的骁骑校尉之职，以示惩罚。

霍去病得知句火的做法后，却一点都不惊讶，他直夸句火是性情中人，让赵破奴另找他人。

赵破奴另找了一名匈奴人，他按照赵破奴给的名单，请了一众匈奴兄弟喝酒。

匈奴人喝酒很豪放，每人端着一个大碗，边喝酒边吃肉。几大碗酒下去，便开始大呼小叫，有人唱起了粗犷的匈奴歌曲，有人骂娘。

凑巧的是，句火刚好也在这个酒店喝酒，听到有人唱匈奴歌曲，就走了过来，想看个究竟。

他一看是匈裔营的兄弟，就好言劝了他们几句，让他们别太放肆，这里是大汉的都城，他们在这里鬼哭狼嚎地用匈奴语唱歌骂人，会让大汉百姓厌恶的。

这些匈奴人大都是右贤王部的人，也有匈奴本部人，有一个是左贤王部的人，但是很早就来到了大汉，不认识句火，更不知道句火曾经是左贤王手下的神将。最主要的是，这些匈奴人有两个比句火这个骁骑校尉官职高，本来就对句火刚来就任职骁骑校尉不满，现在见他还多管闲事，过来就跟句火推搡起来。

句火自然不肯相让，当场就跟他们打了起来。对方人多势众，句火被打恼了，拔刀连杀三人，才把这些匈奴人吓跑。

杀完人之后，句火才意识到问题严重，不敢回军营了，连夜逃跑。

然而，犯了擅杀士卒的大罪，句火怎么能跑得出去？第二天，操着匈奴口音的句火便被巡逻的将士抓住，解送到了霍去病面前。

与李广不同，霍去病治军严苛，即便是句火这样的猛将，他也毫无怜惜之心。

倒是赵破奴，在得知了整个过程之后，觉得句火杀人事出有因，应该宽恕。匈裔营的事也惊动了归义侯复陆支。复陆支来向霍去病求情，并告诉了霍去病这个杀人事件之中的另外一个事件。

句火在酒店听到有人唱匈奴歌，起身劝阻的时候，其中有个匈奴人趁机大喊，说句火是霍将军的心腹，是到匈裔营监视匈奴人的。这些匈奴人因此大怒，与句火打了起来。

赵破奴觉得此事有些蹊跷，便审问了那个说句火是霍将军心腹的士卒。更让赵破奴感到奇怪的是，这个士卒神情慌张，答非所问。赵破奴觉得里面大有文章，便让人日夜不停地审问了两天两夜。这一士卒最终熬不住，承认自己被匈奴细作收买，负责给匈奴人提供军中情报。

赵破奴说："霍将军，即便没有此事，句火也不该被杀啊。他是听到这些匈裔营兵在吵闹，怕引起在酒馆喝酒的其他人反感，才出来劝阻的。那些喝了酒的士卒不但不听劝阻，反而几次将句火推倒在地，句火因此才与他们打在了一起。这个句火虽然莽撞，想法却是好的。"

霍去病想了想，说："既然如此，那就免了他的死罪，降为普通士兵，罚他清扫马棚半年。死去的士卒，要厚葬，多加抚恤。"

赵破奴大喜，拱手而去。

第二日，句火拜见霍去病，感谢不杀之恩。

霍去病说："句火，我不杀你，是因为惜才。军中都知道，我霍去病治军以严著称，与你喜欢的李广将军大为不同。将士有功，我不吝赏赐；将士有错，我从不饶恕。皇上治国，只看功绩，不管内中曲折，此种做法虽然有时有失公允，却最为有效。本将军也是如此，只看功绩，不看因由。你杀我士卒三人，按律当斩。但是赵破奴将军为你求情，本将军也是惜才，且你是初犯，暂且饶你一回，准你戴罪立功。日后行事不可莽撞，你可知晓？"

句火磕头认罪，说了一些感谢的话，便起身回去。

霍去病不杀句火，还有一个重要的原因。他刚获得边关战报，伊稚斜单于和左贤王分别发兵，进犯右北平、定襄两郡，一番烧杀抢掠后，带着劫掠来的牛羊牲畜和千余边民，迅速撤了回去。

很显然，这是匈奴一次试探性的进犯。他们期望通过这种进犯，惹恼大汉，引诱汉朝大军进入漠北之地，匈奴人则以逸待劳，将汉军歼灭。

当然，如果汉军不肯出兵，那他们就会加大劫掠规模。这种出其不意的袭击，汉军是很难有效防范的。

因此，汉军要想打击匈奴，唯一的办法就是发兵漠北。

这是一个两难的选择，对于朝廷来说，他们既不能容忍匈奴人挑衅，也不得不慎重考虑发兵漠北之事。

漠北不但是苦寒之地，汉军难以适应气候的变化，更重要的是，漠北之地太广阔，对于劳师千里而来的汉军来说，他们非常被动。匈奴人想与汉军决战很容易，而汉军想找到匈奴人决战，则难上加难。加上水源稀缺，处于绝对主动地位的匈奴人，想拖垮甚至打败汉军，实在是太容易了。

第五章

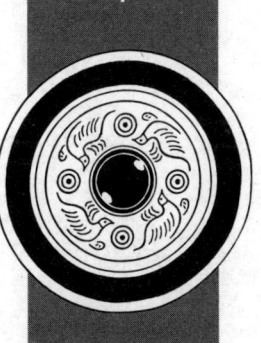

漠北决战

第五章 漠北决战

1. 李广请求上战场

汉武帝一直在做着进军漠北的准备，因此匈奴进犯边塞的消息传来，他一点都不惊讶。汉武帝对一众大臣说："汉与匈奴，死敌也！匈奴若强大，必然犯汉；汉若强大，必杀匈奴！汉若不灭匈奴，必然为匈奴所灭！"

汉高祖遭遇白登之围后几十年，汉军提匈色变，现在经过卫青和霍去病几次胜利后，汉军的恐匈症没有了，但是大汉的国库枯竭，钱没了。负责财政开支的大农令郑当时向汉武帝推荐山东的大盐商东郭咸阳管理盐政、河南的大冶铁商孔仅负责冶铁，将盐铁生意收归官营。两人奔赴各处，在全国设立盐官三十六处、铁官四十八处，并配备相应的各级官员，进行相应的税收和生产销售。

孔仅精于冶铁，他在有铁矿的地方设置铁官，负责铁的冶炼，没有铁矿的地方设置销售的铁官，并严禁私人冶炼和销售铁器。食盐也是如此。东郭咸阳在各地设立盐官，负责生产和销售，严禁私人煮盐和销售。朝廷出台律法："敢私铸铁器煮盐者，釱左趾，没入其器物。"

盐铁专营，迅速为西汉朝廷聚集起了财富，西汉朝廷有了与匈奴作战的底气，开始积极筹备，准备朝着漠北进军。

朝廷上下，对于这次漠北决战，进行了旷日持久的大讨论。

此时汲黯已经下野，以郑当时为首的一众官员，极力反对西汉大军远征漠北。在他们看来，劳师远征最好的结果，就是他们耗费大量人力物力，来到漠北之后，没有找到匈奴大军，匈奴大军也没有发现他们。汉军在耗费无数钱财粮食之后，转了一圈又回来了。

在他们看来，只要汉军在漠北遇到匈奴大军，必定是大败而归，甚至全军覆灭。

卫青和霍去病则极力反对这些大臣的说法。卫青性情敦厚，很少跟大臣们吵架；霍去病血气方刚，直言不讳，经常怼得大臣们面红耳赤。因为霍去病身份高贵，大臣们被怼了，也只能忍气吞声。

李广得知汉武帝要发兵漠北，急乎乎地跑到皇宫，求见汉武帝。

此时的李广身为郎中令，位列九卿，虽未封侯，却也是德高望重。李广是典型的主战派，多次求见汉武帝，要带一支人马，进军漠北，踏平匈奴。汉武帝自然不肯答应。他不是不想派兵，而是心中早有人选。卫青、霍去病、韩说、公孙敖、赵破奴，这些年轻将领，个个都能独当一面。李广虽然智勇兼备，但是垂垂老矣，不服老不行啊，这个年龄了，转战几千里，别说打，能不能走下来，都是个问题。

李广迫不及待，要上战场杀敌，主要有两个原因。一个是李广为边塞名将，曾经扼守要塞，匈奴闻之胆丧。但是这一边塞名将，到了征伐匈奴的时候，却屡屡不顺。很多无名之辈跟着卫青或者霍去病打了一仗，就有可能封侯，而他李广，一个让匈奴闻风丧胆的老将，战功赫赫，不但与封侯无缘，而且曾经因为攻打匈奴被贬为庶民，这真是让李广不服。

李广曾和星象家王朔私下闲谈说："自汉朝攻匈奴以来，我没一次不参加，可很多校尉以下军官，才能还不如中等人，却因攻打匈奴有军功几十人被封侯。我不比别人差，但没有一点功劳用来得到封地，这是什么原因，难道是我的骨相不该封侯吗？还是命该如此呢？"

王朔说："将军回想一下，曾有过悔恨的事吗？"

李广说："我任陇西太守时，羌人反叛，我诱降八百多羌人，又把他们都杀光了。此事让我悔恨至今。"

王朔说："能使人受祸的事，没有比杀死已投降的人更大的了，这也就是将军不能封侯的原因。"

王朔的话让李广颓唐了很长时间。但是看着那些年轻的校尉纷纷封侯拜将，李广的心又活了，又想搏一搏。人虽老了，但是老将依然雄心勃发，不肯认输。

李广想立功封侯，也是想为儿子李敢铺平道路，这是李广想上战场的第二个原因。李敢之勇猛不下李广，但是因为一直跟着李广，也没有立功。上次李敢跟着李广率四千大军进攻左贤王部，因为张骞迷路，耽误了战机，李敢跟着李广苦战两天，身上多处受伤，却毫无战功。李广为此很是歉疚。多次出战匈奴，不是全军覆灭，就是苦战无功，难道他李广真的像有些将领说的，是"难封"之将吗？

早年间，李广有一次战功足可封侯，却阴差阳错，没有被封。汉景帝时，吴楚七国之乱，李广任骁骑都尉，随太尉周亚夫打击吴楚叛军。在昌邑城下，李广英勇杀敌，夺取叛军军旗，立了大功，以此名声显扬。李广本可因此事封侯，但是因为梁王授给李广将军印，还师后，汉景帝便没有给予李广封赏，而是调为上谷太守，天天与匈奴交战。后来转任边郡太守，曾为陇西、雁门、代郡、云中太守，都因奋力作战而出名。

就像李广本人所说，此后李广多次参加对匈奴作战，不是无功而返，便是损兵折将。一个让敌人都甚为敬佩的人，真的还不如一个无名校尉吗？校尉跟着霍去病或者卫青随意打一仗，就可以封侯，他李广难道真的跟封侯无缘吗？

李广不肯相信，因此拜见汉武帝，请求让他跟着霍去病征伐匈奴，杀敌立功。

现在的汉朝不缺武将，何况现在李广已是耄耋之年，白发苍苍，汉武帝不忍让这样一位老将忍受征战之苦，故此劝他："将军年事已高，征战漠北，要忍受风霜和干渴，要防备匈奴人的偷袭，艰苦异常，现在年轻

143

将领皆有杀敌立功之心,将军为朝廷驰骋疆场几十年,还是好好享几年清福吧。"

李广跪下磕头:"陛下,老臣宁愿战死沙场,也不愿意待在这宫殿里,把老臣憋闷死!陛下,老臣年事已高,这次如若不能上战场杀敌,日后就更没有机会了啊!"

汉武帝眼看着一颗白发苍苍的脑袋,在自己面前磕头如捣蒜,还是心软了,说:"罢了,老将军要愿意去,那就去吧。不过不要过于劳累,更不可逞强。老将军乃大汉功臣,如有损失,失我大汉尊严。"

李广大喜,拱手说:"多谢陛下恩准。老臣必将努力杀敌,报答圣恩!"

2. 大军出动

元狩四年(前119年)春,经过了充分准备的大汉王朝,兵分两路,开始了对匈奴的征伐。

汉武帝对这次征伐非常重视。他下旨动用全国之力,准备了战马二十多万匹,运输粮食的牛马十万余,负责运输粮草的将士和民夫四十多万人。汉武帝还征求卫青和霍去病的意见,为他们搭配了最为强悍的武将组合。

第一路主将为大将军卫青,率大军五万,进攻匈奴。卫青的前将军为郎中令李广,左将军为太仆公孙贺,右将军为主爵赵食其,后将军为平阳侯曹襄。卫青与公孙敖一道领中军。

第五章 漠北决战

李广和公孙敖皆为老将，多次征战匈奴。李广征战匈奴屡屡不顺，公孙敖也比较倒霉。元朔五年（前124年），公孙敖跟随卫青收复河南地的时候，因为军功被封侯，却又在配合霍去病二进河西时，因为迷路贻误战机而被削职为民。此番卫青向汉武帝请求，让公孙敖一起随自己征伐匈奴，是希望公孙敖因此立功，重新封侯。

赵食其为祋祤（今陕西耀县东）人，虽是武将，却是第一次参加远征匈奴，因此很兴奋，也像李广一样，满怀信心，准备建功立业，封侯拜将。

后将军曹襄是平阳公主之子，其父为平阳侯曹寿。曹寿同曹家先祖一样，勇猛善战，曾经多次参与朝廷平叛。曹襄这是第一次随大军出征，平阳公主很是担心，特意来找卫青，让卫青多加照顾。卫青一家皆受平阳公主恩惠，自然答应。曹襄从小受其父教诲，不但武功高强，而且颇有报国之心。

到军营报到的时候，曹襄对卫青说："在下虽是第一次参加征战，却并不想让大将军照顾。在下知道，在下的母亲肯定找过大将军，让大将军给在下以照顾，在下却只想战场杀敌，像其他人那样，能够以军功而封侯，而不是靠着祖上的功劳而活着。"

卫青对平阳侯一家很是敬佩，听了曹襄的话，知道曹家的家规依然传承了下来，很是感到欣慰。对曹襄说："曹将军乃平阳侯之后，身份高贵，家传严格，卫青甚是敬佩。曹将军一心为国立功，本将军心下明白，此番进攻匈奴，皇上已有安排，大家各自尽力便是。"

另一路大军的统帅便是年轻气盛、屡立奇功的霍去病。霍去病属下战将，大都是像他一样的年轻将军。比如从骠侯赵破奴、李广之子李敢、昌武侯赵安稽、右北平太守路博德、归义侯复陆支、伊即轩等人。

昌武侯赵安稽是最早投降汉朝的匈奴将领，年龄稍大一些。当年他是匈奴太子於单的心腹，因为受到伊稚斜的追杀，不得已随着於单投奔大汉。

复陆支曾经是河西因淳部的王，被称为因淳王。伊即轩为楼专部的王，被称为楼专王。这两位都是跟着浑邪王一起投降汉朝的。浑邪王投降汉朝之后，躲在家里享清福，他的诸多属下则选择投奔霍去病，加入了霍去病的匈裔营。当然，复陆支和伊即轩因为职位高，没有加入匈裔营，而是作为大将，与霍去病一起率五万大军，杀向漠北。

一切准备就绪后，霍去病和卫青进宫，向汉武帝辞行。

汉武帝对卫青说："卫青啊，李广年事已高，体力虚弱，勿要使其独自面对匈奴大军。上次老将军对敌匈奴大军，险些丧命，这几年老将军更加苍老，再有一次，命难复存。老将军虽未封侯，却为大汉立下汗马功劳，你务必要让老将军平安归来，否则朕无法向天下百姓交代啊。"

卫青拱手："陛下请放心，卫青定会对老将军妥当保护。"

汉武帝又对霍去病说："霍去病，你自小便在宫中，不离朕之左右，朕是最熟悉你的人。你胆量过人，骁勇善战，你与卫青，是朕最值得期望之人。不过你生性高傲，此为缺点。要多向你舅舅学习，与众人友善，方能长久。"

霍去病鞠躬，说："多谢陛下提点，末将谨记。"

汉武帝一挥手，旁边宦者端上三杯酒。汉武帝拿下一杯，宦者又走到卫青和霍去病面前，两人分别端了一杯。

汉武帝站起来，高举酒杯，说道："愿诸位先祖保佑大汉！保佑此番大军远征漠北，旗开得胜，马到成功！保佑我大汉将士勇猛杀敌，远离刀枪之祸！"

汉武帝说罢，将杯中酒一饮而尽。

卫青和霍去病也学着汉武帝的样子，将酒喝了。然后鞠躬告辞，各自奔赴军营。

按照汉武帝部署，霍去病率大军出定襄（今内蒙古和林格尔西北），寻找匈奴大单于主力，进行决战；卫青则率大军出代郡（今河北蔚县东北），与大单于的太子、左贤王乌维进行决战。

霍去病大军出定襄不久，便遇到了一队巡逻的匈奴人，巡逻士卒看到汉军，掉转马头便跑。赵破奴率一小队将士猛追，匈奴人边跑边转回身朝追赶的汉军射箭，汉军也以箭矢回应。

双方战马脚力相当，最终赵破奴只抓住了一名战马中箭的匈奴士兵，将之带回霍去病面前。

霍去病审问这名匈奴士兵，得到了一个重要的消息，伊稚斜单于已经率大军离开匈奴中部地区，去往左贤王的东部了。

霍去病觉得此事不可小觑，忙让大军暂且驻扎下来，派人将此事向汉武帝禀告。

汉武帝得报后，忙给霍去病和卫青下令，让卫青出定襄，寻找左贤王主力作战，让霍去病去东部代郡，寻找匈奴本部主力。

很显然，汉武帝觉得霍去病部的战斗力远超卫青部，因此让霍去病迎战实力最强的匈奴本部。

卫青和霍去病遵令，大军迅速换防，卫青率大军出定襄，寻找匈奴军队作战。

3. 暗中较劲

卫青知道此番出兵非同寻常，匈奴单于肯定掌握了汉朝大军的动向，而汉军对匈奴的动向却一无所知，因此卫青大军很谨慎，除了常规的哨探之外，还派出多股小队，探寻周围的地形，寻找水源，掌握附近匈奴人的行动。

　　大单于伊稚斜远在千里之外的单于庭,早就准备好了精锐军队,等着与汉军决战。伊稚斜这次做了很长时间的准备,信心十足,他有把握剿灭劳师远征的汉军,让他们知道,匈奴人不是好惹的。

　　伊稚斜要率大军南下,寻找汉军决战。赵信苦苦相劝:"尊敬的大单于,当年末将劝大单于将王庭迁移漠北,就是为了让远道而来的汉军疲惫,甚至找不到水源,没有水喝。我们的大军则以逸待劳,以精锐之师迎战疲惫之师,方能保证战胜汉军。现在汉军精神旺盛,吃喝不愁,我们去跟他们决战,这是……这样对我们非常不利啊。"

　　赵信差点说出"找死"这两个字,但生生地吞了回去。

　　伊稚斜还沉浸在匈奴昔日的荣光里,经过一番充足准备后又不由自主地开始自大,认为汉军几次胜利都是巧合,若论草原鏖战,汉军根本不是他们匈奴的对手。但是在汉军中待过的赵信对汉军太了解了,认为现在的汉军已经不是昔日看到匈奴就害怕的汉军。征战匈奴的汉军,都是百里挑一,从大汉百万大军中挑出来的精锐,他们经受过匈奴教官最为严苛的训练,个个精通骑射和马上拼杀。还有最重要的一条,汉武帝对有军功的将士奖励丰厚,很多普通百姓因为一次军功,就过上了有田有房的上等人的生活。可以说,现在大汉将士个个渴望立功,皆是能战之士。

　　匈奴人虽然生来勇猛,但是他们没有经受严格的训练。匈奴各部的专业军士不多,他们平常大都是牧民,需要作战的时候,才拿起弓箭刀枪加入战争。而且即便战胜,伊稚斜对他们的奖励也不多。因此赵信很难相信,伊稚斜率领的匈奴人能够战胜士气正旺的汉军。

　　伊稚斜却很自信:"赵将军,你太小瞧我们匈奴人了。汉军善于出其不意,千里奔袭,这次我亲率大军迎战汉军,就是为了不给他们'出其不意'的机会。若论偷袭和迂回作战,我甘拜下风;但是要在草原上鏖战,匈奴人一点都不比汉人差!"

第五章 漠北决战

赵信没有劝住伊稚斜，伊稚斜竟然放弃了与自己曾经商定过的利用漠北之地困住汉军的谋略，而是直接点起三万人马，去迎战卫青的大军！赵信捶胸顿足，无可奈何。

伊稚斜大军一路南下，径直来到了离漠北王庭有五百里路的赵信城。赵信城是伊稚斜为赵信修建的王城，模仿中原的城市，城外有护城河，有高大的城墙、坚固的城门。匈奴人进城略作休整，补充粮食和水。伊稚斜对赵信城的舒适和繁华大加赞赏，说还是中原人会享受，这些高大的房屋挡住了风沙，住在屋子里，过得简直像神仙一样。

赵信趁机劝伊稚斜留在赵信城，凭借城墙挡住汉军。

伊稚斜没有答应。他还是那句话，凭险据守是汉人的强项，他们匈奴人的强项是骑着马，与敌人在草原上搏杀。

"匈奴人是草原上的狼，战马是狼的爪子，我们离开了战马，就像狼被斩掉了爪子，没有爪子的狼，怎么能打仗呢？"

两天后，伊稚斜率大军继续南下，来到一处他觉得适合匈奴人作战的宽阔之地，便扎下营寨，等待汉军出现。

卫青派出的哨探看到了伊稚斜大军的营寨，而且是由伊稚斜亲自率领，忙掉转马头回去，将此事报告给了卫青。卫青惊愕之余，让大军驻扎休息，派探子再探，探子回来报告，前方匈奴大军，确实是伊稚斜单于的主力。

卫青终于确定，霍去病先前得到的伊稚斜率大军东下左贤王部的情报是错误的。匈奴人离开漠北，主动南下五百余里与汉军决战，这实在是出乎卫青的意料。当然，更出乎他意料的，是这支人马竟然是大单于伊稚斜的主力！

卫青一番思虑后，果断下令，让李广和赵食其率本部人马，与主力分开，从东部迂回，以便对伊稚斜大军发起突袭。卫青则率主力，正面迎击伊稚斜。卫青的想法是，等自己和伊稚斜双方开战，处于胶着状态时，李广和赵食其则突袭匈奴后方，匈奴必乱。

让卫青没有想到的是，老将李广听说要让其作为侧翼，而不是前锋主力，恼了，极力反对："大将军，我大汉五万大军，匈奴人只有三万，如此悬殊的兵力，一战便可击溃，何必要分什么侧翼！我李广垂垂老矣，本没有机会上战场杀敌，老朽拉下脸皮，好不容易求陛下得此出战机会，要是没有机会立功，此生休矣！求大将军勿要为难老朽，给老朽一个立功的机会！"

卫青不高兴了："李将军，此次出征，本将军是统兵大将，如何迎敌，如何排兵布阵，一切皆由本将军负责。军令如山，李将军莫非要抗命?!"

李广心中悲愤不已。按照卫青的安排，他们从东路迂回，向伊稚斜的侧翼发起攻击。但是东路要多走两百多里路，路途遥远不说，而且水源少，他们要花很多时间去找水，要比卫青多走两天甚至很多天的路程。耽搁这多天，别说立功，很可能连参战的机会都没有。

李广因此说："广受命为前将军，理应为国前驱，今大将军令出东道，殊失广意，广情愿当先杀敌，虽死不恨！"

卫青将李广安排作为侧翼，第一个原因是汉武帝的嘱托。李广年事已高，不可让他面对敌军主力。第二个原因是他不想因为李广而贻误战机，人老了，战斗力下降，如果主将出了意外，会影响士气。

李广不理解卫青的好意，不肯接受。卫青命大将军长史下了军令给李广，李广无可奈何，只得接受，与赵食其各率本部军马，向东侧行军。

4. 迷路的李广大军

李广军中没有向导，只能靠一张很不准确的羊皮地图行军。

李广心情急躁，催着将士奋力前行。骑兵行军速度快，但是紧随其后运送粮食和辎重的牛马车却走得慢。军队又不能远离辎重车队，李广看着行走缓慢而漫长的车队，真是欲哭无泪。

他们朝东北方向走了两天后，便折转向北行军。此时正是春天，风沙肆虐，将士们经常被风沙迷住眼，只能闭着眼朝前走。赵食其建议休息一下，等风沙过去再行军，因为这样行军不但速度慢，而且容易走错路，李广不肯，下令加速前进。

大军艰难前行，直到天黑，才安营扎寨休息。

吃了晚饭后，李广睡不着觉，围着营帐转悠，听到了将士的议论。将士们都很郁闷，觉得以前的李广将军平易近人，礼贤下士，对待士兵如同家人；这次出兵，李广却变得脾气暴躁，经常骂人，几乎把将士当成了敌人，都是同一个人，怎么能变成这个样子呢？

有了解情况的士兵说："李将军立功心切，怕贻误战机。这次出征匈奴，陛下本来就没打算让李将军参战，是李将军非要来的，想立功封侯呢。他岁数都这么大了，位居九卿之列，还争什么功呢？要是给我，别说九卿，就是一个小小的校尉，我也知足了。这人啊，真是不知足啊。"

另一个士兵说："人到什么时候，说什么时候的话。你要是到了李将军这个位置，就不会这么说了。李将军劳苦功高，可惜时运不济，多次苦战，却没有立功，李将军是咽不下这口气。"

又有士兵说："咽不下这口气，也不能拿我们出气啊。在这大漠里这么乱闯，像无头苍蝇，要是遇到匈奴兵，我们都是死路一条……"

李广听着众人的对话，心中难受。他很明白，这些日子，跟着自己的这些将士吃苦了。他们比卫青所率的主力要多走两百多里路，还要按照预定时间赶往会合地点，要是晚了，就会受到处罚。没有办法，他只能像驱赶羊群一样，驱赶着这群疲惫的将士，从茫茫戈壁，走进茫茫草原，再从茫茫草原，走进茫茫戈壁。

漠北的夜晚，寒风刺骨，风沙丝毫没有停歇的征兆，在夜晚，犹如无数的恶鬼在狂吼，在狂飙。

在大汉，也经常有风，冬天的风也很大，但是却没有这般惊悚。李广在庞大的营地巡视了一圈，仔细叮嘱了各处岗哨和巡逻队，才疲惫不堪地回到营帐。

刚坐下，赵食其就走了进来："李将军，我来了好多次了，你都不在营帐。"

李广指了指旁边说："坐吧。我刚刚出去巡查了一番，这风如此之大，让人心里没底啊。"

赵食其席地而坐，说："漠北之地，果然非同寻常。在下第一次随将军出征漠北，真是长了见识。此地荒漠千里，不但人看不到一个，牛羊房屋都看不到，实在是不可思议。"

李广苦笑一声，说："苦寒之地，水草鲜见，没有放牧者，自然见不到人。何况大军来到，即便有牧民，老远见到也都跑了，这些倒也正常。值得顾虑的，是这场大风。这附近有沙漠，风吹沙动，会改变地貌，大军本来就靠着地貌而辨别方向，如果地貌改变，迷失方向，对大军来说，这是一场无法预知的灾难啊。"

赵食其害怕了："那……那如何是好？"

李广摇头说："且不管它，明日看情况再说。不管如何，我等不可扰乱军心，务必带着大军在规定时日赶到战场，杀敌立功。"

赵食其迟疑了一下，说："李将军，在下有句话，不知当讲不当讲。"

第五章 漠北决战

李广说:"请讲。"

赵食其说:"大将军安排将军与末将作为侧翼,让公孙敖为前锋,其目的就是让将军与末将失去立功机会,而将功劳让与公孙敖。与匈奴决战,与其他战场不同。匈奴人没有城池,不需要长时间围攻,两军决战于旷野,或战或溃,短则一日,长则两日,便会见分晓。我等比中军多行两百余里路,即便加快速度,也很难与中军同时到达战场,故此,即便我等奋力赶去,恐怕也会错过征战时机。"

赵食其说的这些,李广当然知道。卫青与公孙敖乃生死之交,当年卫青差点被馆陶公主处死,是公孙敖带人将他救出。现在公孙敖因为二征河西迷路耽误了战机,而被贬为庶民,卫青带上他征战匈奴,目的就是为公孙敖争得一个立功机会。

但是李广也知道,卫青并非刻薄之人,他虽然有帮助公孙敖的私心,但是未必非要把自己作为侧翼啊!将他作为侧翼,肯定还有别的原因。比方他年老体衰,难以与匈奴久战等。李广不服老,他体魄健壮,依然一顿能吃五斤羊肉,喝两斤酒,依然可以挥舞大刀,上阵杀敌。当然,很少有人愿意相信他,皇上不信,卫青不信,他只有在战场上,才能让他们相信,才能为自己找回尊严。

是的,他要的立功封侯,只是他李广的一份尊严。他老了,什么都看透了,唯一坚持的,是他作为一个武将的尊严。

李广因此说:"此事不是这么简单。大将军为人敦厚,安排你我做侧翼,必然有他的道理。只要我等努力,侧翼照样杀敌立功。"

第二天一早,李广起床后,发现外面果然变成了一片茫茫黄沙。昨天还能看到的一小片开始返绿的草原不见了,目光所及之处,除了黄沙,还是黄沙。

好在昨天傍晚,赵食其朝着草原方向插了几根棍子。他们还能照着棍子的方向,勉强辨别出东西南北。

153

大军吃了早饭，收拾好帐篷，牛马上套，便开始继续朝北行走。

茫茫戈壁，无尽的风沙，荒芜的草原。李广大军继续朝北行走了三天后，他们预计两天后就能看到的一个可以补充水源的湖泊却一直没有看到。这么多的人马，要是缺了水，可是要命的。李广无奈，只得让大军驻扎下来，派出数支小队在附近寻找水源。

这数支小队快马加鞭，在附近寻找了一天，傍晚回来向李广报告，没有找到水源。

李广急了，第二天又派他们出去。这次小队带了足够三天用的水和粮食，第三天回来后，终于有一支小队向李广报告，说他们在约二百里之外的一处草原上，发现了一个湖泊。不过这处地方，好像不在他们的行军路线上。

大军已经严重缺水，军需官配给给牛马的水，很多都被人偷偷喝了，每天都有牛马因为缺水而倒下。李广已经别无选择，只能让这支小队带队，大军朝着水源行军。

大军行走了两天，终于到达了水源地。众人喝足了水，把水囊灌足，休整了半天后，便调整路线，继续朝着预定的目标前进。按照约定时日，他们要在第十二天赶到预定的地点，加上在路上耽搁的一天，他们应该在第十三天赶到。然而，他们在走了十三天后，看到的依然是茫茫戈壁和零星的草原，他们没有看到伊稚斜的大军。前方哨探也传来消息，前面依然是无尽的戈壁滩和草原，一个匈奴人都没有。

李广从马上下来，跑到一个小山丘上，四下观看。四周开阔平坦，目及之处，是无尽的原野，看不到一个人。

李广的心里突然泛起无尽的寒意。他知道，他最害怕的事情还是发生了。

他们迷路了。

5. 卫青决战伊稚斜

卫青率四万大军以及三十多万人的辎重车夫，经过十多天的艰难行军后，前方哨探送回消息，他们距离匈奴大军驻扎的地方，仅剩下五十多里远了。

卫青命令哨探继续打探情报，他下令大军驻扎下来，略作休整，并派人打探李广大军的消息。

哨探按照李广大军的进军方向，找了两天，没有找到李广大军的踪迹。

卫青有些懊恼。两军即将开战，侧翼还下落不明，让这场仗怎么打？

卫青召集公孙敖、公孙贺、曹襄商量计策。曹襄第一次随军打仗，很少说话。公孙敖和公孙贺建议不必等待李广，他们现在有四万大军，足以战胜伊稚斜的三万军马。

卫青说："诸位不知，李广将军此番要北征匈奴，是为了立功封侯。大军临行之际，本将军去向皇上辞行，皇上嘱咐本将军要照顾李将军，勿使他正面迎敌，故此本将军才让李将军作为侧翼，突袭敌军。但是如果李将军无法按时赶到，他就无法杀敌立功，这是老将军最后一次上战场了。如果让他因此失去了这个立功的机会，我以后怎么面见老将军啊！"

公孙敖等人也都很尊敬李广，因此皆没说话。卫青让大军再休整两天，并派出探子骑着快马，扩大搜索范围，继续寻找李广大军的踪迹。

伊稚斜的哨探也将卫青大军的行踪报告给了伊稚斜，伊稚斜得知卫青在前方五十里处驻扎了下来，本来想带人冲过去，与之决战，赵信劝他慎重，卫青足智多谋，别中了他的计策。伊稚斜听从了赵信的建议，在原地扎好阵脚，等待卫青。

两天后，探子回来报告，李广大军依然没有消息。卫青不敢再等待下去，让探子寻找李广大军，他带着大军一路向前，迎战伊稚斜。

伊稚斜大军驻扎在一处略微凸起的丘陵上。卫青看到伊稚斜摆好了阵形，他也不敢马虎，让大军迅速扎稳阵形，并命令将士将随军运送粮食的几百辆武刚车摆在阵前，以阻挡伊稚斜大军的冲锋。弓箭手则以武刚车为掩护，张弓搭箭，严阵以待。

卫青一声令下，公孙敖率五千将士冲了出去。伊稚斜看到卫青只派出一队人马，剩下人马暂且不动，他不知卫青葫芦里卖的什么药，也不敢把人马都派出去，只派出一万多人，与公孙敖的五千人杀在了一处。

真是仇人相见，分外眼红，匈奴与汉朝厮杀至今，将近百年，汉人无不视匈奴人为仇敌。而汉武帝这几年征讨匈奴连连得胜，匈奴人丢城失地，被杀者不计其数，也视汉人为敌人，双方皆恨不得吃了对方，手中刀枪皆朝着对方要害砍杀而去。

一时之间，喊杀声震天，随之而来的惨叫之声如惊涛骇浪，不绝于耳。

公孙敖一心想立功封侯，带着一队虎狼之士左冲右突，寻找对方裨将决战。他们在连杀两名裨将之后，人数是汉军两倍的匈奴人便有些乱了。伊稚斜眼见自己一万人竟然不是人家五千人对手，很是气恼，不得不下令再上一万人。

卫青自然不能眼看着公孙敖吃亏，命令公孙贺和曹襄各率五千人，从两侧包抄了过去。

匈奴人分兵迎战，公孙贺也是抱定立功之心，学着公孙敖的样子，率小队精锐，专杀匈奴裨将。然而，迎战公孙贺的这位匈奴裨将也很勇猛，他手持两把弯刀，连杀了公孙贺几名手下，公孙贺没办法，只得与几名勇猛裨将一起，对这名裨将进行车轮战。

曹襄在平阳府锦衣玉食的日子过惯了，这十多天的行军让他真是苦不堪言，生不如死。幸亏休整了几天，他的精神头略有好转。但是这位王爷从来没有参加过征战,看着面前血腥的场景,还是差点吐了。

幸亏卫青让他从侧翼进攻匈奴人,曹襄打起精神,挥舞大枪,带着五千汉军就冲了过去。匈奴人不甘示弱,迎面冲了过来。看到挥舞着弯刀的恶狼一般的匈奴人,曹襄遗传的血性被激发出来,他手中的长枪猛然刺中了一个冲过来的匈奴人,将其挑到马下。这个匈奴人挺狠,被曹襄刺中肚子后,还将手中的弯刀朝着曹襄的脑袋甩了过来。曹襄低头,躲过呼啸而来的弯刀,飞溅而来的匈奴人的鲜血却打在了曹襄的脸上。腥臭的鲜血让曹襄再也忍不住了,猛然呕吐起来。

旁边几个匈奴人看到曹襄是一名将军,而且显然是刚上战场,不习惯厮杀,几个人猛然朝着曹襄就扑了过来。

曹襄正吐得昏天黑地,根本顾不上这些。幸亏旁边的护卫冲过来,挡住了这几名匈奴人。

护卫们一边与匈奴人厮杀,一边喊着曹襄,让他小心。曹襄吐了一会儿之后,强打起精神,挥舞长枪便朝着匈奴人杀了过去。汉军投入的这一万五千人中,曹襄部弱一些。公孙贺部与匈奴人旗鼓相当,公孙敖部则完虐匈奴人。总体来说,两万匈奴军与一万五千汉军势均力敌,直杀得日月无光,血流成河。

他们从早上一直杀到傍晚,双方将士皆疲惫不堪。卫青和伊稚斜皆不敢再投入兵力,害怕对方再有伏兵杀出来。

傍晚时分,突然起了大风。大风刮着泥沙,遮住了太阳。一时间天昏地暗,飞沙走石。卫青趁机命令剩下的汉军分兵进攻,他则亲率一队骁勇之士,顶着风沙,寻找伊稚斜。卫青知道,他若抓住了伊稚斜,便会极大地打击匈奴人的气焰,虽然不能完全消灭匈奴,却会让匈奴在几十年之内,再也不敢进犯大汉。然而,卫青带着人在战场内四处寻找伊稚斜,却没有见到他的影子。

风沙肆虐了一个时辰,方才停住。汉军的一名校尉抓到了伊稚斜一个受伤的护卫，这位护卫告诉卫青，就在风沙刚刚肆虐的时候，伊稚斜趁机带着几百名护卫，冲出了包围圈，一直朝西跑去了。这个时候，匈奴军才发现主帅没有了。没有了主帅，剩下的匈奴军迅即崩溃，四散而逃。

卫青下令公孙敖率一千轻骑朝西追击伊稚斜，剩下的大军追击逃散的匈奴军。

大部分匈奴军都是朝着伊稚斜逃跑的方向跑，卫青率一部人马一路追杀匈奴人，一直追到了完颜山下的赵信城。

此时天光大亮，汉军疲惫不堪。卫青派人进城侦察，发现赵信城已经人去城空，城里只有几条狗在游荡，一个人影都没有。

卫青率大军入城休息，同时传檄各部，让各部追击的人马进入城中，补充给养。

让卫青大军没有想到的是，赵信城中竟然有大量的粮食。匈奴人很少种植粮食，很显然，这些粮食大部分是从汉朝抢劫而来的。

卫青大军在赵信城休整了两天，带了一部分粮食，将剩下的放火烧光，便率大军凯旋了。

这一仗，虽然没有抓到伊稚斜，汉军却俘获和斩杀敌兵一万九千余人，伊稚斜失去了与汉朝作战的勇气，从此龟缩漠北，再也没有发兵进攻汉朝。

6. 李广之死

老将李广率大军在沙漠中兜起了圈子。

第五章 漠北决战

这支迷路的大军饥渴难耐，已经完全丧失了斗志。李广变得暴躁不安，动辄发怒。派出寻找匈奴人做向导的几个小队空手而归，这附近几百里竟然没有一个人，李广和赵食其觉得实在是匪夷所思。

赵食其建议大军不要再像无头苍蝇般地乱走一气了，这样走下去，不但大军过于劳累，而且对于水和粮食的消耗巨大，他们不如就地扎营，等待卫青的救援。他们已经在这沙漠里整整转悠了十八天，按照大将军预定的进攻时间，他们已经整整晚了六天，即便现在能确定方向，他们赶到战场也已经晚了，何况他们现在还无法确定方向。

经过这十多天的折腾，李广须发皆长，骨瘦如柴，只有两只冒着血丝的眼珠子，显得比原先更大了。他对赵食其的建议不予理睬，命令将士们加速前进，赶不上队伍的按军法处置。

他对赵食其说："这是我李广最后一次出征了，我不能给后人留下一个笑柄，我更不能让跟随我的将士无功而返。即便不能与大将军一起决战匈奴主力，我们也可以寻找别的匈奴人决战。当年霍去病首战封侯，就是离开卫青大军，突袭了匈奴的后方营地，俘虏了单于的叔叔罗姑比等人。他霍去病能千里奔袭，我李广就能万里杀敌！"

此时的李广已近癫狂状态，赵食其与众人不敢惹他，只能奉命前进。

白天精神抖擞的李广，晚上突然就会垮了。他对赵食其说："赵将军，看来王朔先生说得不错，我李广当年杀降，是招惹了老天爷。当时我李广不服，现在看来，不服不行啊。这么一支虎狼之师，被我李广带到了此番境地，老天爷这是在惩罚我李广啊！"

赵食其安慰他说："李将军此言差矣，所谓胜败乃兵家常事，别说将军你了，上次进攻左贤王部，张骞率大军不是也迷路了吗？还有公孙敖，这两人都在大漠中迷路过，不止是将军你啊。"

李广哀叹不止，只能以酒浇愁。

然而，第二天天一亮，李广看到太阳后，便会满血复活，继续瞪着充满血丝的大眼珠子，催促将士们上路。

他们就这样在荒漠中又走了三天，在第三天的傍晚，前方哨探突然带回了卫青大军的哨探。哨探告诉李广，大将军就在他们后面，大将军已经结束了对伊稚斜的战争，现在率领大军开始后撤了。大将军让他捎信给李广，让李广部原地等待，大军稍后便到。

李广不敢违抗军令，只得原地扎营，等待卫青大军来到。

第二天傍晚，卫青大军来到，扎营休息。

李广让赵食其去见卫青，向其说明情况。卫青见李广没来，有些不高兴，问李广为何没来。

赵食其说："禀大将军，李广老将军身体消瘦得厉害，近日又受了些风寒，已经……已经躺下。因此末将先来拜见大将军。"

卫青说："既然如此，那就让大将军好好休息吧。老将军年龄大了，身体为重。"

卫青虽然对李广大军迷路、没有赶上战斗有些不满，但是得知原因后，就对李广有些同情了。很显然，李广在荒漠中迷路，贻误战机，不但没有杀敌立功，而且会受到军法惩处，他心中该有多么懊恼！但是国有国法、军有军规，他卫青不能隐瞒，只能据实上报。

第二天，卫青命长史带了一部分水和粮食以及从赵信城得到的奶酒来到李广军营，慰问大军。长史看到李广虽然精瘦，却不像得了风寒的样子，便有些不高兴，说："李将军，大将军听说你身体有恙，特派在下过来探望，不过在下看来，将军虽然瘦了，身体却是很硬朗啊。"

李广本来心情就不好，看到一个小小的长史都这么对自己说话，很是恼火，便说："长史大人，你是想看老朽病倒在你面前吗？"

长史呵呵一笑，说："在下不敢。老将军威名，大汉谁人不知谁人不晓？不过将军名气虽大，这次贻误战机之罪，是脱不了的。在下此来，一是看望将军，二是奉大将军之命，调查老将军贻误战机之原因。此事要上

第五章 漠北决战

奏皇上，让皇上判决，故此在下不得不问个详细，请老将军将此事过程详细告知。"

赵食其在旁边说："长史大人，此事也没有详细过程，不过走着走着就迷失了方向，因此在荒漠中转悠了好多天，请长史酌情上奏便是。"

长史冷冷笑了一声，说："酌情上奏？没有详细原因，如何酌情？在下是奉大将军命令，来询问老将军的，请赵将军勿要插话，耽误公干。"

赵食其看到这长史来者不善，知道是因为上次他来下达让李广率大军从东侧迂回的命令，李广没有给他好脸色，这次他趁机报复来了，便不再说话。

李广本来就一肚子懊恼，这长史又狗仗人势，对他如此不敬，李广火了，猛然拍了下桌子，喊道："迷路便是迷路，还需要怎么详细?！本将军死战匈奴几十年，杀人无数，什么时候轮到你来审问了?！你回去告诉大将军，李广迷路有罪，让他随意处置便是！"

长史看到李广青筋暴起的样子，不敢说话了，灰溜溜回到了卫青大帐，将李广对他的恼怒，说成了李广对大将军的不敬，添油加醋向卫青汇报了一番。

卫青听了大怒，让长史再次去李广大帐，下达大将军命令，让李广与其幕府人员一起到大将军大帐接受问询。

李广本来觉得卫青仁厚，会给他这个老将军一些面子，让他在自己的幕府校尉们面前保持一些尊严。但他没有想到，卫青会派长史再次来到他的大帐，让他这个老将去大将军的营帐中接受问询。

李广看着长史幸灾乐祸的样子，心里发冷。虎落平阳被犬欺啊，一个小小的长史，就敢如此对待自己，如若回到长安，自己被贬为庶民，又该遭受多少屈辱？

当年汉武帝起用新人卫青，四路大军首征匈奴，李广作为四路大军其中一路，率领一万大军与军臣单于的主力大军鏖战，最终一万大军全军

161

覆没，李广被擒后杀了押解他的匈奴人夺马逃回。汉武帝是典型的只看军功、不管时局的人，李广的一万大军，拖住了匈奴本部的主力，拼死决战，对匈奴本部造成了重创不说，还为卫青直捣龙城解除了后顾之忧。但是汉武帝不看这些，更不看李广曾经为大汉立下的汗马功劳，而是立马判李广斩刑，交了赎金后被贬为庶民。

对于自视甚高的李广来说，这段过往是他一生中最为屈辱的阶段。那个时候的李广心情郁闷，曾经和颍阴侯灌婴的孙子灌强一起隐居在陕西蓝田的山中打猎。一天夜里，李广只带一随从骑马外出，和友人在田间饮酒。喝完往回走，走到一个亭（汉十里一亭，相当于村）时，遇到了同样喝醉的霸陵尉，霸陵尉呵斥李广，不让他走。李广的随从说，这是前任李将军。霸陵尉说，现任将军尚不可以夜间外出，更何况前任！于是把李广强行留宿在亭里，不让他过去。此事让李广感到非常屈辱。很显然，如果李广没有被贬为庶民，一个小小的霸陵尉是不敢拦挡他的。

后来，汉武帝重新起用李广为右北平太守，领兵出战匈奴。李广请求带霸陵尉一起从军，到了军中便直接斩杀了他，以泄此恨。

此事李广做得有些欠妥，却也反映出了李广对这段屈辱的难以释怀。

面对卫青和长史的责难，李广身心俱疲，濒临绝望。

他对长史说："诸校尉无罪，失道之事皆我一人之错。本将军自会具簿拜见大将军，长史请回吧。"

长史走后，李广走进中军大帐。赵食其等人皆大眼瞪小眼，等着李广。

李广朝着众人拱手，说："诸位将军，李广无能，让诸位跟着李广吃苦受罪，李广对不起各位了。"

赵食其说："李将军言重了，胜败乃兵家常事，何况我部只是迷路，并未战败。"

李广苦笑一声，说："在大汉律法中，迷路与战败同罪。我等回去当判斩刑，但是皇上开恩，可以用金子赎罪。我等辛苦一遭，不但没有获得

第五章 漠北决战

封赏，而且要卖屋筹钱，最后才能成为一名老百姓，实在是可笑至极！"

众人都低下头。

李广仰头长叹，说："我自结发从军，至今与匈奴交战不下百次。这次有幸跟着大将军再次出征，本想杀敌立功。可是大将军命令我作为迂回之军，而我又偏偏迷失了道路，这不是天意还是什么？老天这是不给老朽一个机会啊。我李广已经六十多岁了，此番失败，皇上绝不会再给老朽战场立功之机会，回去还要遭受刀笔小吏的侮辱，罢了，罢了，既如此，活着何益？诸位将军，李广先去也！"

李广说罢，猛然拔刀，众将还没有反应过来，李广便自刎于众人面前。

众人大惊，眼看一代名将轰然倒地，忙扑过来扶起老将军。

李广的脖子处鲜血喷涌，李广看着众人，似乎有话要讲，嘴唇嗫嚅了几下，却什么都没说出来。他挨个儿看了看围在身边的将士，缓缓闭上了眼睛。众将士痛哭失声。

赵食其悲痛之余，忙派人将此事上报给卫青。

卫青得知后大惊，亲自来查看情况。惋惜之余，卫青命人将李广尸首好生包裹起来，带回京城。

李广之死，震惊朝野。

李广昔日部将听说了他的死讯，悲伤不已。其时，朝野上下，都知道李广是抗击匈奴的名将，却不像卫青、霍去病那样名利双收、尊荣无比。加上李广平日宽以待人，对待将士如同家人，无论朝臣百姓还是普通士兵，都对李广有同情之心。此番李广自刎而死，显然是心有委屈，故此朝野上下，皆为其不忿。

卫青大军虽然斩杀匈奴一万九千余人，且烧毁了匈奴的粮草，但是因为没有抓到伊稚斜，而且李广之死也让汉武帝很不高兴，于是卫青也没有得到一点赏赐。

右将军赵食其因为贻误战机，按律当斩，赵食其交了赎金后，被贬为庶民。

按照汉武帝的部署，卫青这一路大军，本来应该是去征伐势力稍弱的左贤王的，可是阴差阳错，他们最终却与实力最为强大的伊稚斜对阵。应该说，作为一名经验丰富的宿将，卫青在这次战争中表现得中规中矩，虽然没有出奇制胜，却也打得很顽强。但是在汉武帝眼里，卫青没有完成既定目标，而且损失了一名老将，虽然斩杀一万九千余人，却只能功过相抵，不奖不罚。跟随卫青出生入死的公孙敖等将士，也没有受到奖赏。

7. 霍去病大军出发

霍去病率大军从代郡出塞，右北平太守路博德率一部人马从右北平出发，两军在与城（《汉书》称兴城，今内蒙古多伦县附近）会师，并略作休整。

因为庞大的辎重队伍，霍去病大军从代郡出发到与城，约九百里路，整整走了十五天，这让霍去病很是恼火。霍去病一出河西，没有带辎重队伍，而是下令将士们带了五天的吃食，因此他们兵出神速，进入河西后，就地补给，保证大军在快速出击的同时，不缺给养。第二次河西之战，因为要经过漫长的沙漠，大军才带了足够多的水囊。但是那么多的辎重，也拖慢了大军的行军速度，霍去病几度要让辎重大军回去，都被手下将士阻止。

这次五万大军出征左贤王，负责运送粮食辎重的牛马七万余，征用民夫二十万，负责押运粮草的步兵二十万，能战的五万大军，在长达几十

第五章 漠北决战

里远的运输大军里，只占了很少的一部分。现在面对这支步伐迟缓的辎重大军，霍去病再次萌发了扔下辎重、轻军快马、突袭快插的作战思路。

霍去病的这一想法，遭到了路博德和邢山等人的反对。此去漠北，行程几千里，除了荒漠还是荒漠，别说粮食，即便是水源也很稀少，如果没有熟悉地形的当地牧民带路，他们连水都难以找到，如果他们只带三五天吃喝，到时候找不到水源怎么办？这是五万精锐啊，如果这五万人折在了千里荒漠之中，大汉征伐匈奴的决心必将受到打击，匈奴必定趁机反扑，大汉得到的河西、河套两地，必然重回匈奴之手。

霍去病则认为，匈奴人早就在等着他们的出击。但是现在他们还没法确定汉军的行动路线，没法构筑防线，这个时候，汉军唯一取胜的战法就是迅速出击，在匈奴没有构筑起防线之前，把他们打败。如果他们拖着这么多的辎重，行动必然缓慢，那就是给匈奴指定好了路线，还给他们留下时间，集结兵力构筑防线！

赵破奴多次跟随霍去病出征，非常理解霍去病的作战理念，他对霍去病说："将军的想法，末将自然明白。但是，大军出河西，是因为河西之地水草丰美，大军可以就地取食，也不会缺水。即便是第二次进攻匈奴单于，大军也可以轻兵突进，因为末将熟悉匈奴本部的地形地貌，知道何处能找到水。但是这里是左贤王的地盘，没有人熟悉此地情况。复陆支和伊即轩虽是匈奴王爷，却是右贤王的部族，他们别说到过这里，即便是匈奴本部，他们也很少去过。"

霍去病找来复陆支和伊即轩等人，问他们是否熟知左贤王部的地形和水源情况，这些人都摇头。

霍去病很郁闷。匈裔营的将士，也大都是右贤王部族的人，很显然，他们根本就不可能熟悉左贤王部的地形。

就在霍去病百思无计的时候，突然有个长相粗糙的士卒求见。

霍去病一时没想起此人姓甚名谁，直到此人说："霍将军，句火有要

165

事禀告。"霍去病才想起来，此人便是昔日左贤王的裨将句火。

霍去病有些不高兴，说："句火，大战在即，你不好好待在军营，接受调遣，却跑来见本将军。说吧，有何要事？"

句火说："禀霍将军，在下听说霍将军寻找熟悉左贤王地形之人，在下在任左贤王裨将之前，曾在左贤王帐前任联络官，负责左贤王与下辖各部的联系，熟悉左贤王之地的地形以及水源情况，故特来报告。"

霍去病惊喜异常："太好了！真是苍天不负我！句火，本将军任命你为军前校尉，专门负责哨探之事。如若带着大军进展顺利，找到各处水源，打完匈奴回来，本将军再为你请功！"

句火拱手："多谢霍将军提拔！句火定不会辜负霍将军期望，请霍将军放心！"

有了句火，霍去病信心大增，他下令抛下所有辎重车队，五万骑兵每人只带五天的口粮和饮用水，快马加鞭，杀进大漠。

赵破奴带着匈裔营，作为前锋，走在最前面。句火亲自带领几个士卒，作为前哨，远出三十里，打探前面情况。

左贤王为了打探汉军情况，也派出了无数哨探。句火得知此事后，向赵破奴禀告，赵破奴给他派来一个五十人的小队，由其率领。句火带着这支小队，火速出击，一路上捉到了三十多名哨探。

作为昔日的左贤王裨将，句火非常熟悉左贤王的作战方法。他告诉霍去病，左贤王还有一些非常隐蔽的巡逻队，他们一直没有遇到。这些巡逻队一般都由三五户家庭组成，以放牧为掩护，让孩子和女人刺探情报，男人则负责警卫和输送情报。

霍去病大军出击左贤王，左贤王必定早就做了部署，让巡逻队四处出击，寻找汉军的下落。他们在得知汉军的行动方向后，会迅速接力向左贤王汇报消息，以便左贤王部署迎敌。

霍去病让赵破奴增派人马，扩大搜索范围，务必将搜索到的匈奴人全部杀死。赵破奴得令，向前派出了十支小队，每支小队二十人，配备最好的马匹和装备，四处寻找匈奴的巡逻队。

果然，当天晚上回来，便有两支小队各带回了十只和十四只匈奴人的耳朵。

然而，大军在出征第六天，便断了粮食。句火熟悉的一处匈奴人临时居住地不幸搬迁，霍去病大军失去了就地补给的目标，大军开始挨饿。好在湖水不会搬迁，有句火做向导，大军在尚未断水的时候，顺利找到了水源。

大军在水源处休息一天，句火带着十多名匈奴人继续远出哨探。他们在一处小湖泊周围，发现了大量牲畜前来饮水的足迹。句火与众人跟着足迹寻找了半天，又利用善于伏听（趴在地上听马蹄的声音）的本事，终于循迹找到了隐藏在一处山坳里的匈奴小部落。

句火带着几名士卒藏在山后监视这些匈奴人，派两名士卒向霍去病报告。

霍去病得报后，命赵破奴和李敢各率本部人马迅速出击，他率大军随后赶上。

李敢为飞将军李广之子，勇敢有谋，深得李广与卫青等人喜欢。当下李敢与赵破奴率大军来到，分别堵住山坳两端，各率大军杀了进去。

山坳里的匈奴人拼死抵抗，却怎么能是这支铁军的对手？

两支大军一番冲杀，将匈奴人全部消灭。霍去病大军随后来到，一番搜寻，将找到的粮食和牛羊归集到一处。大军杀牛宰羊，饱饱地吃了一顿，又带上了部分牛羊肉和粮食，继续朝前开拔。

8. 句火之死

经过几天的苦行军，击败了几次小股匈奴人的袭扰后，霍去病军团一路向北挺进，几日之后，便到达梼余山南侧。

梼余山为左贤王部靠南的一处重要屏障，山不是很高，山势险要，易守难攻。左贤王在此安排了三千弓弩手，等着霍去病部到来。

霍去病没想到，这半路还有一处凶险之地。霍去病让赵破奴和李敢率部进攻，匈奴人居高临下，用弓箭和石头还击。汉军进攻两天，伤亡不少，却没有拿下这梼余山。

霍去病善于野战，善于长途奔袭，没有攻城经验，看着面前的山峰，竟然一筹莫展。

晚上，霍去病正在帐篷里与一众将领商量第二天如何攻山，突然句火求见。

霍去病让他进来，问他有什么事，句火拱手说："霍将军，在下有一个攻克梼余山的办法，不过需要一名不怕死的将领和几千士卒。"

霍去病一愣："什么办法？"

句火说："梼余山易守难攻，左贤王请汉朝工匠在这里修筑了最为有效的防御工事，而且这山里有水，粮食储备可用半年，大军很难在短时间内将其攻下。"

霍去病说："这些本将军都知道，你说一下你的办法吧。"

句火说："梼余山东北角，有一条很隐蔽的小路，是守卫梼余山的士卒去山后的匈奴人住处买东西踩出来的。这条小路很险恶，很多地方是行走在断崖上，如果有几十名士卒守卫，无论多少士卒也冲不过去。因此，要想从这条小路上去，就需要一名抱定必死之心的将军，和几千名不怕死的士卒。"

霍去病慨然说:"将军百战死,是将军的荣耀。本将军手下,这样的将军太多了。不过本将军还需要一名不怕死的向导,句火,你能当这名向导吗?"

句火拱手:"霍将军请放心!不过如果句火战死,请霍将军多给句火家人一些抚恤,让孩子能够长大,继续为将军效力,让妻子能够不至于挨饿。"

霍去病点头:"此事请你放心。只要能打下此山,本将军会为你记一大功。"

坐在旁边的李敢听说要攻打梼余山,忙拱手请战:"霍将军,末将愿意带本部将士,拿下此山!"

霍去病没有答应李敢,而是看向众人:"还有哪位将军愿意攻下此山?"

路博德、赵破奴、复陆支、伊即轩等人纷纷请战。

霍去病看了看情绪高昂的诸将,满意地点了点头,说:"匈奴人虽然勇猛,却不是我大汉将士的对手。路太守,听说你英勇善战,又是首次出征匈奴,梼余山就交给你了。"

路博德大喜:"多谢霍将军,在下定当一战拿下梼余山!"

第二天凌晨,趁着天色未明,路博德便率三千轻装将士,在句火的带领下,来到梼余山东北山脚下,找到了那条依稀小路,便顺着小路朝山上爬。

此时除了松树外,山上的很多树木都刚开始发芽,地上还是一片荒芜景象。山坡很陡,有些地方几乎是直上直下,山坡上有匈奴人凿出的可以勉强落脚的小坑。上得半山,要经过几处悬崖,再迂回上山。

这种情景,看得路博德冷汗直冒。别说几十人,即便在这里放三五个人,垒上几块石头,对于汉军来说,也是死路一条。

好在匈奴人竟然完全没有注意到这里。三千汉军顺利过了几处悬崖,来到了山上。

带头的几人刚上山，就被起床解手的匈奴人发现了。匈奴人吓得哇哇叫，当即有十几名匈奴人冲了过来。句火和几名士卒拔刀，迎战这十几名匈奴人，路博德则命汉军加快速度。

后面的汉军陆续冲上来。先期冲上来的几名士卒，已经战死或者受了重伤。句火杀了几名匈奴人后，被几名匈奴人团团围住，也受了几处伤。好在汉军陆陆续续从后面冲上来，剩下的匈奴人看到汉军越来越多，不得不向后撤退。

等三千汉军全部冲上来，大部分匈奴士兵也都从帐篷里冲了出来。路博德一声令下，三千汉军呼啸着，朝着匈奴士兵冲了过去。

两帮人马杀在一处，势均力敌，互不相让。就在这关键时刻，霍去病率大军开始从正面发起了进攻。匈奴人腹背受敌，阵脚开始乱了起来。路博德趁机率大军猛冲猛打，句火更是冲锋在前，一把匈奴弯刀，犹如砍瓜切菜。左支右绌的匈奴人勉强抵抗了一会儿，终于崩溃，四散而逃。路博德的三千将士追着匈奴人打，不到两个时辰，守卫梼余山的三千匈奴军，便有两千七百余人被杀死，剩下的逃到了山中。

路博德留下部分将士清理战场，他率大军下山，向霍去病报告战况。

此战，汉军仅死伤七百余人，霍去病很是高兴。他让人命句火到中军大帐见他，他有话对句火说。然而，霍去病派出的人却没有在下山的将士中找到句火。路博德命人到山上去找，终于在一处角落找到了身受重伤的句火。

原来，在匈奴人即将崩溃之时，有一名匈奴校尉认出了句火。他痛恨作为匈奴人的句火竟然帮助汉人打仗，暗中张弓搭箭，射中了句火的后心。

士卒们将句火从山上抬下来，句火已经脸色苍白、气若游丝了。霍去病喊来随军医匠进行医治，医匠翻看了一下句火的伤势，把了一下脉，摇头，说："不行了，失血过多，脉都找不到了。"

句火茫然地睁着眼，看了众人一会儿，便缓缓闭上了眼睛，再也没有睁开。

霍去病悲痛不已，特意为句火以及在梼余山之战中战死的将士举行了一场隆重的葬礼，然后开拔，继续向北前进。

左贤王采取的是沿途拦截、消耗汉军的实力，最后匈奴主力将之一举击溃的策略。因此霍去病大军北下两日后，遇到了比车耆部族的拦截。

比车耆王率八千军士，在左贤王的心腹章渠监督下，列阵迎战霍去病大军。

霍去病速战速决，五万大军掩杀过去，只一个回合，便将比车耆部族八千余人全部杀光，比车耆王也命丧汉军刀下。章渠眼看情况不妙，想打马逃跑，被复陆支率部捉住。

9. 汉军连败匈奴军

大军在比车耆部族略作歇息，补充了给养后，继续北上。

三日后，大军终于来到了弓卢水（克鲁伦河）南侧。

弓卢水发源于今蒙古国的肯特山东麓，注入呼伦湖，因呼伦湖通过达兰鄂罗木河同海拉尔河相连而流入黑龙江，所以弓卢水属于黑龙江支流水系。

相比于大军经过的其他地方，这里虽然属于漠北之地，却水草丰美，物产丰富。匈奴三大望族之一的兰氏部落，就生活在弓卢水两岸。

兰氏王按照左贤王的命令，率领兰氏部落的士卒们在河对面列阵，等待着霍去病大军。兰氏王手下军士不到一万人，而且相比匈奴其他部，兰氏部落并不太擅长拼杀。弓卢水两侧水草丰美，兰氏部落生活比较富足，而且盛产美女，冒顿单于父子的爱妃都来自兰氏部落。东胡称霸草原之时，兰氏部落便负责向东胡王提供美女，因此兰氏部落非常痛恨东胡，冒顿单于率领匈奴人征战东胡的时候，兰氏部落军士奋勇杀敌，为冒顿单于平东胡立下了赫赫战功。当然，这也是兰氏部落唯一一次奋勇杀敌。相比匈奴其他环境比较恶劣的部族，兰氏部落富足安定，对于南下劫掠汉朝，没有太大的兴趣。汉军来到弓卢水，兰氏王又惊又怕，本来打算带着部落顺着弓卢水朝西逃跑，左贤王却命他死守弓卢水，不许撤退。兰氏王无奈，只得率大军沿着北岸布阵，企图阻止霍去病大军北上。

大军临行之前，刘彻就告诉霍去病，弓卢水为左贤王部的核心地域。这里不只物产丰富，人口密集，更是左贤王部族漠南与漠北的分界线。在左贤王看来，如果汉军过了弓卢水，那就是他的漠南已经全部沦陷，而这，是左贤王所不能容忍的。因此左贤王必然会在弓卢水附近，安排重兵防守。

霍去病大军来到弓卢水南岸，眼看河水宽阔，水流湍急，对面大军严阵以待，不敢轻易过河，便率大军在河南岸扎下营寨，寻找过河之法。

赵破奴抓了一个当地人，经过审讯，得知这弓卢水河水冰冷，而且今年河水比往年深，战马根本过不去，当地人是坐一种小船通行，汉军来到之前，兰氏王已经下令将小船全部转移到了北岸，这边无船可渡。

霍去病下令，复陆支和伊即轩率前锋迅速搭桥，赵破奴率部掩护。

复陆支一声令下，大军迅速展开，在附近砍伐树木，搭建木桥。兰氏部落的军士看到这边开始搭桥，就朝着大汉将士们射箭。赵破奴率八千将士射箭压制对方，以保证修桥将士能继续施工。

兰氏部落的军士很尽职，他们白天设法阻止汉军搭桥，晚上则撑船

第五章 漠北决战

进入河中,破坏汉军搭起的桥体。汉军没办法,只得派岗哨在桥体上站岗,匈奴人撑船过来,岗哨大声喊叫,岸上的将士们迅速奔跑而来,双方互相射箭。

搭桥进行了两天,进展缓慢,霍去病很是着急。赵破奴沿河朝下游巡逻,抓到了一名撑船过来到家中寻找粮食的兰氏部落人。霍去病对其进行审讯,并给以黄金,这名兰氏人告诉霍去病,东去二十里,有一河流开阔处,河宽是此地的三倍余,河水平缓,深不及腰,战马可过。

霍去病大喜,命修桥将士继续佯装修桥,赵破奴率部继续与对岸匈奴人互射箭矢,霍去病则亲率大军,在这名匈奴人的带领下,绕道二十余里,来到河流平缓处。霍去病怕有诈,先让北地郡都尉邢山带一行人过河试探。待这行人顺利过河后,霍去病放心了,命大军迅速过河,然后,顺着河北岸朝后疾驰,进攻兰氏部落的阵地。

兰氏部落的军士看着对面汉军建桥速度缓慢,站在高处还能看到汉军那一片营帐,根本没想到会有人偷偷跑到河对岸,还被汉军抓住,成了汉军的向导。他们一边朝着河对岸的汉军射箭,一边嘲笑着汉军无能,兰氏王在阵地后面的帐篷里喝酒玩乐,优哉游哉。

当汉军的铁骑如排山倒海一般呼啸着冲过来的时候,兰氏部落的军士们惊呆了,他们根本没有时间做出像样的反应,就被汉军铁骑给冲散了。

兰氏王在护卫的保护下,从帐篷里跑出来,想重新归拢军队,却已经晚了。被汉军追着砍杀的军士们犹如丧家之犬,根本不理会兰氏王的喊叫和怒骂。

眼看局面无法挽回,兰氏王只得带着几十名护卫,朝着西北方向疾驰而去。

霍去病让大军在兰氏部落的营地休息一日,补充给养后,继续朝西北方向进军。霍去病从俘虏的兰氏部落裨将嘴里得知,左贤王的漠北王庭

173

在鄂尔浑河与图勒河之间的草原上。霍去病大喜，决心饮马鄂尔浑河，抓住左贤王乌维。

大军疾驰半日，前方哨探突然回报，前方约二十里处有一队匈奴骑兵，约有两万人，封住了路口。

两万人的军队，不属于任何部族，很显然应该是左贤王的正规军队。霍去病大军虽连连获胜，但现在已经有些疲惫。霍去病不敢大意，命复陆支和伊即轩率一万将士作为先锋即刻出发，路博德和赵破奴从两侧对匈奴军队发起进攻，他亲率剩下的将士作为中军，三支大军先后朝着匈奴大军冲了过去。

霍去病没有猜错，率领这支大军的，正是左贤王的心腹左大将双。这位左大将双曾经多次率部与汉军作战，作战经验丰富，凶猛异常。

左大将双带着这两万人马，本来是来增援兰氏部落的，却在半路遇到了狼狈逃窜的兰氏王。左大将双万万没有想到，霍去病大军如此神速，竟然在他赶来之前，已经把据有天河之险的兰氏部落打败了。

左大将双决心带着这两万生力军，击败劳师远征的大汉军队，为兰氏部落和比车耆王报仇。

这位左大将双很有作战经验，他命令两翼收缩，将两万大军变成一支利箭，朝着复陆支和伊即轩率领的先头军队就冲了过去。

匈奴人边冲锋边射箭，这使得复陆支的先锋军受到了很大的伤害。左大将双率两万匈奴军猛冲猛打，异常凶猛，汉军不敌，不得不后退。

赵破奴率部进攻匈奴人左翼，眼看狡猾的左大将双将两翼后掠，赵破奴不得不变化攻势，拦腰截断了对复陆支部进行攻击的匈奴队伍。路博德也学着赵破奴的样子，又把匈奴军队咬去了一截。

对复陆支部进行进攻的力量突然减弱了，复陆支和伊即轩翻过身来，率部夹击匈奴。

左大将双本想靠着匈奴人擅长的快速出击快速搏杀冲破汉军先锋，

第五章 漠北决战

再对付进攻两翼的汉军,他没有想到,这些汉军没有他想象中的一触即溃,而是拼命咬住了他。现在又有两股汉军将他的队伍硬生生砍成了三截,三截匈奴人各自为政,谁也顾不上谁,而汉军越打越勇。最让左大将双感到绝望的是,不远处汉军中军正杀气腾腾地冲了过来,他知道,再打下去他的两万人马将会全军覆灭,他不得不下令,吹响撤退号角。两万大军,只撤出了八千余人,留下一万多具尸体。

复陆支部和伊即轩部此战也损伤不少,赵破奴率领的匈裔营此战表现勇猛,他们彪悍的战斗力让诸多汉军将士自愧不如。

霍去病意识到,后面还会有更加酷烈的拼杀。他下令大军迅速前进,在击败了又一个匈奴部族后,大军歇息三日,养精蓄锐,以备再战。

汉军这些日子鞍马劳顿,战事频繁,将士们多日没吃上一顿热乎饭了。三日的休整,让大军恢复了体力和精力,也让不得休息的战马获得了歇息的时间。

第四日一早,大军整理好了装备,正要出发,哨探突然回报,前方发现大批匈奴军队,正在赶来,估计至少有五万人马。

霍去病知道,决定大汉和匈奴命运的决战时刻来到了。

第六章

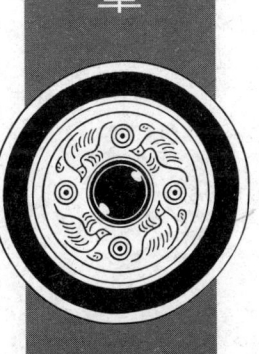

封狼居胥

第六章 封狼居胥

1. 与左贤王主力交锋

霍去病早就在等待着这一刻。左贤王主力军队的到来，也刚好在霍去病的预料之中。他马上召集诸位将军，安排迎战左贤王的主力。

霍去病命令最善于骑射的复陆支和伊即轩部作为先锋首先迎敌。安排李敢和赵破奴各率本部人马作为左右两翼，迅速去两侧埋伏下来，做好从两翼袭击匈奴军队的准备。霍去病则率中军主力，正面迎战敌军。

经过这一路征战，汉军已经损失六千多人，再除掉受伤的，能战将士只有四万余人。四万汉军迎战五万匈奴主力，汉军不少人心中惶恐。霍去病得知后，特意将中军帐篷移至阵地前方，自己在帐篷中淡定吃喝，厨师在帐篷内外忙碌。

霍去病行军打仗，须有几名厨师跟随，为其做精细菜肴，此举让霍去病在军中很是有些微词。但是现在，霍去病将自己的帐篷搬到了阵地前方，而且在里面又吃又喝，谈笑风生，此举大大地稳定了军心。

果然，当天中午时分，汉军便看到了远处的滚滚征尘。很快，匈奴的五万大军便铺天盖地地出现在了汉军面前。

这五万大军由左贤王乌维亲自率领，下有二十八名将军分率各部，真是刀枪如林，遮天蔽日，铁蹄如鼓，震天动地。

乌维老远就看到一顶高大的帐篷远出大军帐篷之外，觉得奇怪，询问左大将双。左大将双告诉乌维，这顶帐篷是汉军的中军大帐，是汉军主帅的帐篷。主帅霍去病少年骄横，常有惊人之举，把中军大帐放在阵前，大概也是这位大汉军神的壮举。

乌维看到中军大帐就在眼前,大喜,忙命刚刚吃了败仗的左大将双带一队快马,突袭中军大帐,中军掩护。

左大将双带着人马冲出阵列,朝着霍去病的大帐就冲了过来。复陆支和伊即轩看到匈奴人发起了冲锋,带着本部人马便迎了上去。双方人马皆是精兵,汉军刚刚养精蓄锐,士气正盛;左贤王乌维亲率的匈奴大军,也是以逸待劳,在附近等待汉军,已经一个多月。因此这两帮人杀起来,那是一个比一个猛,一个比一个狠。

霍去病坐在大帐外,看着汉军和匈奴前锋厮杀。双方都没有投入全部兵力,都在试探对方的虚实。

复陆支和伊即轩所率的大军中,也有一部分匈奴人。这些匈奴人比较熟悉匈奴的打法,他们与汉军联合起来,用汉人的长刀加匈奴的弯刀,对付匈奴人的弯刀,用五人阵法,对付匈奴的三人阵法。

这种阵法经过多次演练,已经很成熟,对付凶狠的匈奴弯刀很有效。因此霍去病让复陆支和伊即轩作为先锋,打击匈奴的嚣张气焰。

左大将双曾经多次对阵汉军,自然也知道汉军的这种打法。他采取的打法就是用匈奴人的闪电战法,打破汉军的五人协同作战,让汉军的五人阵法还没有发挥效力便被冲散。

双方都充分利用自己的优势,砍杀敌人,匈奴以快致敌,汉军以稳准狠致敌,各有优劣,几乎不分伯仲。

左贤王乌维眼看左大将双没有占到便宜,命令两侧军士冲出,增援陷入苦战的匈奴人。

这两侧的匈奴士卒加入战团,复陆支和伊即轩率领的汉军便有些顶不住了。左贤王让剩下的匈奴人做好射击准备,等着汉军再派将士加入战团。

让左贤王没有想到的是,赵破奴和李敢各率一部人马从背后猛然杀出，乌维大军阵形大乱，匈奴军仓皇反击。赵破奴和李敢都是经过战争锤炼的年轻战将，能打能冲，经验十足，匈奴人的反击在他们眼里不过是垂死挣扎而已。

两队生力军左冲右突，左贤王乌维稳坐中军帐，用鼓和号旗指挥匈奴军，李敢几次想要冲进中军帐，夺下战鼓和号旗，都被匈奴人拦下。

复陆支和伊即轩看到汉军增援来到，分别率部向两部人马靠近。李敢和赵破奴看到前锋汉军情势危急，两人也率大军向前锋靠拢。最终几股人马搅在了一起，捉对儿厮杀。

汉匈双方中军都没有动。霍去病的中军帐在略高处，左贤王乌维也在一处小丘陵上，因此互相都能看到。双方战场的军事实力差不多，留下的中军实力也差不多，霍去病虽然稳坐帐篷外，看着前方军队厮杀，但是他心中明白，汉军此番是遇到对手了。都说这左贤王不可小觑，今日一战，果然如此。

双方军队从中午战到太阳落下，夜幕降临，都看不清对方的模样了，才不得不鸣金收兵。

晚上，众将士聚集在中军帐中，议论军情。

路博德建议趁夜偷袭，被霍去病否定。匈奴人不会傻到夜晚不做防备，偷袭不成，很可能落入匈奴人的陷阱。现在两军实力相当，匈奴人还会有补充，而他们则死一个少一个，因此不可轻易出击。

众将士也没有好办法，霍去病让众人回去好好歇息，迎接明日之战。

众人回去后，霍去病带着赵破奴等几个心腹，徒步去匈奴军营侦探。匈奴军营火把明亮，不断有巡逻队在军营中穿梭。

霍去病率众人爬到附近最高的一处小山坡上观察了一会儿，便带着众人回去了。

2. 转机

第二天一早，双方都吃完饭，便重新集结军队，再次决战。

左贤王摆好阵形后，霍去病方带着大军姗姗来迟。左贤王派人打马来到汉军阵前，质问霍去病："霍将军，汉军来得这么晚，是不是不敢跟我们打了啊？"

霍去病笑了笑，说："请回去告诉你们的左贤王，汉军来得晚一些，是想让你们的左贤王多活一会儿。"

来人说："我们大王说了，如果汉军愿意投降，大王可以封你为归义王，官职不在赵信之下。当然，大王也可以为你建一座城，为大王镇守要塞。我们匈奴人愿意相信朋友，你们的赵信在大单于那儿，可是非常受大单于尊敬的。"

霍去病说："你回去告诉你们左贤王，他要是能像於单那样投降大汉，大汉将封之为王，有封地有王府，天天过着神仙一般的日子，不比在这种苦寒之地，被英勇的大汉将士追着打好多了？"

来人恶狠狠地笑了笑："霍将军，这么说，你是不想投诚大王，执意要与大王为敌了?! 霍将军，你可不要忘了，你现在是在匈奴的土地上！大王的五万大军，就挡住了号称无敌大将军的路了。要是再来两万大军，你觉得你们能取得胜利吗？你们汉军远在千里之外，战死一个少一个，而且没有足够的粮草供应，我们大军只要困你们十天，你们就会不战自乱，到那时候，霍将军可别怨我们大王不给你面子。"

霍去病哈哈大笑，说："让你的大王只管放马过来吧。我霍去病要是怕你们匈奴，怎么敢孤军深入几千里，找你们匈奴主力决战?! 回去给你的大王捎个信儿，让他准备准备，今日我霍去病誓要打败他的军队，把他抓回大汉，为被你们屠杀的大汉百姓报仇！"

来人无话可说，气哼哼打马回去了。

少顷，乌维派出三万大军，朝着汉军就冲了过来。

霍去病命复陆支和伊即轩出击匈奴中锋，又派路博德和李敢率部攻其两翼。双方各派出三万人马，在昨天厮杀的地方，又展开了一场厮杀。

双方将士都明白，这是一场势均力敌的搏杀，不是你死，便是我活。

虽然双方皆有些畏惧，皆不肯放过对方。

辽阔无边的草原上，六万铁骑犹如六万匹恶狼，厮杀在一处。人吼马嘶，血光遮日，多少热血男儿，就在一瞬间，变成了历史的尘埃。

厮杀从上午一直持续到下午。霍去病和左贤王都没有继续加派人马，他们都很明白，双方把所有的人马都派上去，也是势均力敌，很难分出胜负，却极有可能输了全部身家。因此，谁都有顾忌，都没敢将全部的人马压上去。

三万人马厮杀到下午，汉军的攻势有些减弱，匈奴人明显占了上风。霍去病让赵破奴和比地都尉邢山等人率大军扎住阵脚，然后鸣金收兵。

汉军听到收兵的锣声后，迅速撤出战斗。匈奴兵看到汉军后撤，要追杀过来。左贤王乌维害怕汉军有埋伏，也忙命旁边的人吹响牛角号，收兵回营。

汉军回营后，霍去病去伤兵营帐看望伤兵。复陆支腿上受了伤，被包扎后，躺在床上。看到霍去病，复陆支忙起身，被霍去病阻止。

复陆支说："霍将军，在下有一事不明。"

霍去病站下，问："何事？"

复陆支有些愤懑："汉军与匈奴人激战，汉军因为伤亡过大，因此落于下势，此时将军应该派大军前往助战！先锋军屡次冲锋在前，伤亡过大，但是中军人马却很少出战，兵员未减，霍将军为何不派出中军人马，一举打败匈奴军队呢？"

霍去病笑了笑，说："将军问得好，汉军有中军，匈奴人也有中军，双方势均力敌，即便汉军能打败匈奴人，也是惨胜，我等这是在匈奴人的地界，如果再来一两万匈奴军队，剩下的那点儿人马，能是匈奴人的对手吗？本将军从来不打无把握之仗，不打这种杀敌一千自损八百之仗。况且，先锋已经出现了颓势，中军能否取胜，还没有完全之把握。"

复陆支说："大将军，你的顾虑，正是匈奴人需要的啊。他们每天与我们决战，我们每天都要战死几千人，这样打下去，不用几天，我们的人就剩下不多了。匈奴人可以补充人马，我们无法补充啊。大将军，相比惨胜，惨败是最不能接受的啊！"

霍去病回到中军帐，赵破奴说："大将军，复陆支说得有道理！这左贤王不着急，他们有吃有喝，有大量的补给，还可以补充人马。我们的给养有限，更无法补充将士，我们要速战速决啊。"

霍去病点头，问："赵将军，你觉得大军该如何速战速决呢？"

赵破奴说："这个简单。明日开战，我方大军全部冲上去，以将军的神勇，匈奴必败！"

霍去病笑了笑，又转头问站在一旁的李敢："李将军，你觉得汉军应该如何，才能打败匈奴呢？"

李敢拱手说："禀将军，末将以为，匈奴兵力强大，且有后援，汉军千里而来，不可与之拼死一战。末将觉得可以利用匈奴军队此日小胜、心浮气躁之机，偷袭敌营，或能大胜。"

李敢说完，霍去病突然站起来，指着李敢说："好！你与本将军想到一起去了！本将军命你率本部人马，天黑之后马上起行，绕到匈奴军营后方，火烧其军营，本将军率大军从正面进攻，此战便是打败匈奴五万大军的最后一战！"

李敢刚才只是说出了自己的想法，具体如何进行还没有想好。而且绕到匈奴军营后面，他也不知道路径，万一路上有失，贻误了战机，那可是杀头之罪！

他因此说："趁夜偷袭，只是末将的想法，至于如何偷袭，从哪里偷袭，末将还没有想明白。绕到敌军后方，路途遥远，而且是在夜里行军，万一迷路，便是贻误战机之罪。"

霍去病笑了笑，说："李将军放心，如何偷袭，从何处偷袭方能成功，本将军昨夜就替李将军想好了。至于迷路，将军更不用担心，从昨天夜里，到今日上午，本将军所派哨探已经将这条路走了数遍。匈奴人在军营后面堆满了粮食柴草，防备薄弱，就等着将军前去呢！"

李敢慨然拱手："霍将军果然深谋远虑，末将惭愧。既然霍将军相信末将，末将愿意率本部人马，偷袭匈奴大营！"

3. 大败左贤王

傍晚，大军用过晚饭之后，李敢便率本部人马，跟着哨探一起，朝着匈奴大营后方出发。

为了不惊动匈奴的伏听者，他们用破布包裹了马蹄，将士下马，牵着马走。哨探确定的安全道路，有三十多里远，而且要翻过一座小山，经过一处沼泽地。

李敢率部走了十多里路，便来到一处山脚下。幸亏山不很高，也不陡峭，大军顺利翻过了小山，继续前行。

又走了几里路，前面就是一处沼泽地了。大军在附近砍伐树木，用早就预备好的绳子扎了一座简易的木桥，大军得以从木桥上翻过沼泽，继续前行。

　　这时候，已经过了子夜。穿过沼泽地和小山，耽误了太多的时间。剩下的十多里路，李敢率部加快速度，一路疾行。

　　等他们终于赶到匈奴大营后方的时候，已经是后半夜了。将士们又困又乏，李敢不敢耽误时间，一马当先，冲进了匈奴大营。将士们点燃火把，扔进了匈奴人的营帐和草料中，熊熊火光惊醒了正在睡梦中的匈奴人。部分匈奴人带着睡意冲出帐篷，被李敢率领的汉军杀了个人仰马翻。李敢本来想趁匈奴人不注意，冲到他们的中军大帐，抓住左贤王乌维。可是这帮匈奴人军事素养确实厉害，他们在慌乱了一会儿之后，便迅速组织了起来，拼命阻挡李敢冲击中军大帐。

　　李敢将五千将士兵分三路，四处出击，小股冲出来的匈奴人很快被他们消灭干净。然而，匈奴人醒悟过来之后，便调集兵马，开始反击。

　　最让李敢大军疑惑的，是从中军大帐中传出来了鼓声。这鼓声时急时缓，指挥着匈奴人，包围了李敢部。李敢率部左冲右突，却被不断涌来的匈奴人死死困住。

　　关键时刻，霍去病率大军从正面冲进了匈奴大营。匈奴人分兵迎战霍去病，李敢趁机命令将士反攻，匈奴人遭遇前后夹击，再次陷入混乱之中。

　　双方从凌晨一直厮杀到天亮，大营里躺满了匈奴人的尸体。

　　天亮之后，一支人马突然从匈奴的中军大帐中杀出。他们凶猛异常，所向披靡。汉军与之相遇者，纷纷被砍倒于马下。匈奴人仿佛看到了希望，迅速向这支人马集结。

　　随着这支人马左冲右突的，还有一杆杏黄色的大旗、一阵阵雄浑的战鼓声。

　　这支人马在大营中冲突了一会儿，便出了大营，带着一大队匈奴人，冲到了外面的空地上。

　　霍去病急率大军朝着这支人马冲了过去。剩下的匈奴人听到了鼓声，

第六章 封狼居胥

似乎看到了希望,也纷纷从大营中朝外跑。

汉军想要阻止,拼命截杀。但是这些刚刚还仓皇乱跑的匈奴人,现在个个像狼群听到了头狼的召唤,一边拼杀,一边朝着鼓声响起的地方集结。

汉军将士人人明白,如果让这些匈奴人重新集结起来,那他们就会变成像昨天那样足以抵抗汉军的可怕力量。

本来李敢的偷袭,加上汉军的全军压制,匈奴大军已经张皇失措,濒临崩溃,但是突然冒出来的这支生力军和战鼓,却让匈奴军队重新焕发了生机。看着朝着鼓声方向疯狂奔跑的匈奴人,正在带领将士拼杀的李敢愣了。他明白,要是再让这些匈奴人聚集起来,他们会比原来更凶狠更狡猾,汉军会面临更多的危险。

李敢大喊一声,带着身边几十名勇士朝着鼓声方向就冲了过去。

此时霍去病也带着部分汉军将士,朝着已经集结在帐篷外的匈奴人发起了冲锋。这些匈奴人不甘示弱,朝着汉军主力就冲了过来。两支狼军在两军厮杀了两天的辽阔草原上,再次展开了你死我活的绞杀。

汉军主力吸引了大批匈奴人,这给了李敢冲到匈奴军中夺取战鼓和大旗的机会。李敢带着这几十名勇士打马疾驰,直奔战鼓响起的地方冲了过去。

擂鼓的匈奴人有一队匈奴士卒保护。他们本来应该紧随在左贤王乌维的身边,但是乌维此时正亲率大军与霍去病所率的中军决战,鼓手拼命擂着战鼓,给匈奴人鼓劲。李敢找准机会,带着将士从斜刺里冲出来,一直冲到了鼓手的面前。

负责保护鼓手的匈奴人冲出来,挡住了李敢等人。李敢命手下迎战这些匈奴人,他则一带马头,让过这些匈奴人,自己挥舞大刀,朝着正在拼命擂鼓的鼓手就冲了过去。

这个匈奴人看到李敢凶神恶煞一般冲过来,扔下战鼓就想逃。这时候的李敢杀人已经杀得红了眼,他拍马追上去,一刀便将这个匈奴鼓手的脑袋砍了下来。剩下的匈奴人看到李敢如此勇猛，吓得四散而逃。

李敢放眼四顾，看到一队匈奴人正站在高处，挥舞着金黄色的军旗，指引匈奴大军。李敢大喊一声，挥舞大刀就冲了过去。几个匈奴人过来阻挡，李敢几个回合，杀了三个匈奴人，旗手眼看不好，扛着匈奴军旗就跑。李敢怎么能让他跑了！打马冲上去，一刀削掉了此人大半个脑袋，并在这名旗手倒下之前，夺走他手中握着的匈奴军旗。

战鼓和军旗都落在了李敢的手里，匈奴人冲过来，却没有了指挥，茫然不知所措。赵破奴、复陆支、路博德等人刚好从匈奴大营里冲出来，朝着这些匈奴人就冲了过来。

左贤王乌维一看情况不妙，带着一队人马冲上一处高坡，喊着匈奴人朝他靠拢。匈奴人的牛角号手下落不明，战鼓和军旗都落在了李敢手里，发号施令只能靠人吆喝。但是战场之上，人喊马嘶，惨叫声如波涛汹涌，个人的喊叫显得软弱无力，何况还有汉军几股大军在战场上四处冲杀。

匈奴大军无法重新集结，匈奴人如无头苍蝇，各自为战，很快被几股汉军分割包围起来。左贤王乌维率领的中军也被汉军缠着拼杀，倒下的军士越来越多，乌维的心腹左大将双眼看局势无法挽回，劝乌维赶紧逃命。乌维一声长叹，带着几百名护卫，杀出一条血路，朝着西北方向疾驰而去。

霍去病马上下令，让汉军将士一起喊："左贤王逃跑了……"

霍去病身边的将士先喊了出来，汉军将士听到了，人人大喊，一会儿工夫，草原上便回荡起了汉军此起彼伏的喊叫："左贤王逃跑了……左贤王逃跑了……"

汉军的喊叫声，终于压制住了人喊马嘶之声，压制住了人的惨叫声。濒临崩溃的匈奴人，本来就心里乱嘀咕，再也听不到鼓声、看不到军旗，又听说主将逃跑了，顿时军心涣散，逃的逃，降的降。

汉军终于击败了左贤王的主力大军，取得了决定性的胜利。

4. 大军班师回朝

打扫完战场，略作休息之后，霍去病率领大军继续朝着西北进军，追击左贤王余部。

汉军在打败了一个又一个匈奴小部落后，便来到了狼居胥山（今蒙古国乌兰巴托西）下。霍去病曾经听张骞说起此地，知道此山是匈奴人祭祀天神的地方。在匈奴人眼里，如果丢掉了此山，便是丢掉了匈奴人眼里的天神。

霍去病命大军在山下驻扎，让部分将士上山用石头和泥土筑起祭坛，烧木祭祀。霍去病率一众将军校尉上山，然后与山上山下的将士们一起祭祀了汉人的天神，祈愿天神保佑汉军一路征战顺利，打败匈奴，祈愿大汉风调雨顺、老百姓安居乐业。

祭祀完毕，从狼居胥山下来后，霍去病又率大军来到位于肯特山西的姑衍山（今蒙古国博格多兀拉山）下。姑衍山位于克鲁伦河流域和图拉河流域之间，水草丰美，山上绿树成荫，山势突兀，在匈奴人眼里，此处是天神居住的地方，是圣山。霍去病又命人堆起祭坛，烧木祭地。

霍去病在此两处地方分别祭祀"天""地"，大有深意。在汉文化体系内，祭天为"封"，祭地为"禅"，率大军祭祀天地，有代表大汉天子封禅此山的意思。因此，后人才有"封狼居胥"之说。

霍去病在匈奴人祭祀的地方，来祭祀汉人的天神，有从心理上打击匈奴的意思。此举在匈奴人的心里，留下了难以磨灭的阴影。

祭祀完毕之后，霍去病率大军继续向北，追击左贤王。

路上的匈奴各部，都已经知道了霍去病大军的神武，再也没有人敢与汉军决战。汉军一路上用抓到的俘虏作为向导，循着左贤王逃跑的踪迹一路追赶，一直追到了瀚海南岸。

奇怪的是，左贤王乌维在瀚海附近失去了踪迹，汉军失去了目标，只得作罢。他们在瀚海南侧休整了两日，军队补充了饮水，便班师回朝。

回去的时候，汉军经历了数次匈奴人的小规模骚扰，却都是有惊无险。骚扰汉军的匈奴人，皆被汉军击溃。

大军顺利回到代郡，霍去病略作休息，便率一众将士返回长安。他特意绕道平阳府，看望生父霍仲孺。

霍去病率众人进入平阳县，县官得知，慌忙率县衙众人于半路迎接。霍去病不善于与当地官府打交道，本想让赵破奴等人应付县官，他去拜见生父，怎奈县官跟得紧，他只得让县官陪着去见生父。

霍仲孺已经得知了霍去病来到平阳的消息，正在家里坐卧不安，不知见到这位权倾天下的将军该如何说话，霍去病一行人已经进入了院子。

霍仲孺看到威风凛凛的霍去病已经从簇拥着的那些甲胄鲜明的将军中走过来，两只膝盖先软了，带着小儿子霍光跑到院子里，扑通一声跪下，颤抖着说："草民霍仲孺叩见将军。"

霍光也在旁边朗声说："小民霍光叩见将军。"

霍去病忙将父亲和霍光扶起，一行人进屋，霍去病让父亲上座，霍仲孺不敢，要霍去病上座。

霍去病正色说："霍去病今日是特意来拜见父亲的，你是霍去病的生身父亲，霍去病这么多年没有来看望你，已经是不孝了，今天你务必上座，接受儿子的跪拜。"

县官见霍去病是真心要跪拜父亲，便劝霍仲孺："将军不只武功盖世，而且忠孝两全啊。既如此，你就上座吧，别辜负了将军一番盛情。"

霍仲孺忐忑不安地坐下，霍去病撩开战袍，双膝跪下，连磕了三个响头："不孝儿霍去病拜见父亲，请父亲原谅这么多年不曾来看望之

第六章 封狼居胥

大罪！"

霍仲孺吓得从椅子上蹦起来，赶紧搀起霍去病："将军如今富贵无比，我霍仲孺何德何能，让将军下跪？惭愧啊惭愧，将军不责怪老夫，老夫就很感激了。"

霍去病起来，与霍仲孺说了一会儿话，见霍仲孺旁边的小男孩机灵可爱，就问霍仲孺："父亲，此童可是弟弟？"

霍仲孺忙把身边的小男孩推出来，说："禀告将军，小子正是犬子。小孩子没见过大世面，礼数不周，请将军见谅。"

虽然霍仲孺这么说，小孩倒是很大方，他问霍去病："将军，你真的是我哥哥吗？"

霍去病笑了，说："当然，你叫什么名字啊？"

小孩学着大人的样子，拱手说："在下霍光，见过哥哥。哥哥是大汉的英雄，霍光很是敬佩。"

霍去病被逗笑了："霍光，你听谁说我是大汉的英雄？"

霍光指着霍仲孺说："当然是听父亲说了。你十七岁率八百将士深入大漠，杀匈奴两千人，被封为冠军侯；十九岁率将士两出河西，歼敌四万，并率部接受河西匈奴投降；今年你又率五万将士征战左贤王部，不过……打得怎么样，在下还不知道呢。"

霍去病哈哈大笑，笑完了，对霍仲孺说："没想到父亲对孩儿如此牵挂，孩儿真是惭愧。"

霍仲孺局促地说："将军的功德，天下无人不知，老夫听说了，自然高兴，因此经常向小子说起此事，没想到，这小子记得倒是明白。"

霍去病说："父亲，弟弟如此聪慧，放在平阳怕是耽误了。我想将弟弟带到长安，找先生好生教他读书，不知父亲舍得否？"

霍仲孺大喜："若将军肯如此，小子有福了！小子，还不快跪谢将军！"

小孩跪下便磕头："霍光感谢将军！"

霍去病点头，说："霍光，好名字。起来吧，收拾一下，我们马上启程。"

霍去病临走之时，又给了父亲二十两金子，让他置办一些田地庄园，便带着霍光返回了长安。

霍去病征战漠北，活捉单于大臣章渠，诛杀北车耆王，抓获屯头王、韩王等三王，将军、相国、当户、都尉等八十三人，斩获匈奴人总计七万余人，匈奴左贤王逃亡。至此，匈奴左、右贤王两只臂膀皆被斩断，只剩下匈奴单于孤悬漠北。

汉武帝以举国之力，对霍去病及众将士大肆封赏。

霍去病加封五千八百户；路博德力战梼余山匈奴，俘虏和斩杀匈奴两千七八百人，被封为符离侯，食邑一千六百户；北地都尉邢山捕获匈奴小王，被封为义阳侯，食邑一千二百户；复陆支和伊即轩作为前锋，英勇作战，也皆有封赏，复陆支被封为壮侯，食邑一千三百户，伊即轩被封为众利侯，食邑一千八百户；从骠侯赵破奴、昌武侯赵安稽作战有功，各加封食邑三百户；从骠侯李敢因为夺了匈奴人的军旗战鼓，被封为关内侯，食邑二百户。

李敢被封侯，可以说是遂了李广封侯的遗愿。

5. 李蔡犯事

霍去病回到长安，卫青大军已经回来多日。李敢得知父亲在军中自杀身亡，几次哭晕过去。李广的堂弟李蔡在朝中任丞相，负责李广治丧事宜。李敢回家后，李蔡以及李家亲属对其百般安抚。

其时，李敢的大哥李当户、二哥李椒都已经去世，李当户的儿子李陵尚且年幼。李广去世，李家的当家重担便落到了李敢肩上。看着家里老的老，少的少，想到父亲的委屈，李敢愤怒不已，要去找卫青说理，被李蔡拦下。

"大将军为人仁厚，你父亲自杀，跟大将军没有什么关系。何况现在大将军在朝廷无人敢惹，你还是不要惹事，赶紧将你父亲入土为安吧。"

李蔡曾经跟着卫青一起上阵杀敌，对卫青比较了解。父亲性情过于刚直，李敢也很明白。但是父亲因为迷路而被卫青逼得自尽，如果不是经受天大的冤枉，父亲怎么会对自己下此狠手?!

赵食其来李广家中吊孝，李敢向其询问父亲自杀缘由，赵食其此时已被贬为庶人，对卫青和汉武帝皆有怨言，便说道："李将军爱兵如子，在军中很有威望。卫将军命李将军与在下率大军从东侧绕道作为偏军，是大军失道之主因，也是李将军自尽之原因。李将军此番好不容易哀求皇上，得到随卫将军出击匈奴的机会，卫将军却让其与在下一起作为偏军，李将军知道偏军很难有机会与匈奴主力决战，因而失去立功封侯之机会，故此很是不高兴，并多次求见卫将军，希望能随主力北进，都被卫将军拒绝。李将军无奈，与在下率大军绕道东行，不慎迷路。如若卫将军不让李将军与在下作为侧翼，而是随大军一起行动，则不但李将军不能自尽，且会配合卫将军杀死更多的匈奴，甚至捉住伊稚斜单于。若果如此，李将军不必自尽，在下说不定会跟李将军一起立功封侯呢。皇上显然也知道卫将军此番出兵虑事不周，故此卫将军虽然打败了伊稚斜单于的主力，却没有对卫将军有任何封赏。在下与李将军最为倒霉，李将军饮恨自尽，在下被判斩刑，倾尽家财交了罚金，才保住性命，贬为庶民，真是将军有错，下属遭罪啊！"

李敢愤怒:"这个卫青,真是欺人太甚!赵将军,依你看来,卫青是否是特意为难在下的父亲?"

赵食其摇头:"这个倒不会。卫将军为人敦厚,在军中颇受好评,何况卫将军与李将军之间并无隔阂,他为何要为难李将军呢?然李将军本为前锋大将,后却被卫将军将前锋大将之位让给了公孙敖,此事有些蹊跷。公孙敖与卫将军交情深厚,前番公孙敖与霍将军二出河西,公孙敖因为失道而被贬为庶民,此番卫将军力保公孙敖随军出征,又将其任命为前锋,显然是想让其建功立业,重新封侯。可惜啊,最终却是白忙活一场。"

李敢怒声道:"即便如此,父亲之死跟卫青也有莫大干系!李敢既为人子,不可装作不知!"

出乎李家人意料的是,卫青竟然亲自来李家祭拜死者。

李敢在屋里,看到卫青走进院子,眼珠子冒火,就要起来闹事,被李蔡死死摁住。李蔡小声说:"我大哥丧礼未完,在丧礼上闹事,你就是天大的不孝!"

孝顺的李敢被叔叔的话镇住了,跪在地上一言不发。

卫青祭奠完毕,李蔡请他去别的屋子喝茶,卫青拒绝,安慰了众人几句,便走了出去。

安葬了父亲后,李敢上朝。汉武帝念在李广有汗马功劳,为安慰李敢,下旨让其继承其父郎中令之职,并加封卫青、霍去病为大司马,位列三公。

半年后,李蔡因为占了汉景帝阳陵神道外的一块土地,被人告发。李蔡在任丞相的四年间政绩卓著,协助汉武帝治吏改币、统禁盐铁等,也算是立下了汗马功劳。李蔡以为此事是小事一桩,他去向汉武帝认个错,将土地归还,便会了结此事。

让他没有想到的是,汉武帝竟然不见他。

李蔡慌了,忙去拜见卫青,想让卫青替他向皇上求情,将此事大事化小、小事化了。

这让卫青非常为难。这些年来，卫青见识了朝廷内太多的云谲波诡，他很明白自己的处境。他和霍去病在朝野风头无两，已经有些功高盖主的意思了。而曾经是大汉心头大患的匈奴，在霍去病和卫青的打击下，已经龟缩在漠北，不敢也没有力量再对大汉边塞进行骚扰。对于此时兵强马壮的大汉来说，匈奴的危机已经解除，他和霍去病功高盖主，且权势过重，现在最好是夹着尾巴做人，不可太过张扬。李蔡占了皇家的一点土地，此事自然可大可小，可是傻子都知道，汉武帝对此事很生气，想拿他李蔡开刀，颇有点杀鸡儆猴的意思。

这个时候，如果卫青出面替李蔡求情，这不是自己朝刀口上撞吗？

李蔡不理解卫青的苦衷，只看到了卫青的为难，他拱手说："大司马，现在朝廷之上，没有人能够救我，能救我的只有大司马了。我李蔡不过是占了皇家的一点土地，现在我知道错了，把土地归还皇家，或革薪或贬官，我李蔡都可以接受，只求皇上看在我曾经为大汉血战沙场的分上，饶我李蔡一命便可。"

卫青皱着眉，叹了一口气，说："李大人，此事卫青不好出面啊。大人也应该知道，卫青现在不参加同僚之宴请，不结党营私，更不收纳门客，小心翼翼，以免招惹祸端。李大人家人占皇家陵道之事卫青也知道一二，皇上刚加封卫青为大司马，这个时候，卫青更应该小心谨慎，以示知恩。如果卫青现在去向皇上求情，惹恼了皇上，反而对大人不利。"

李蔡觉得卫青现在是他唯一能抓住的稻草，因此苦苦哀求："大司马，你现在在朝廷是一人之下，万人之上，现在也只有大司马才能在皇上面前替在下说几句好话了。大人啊，你要是能救下李蔡一命，李蔡一家人永世不忘大恩啊。"

卫青见无法推托，且觉得李蔡也实在可怜，就答应了他，去宫中求见汉武帝。

6. 刘安与汉武帝

卫青隐隐觉得，自己与汉武帝的关系有些疏离，跟多年以前的淮南王刘安造反有关。

刘安是汉高祖刘邦之孙，淮南王刘长之子。汉文帝八年（前172年）被封为阜陵侯，汉文帝十六年（前164年）被封为淮南王。

汉景帝三年（前154年），吴楚七国举兵反叛，吴国使者到淮南联络刘安，让其一起反叛，刘安意欲发兵响应。淮南国相说："大王如果非要发兵响应吴王，臣愿为统军将领。"淮南王就把军队交给了他。淮南国相得到兵权后，拒听刘安之命，而是指挥军队严加防守叛军攻城。朝廷得知后，很是高兴，并派曲城侯蛊捷率军援救淮南，淮南因此得以保全。刘安对国相感激不尽。

刘安好读书鼓琴，辩博善为文辞，不喜欢嬉游打猎，善待属地百姓，闻名天下。家中豢养门客术士数千人，其中有苏非、李尚、左吴、陈由、雷被、毛周、伍被、晋昌及大山、小山等，在其主持下编写《鸿烈》（后来称《淮南鸿烈》，又称《淮南子》）。

当时汉武帝喜好文学，对父辈刘安较为尊重。每次给予书信，常召司马相如等文士看过草稿才发出。刘安入朝献上新作，往往为汉武帝喜爱而秘藏。刘安曾受命写《离骚传》，早上受诏，日食时就献上。又献《颂德》及《长安都国颂》。每次宴见，谈说政治及方技赋颂，直到黄昏才罢休。

建元二年（前139年），刘安入京觐见汉武帝。当时身任太尉的田蚡到霸上迎接，并对刘安说："现今陛下没有太子，大王是高皇帝的亲孙，施行仁义，天下无人不知。假如有一天宫车晏驾皇上过世，不是你又该谁继位呢！"

刘安闻言大喜，厚赠田蚡金银钱财物品。自此事后，刘安暗中结交宾客，安抚百姓，谋划叛逆之事。

建元六年（前135年），汉武帝发兵讨伐闽越，刘安上书劝谏，说用兵有害无益，得到汉武帝的称赞。这一年，彗星出现，刘安感到怪异。有人劝刘安道："先前吴国起兵时，彗星出现仅长数尺，而兵战仍然血流千里。现在彗星长至满天，天下兵战应当大兴。"

刘安心想，汉武帝没有太子，若天下发生变故，诸侯王将会一齐争夺皇位，因此加紧整治兵器和攻战器械，积聚黄金钱财，贿赠郡守、诸侯王等人。

刘安有个女儿名刘陵。刘安让她在长安刺探朝中内情，结交汉武帝亲近的人。刘陵美艳无比，在长安城交游权贵，风头无两。刘安得知卫青为大汉第一武将，对卫青格外看重，并让刘陵设法与卫青攀上关系。刘陵亲自到卫青府上找卫青，卫青却在军营，没有与这位美艳的公主见面。曾经跟随卫青攻打匈奴立功而被封为岸头侯的张次公，与刘陵交往甚密，勾搭成奸。张次公趁卫青在家时，特意来找卫青，说刘陵想再次到卫青府上拜见，被卫青拒绝。卫青劝说张次公远离刘陵，张次公嘴上答应，却依旧与刘陵关系密切。

卫青没有见过刘陵，然而刘陵却以到过卫青府上为荣，到处宣扬。很多人不知内情，以为卫青见过这位妙人儿，纷纷暗中猜测，卫青知道后并不以为然。

元朔三年（前126年），汉武帝赏赐刘安几案手杖，恩准他不必入京朝见。刘安之子刘迁娶王皇太后外孙、修成君之女为妃。众所周知，汉武帝的母后在进入皇宫之前，曾在民间结过婚，还育有一女。此女姓金名俗，长陵（今陕西咸阳东北）人。汉武帝本来不知此人，后来上大夫韩嫣说起了此事，汉武帝竟然亲自去其家中，要将其迎接进宫。金俗哪里见过这种阵仗，吓得躲到床底下，瑟瑟发抖。大臣们将金俗从床下拖出来，带她去见皇上。汉武帝看到金俗马上下车，以姐相称，并将其迎接进宫，赐钱千万，奴婢三百人，公田百顷及甲第。此女号修成君，刘迁的妃子，就是这个修成君的女儿。

刘安害怕策划谋反的事被太子妃知道后告知朝廷，就和刘迁策划，让他假装不爱妃子，三个月不和她同席共寝。刘迁遵照父亲的命令做，故意找碴，与妃子闹矛盾。刘安佯装恼怒刘迁，把他关起来，让他和太子妃同居一室三月，而刘迁始终不亲近她。太子妃请求离去，刘安便上奏朝廷致歉，把她送回了娘家。

刘安之事的败露，还是与刘迁有关。元朔五年（前124年），刘安请了一名武学高人，教刘迁学剑。刘迁自以为剑术高超，无人可比，听说医匠雷被剑艺精湛，便召他前来较量。雷被害怕伤害刘迁，一再忍让，却还是误伤了刘迁。刘迁发怒，在刘安面前说雷被的坏话，雷被害怕，表示愿意去奋击匈奴，实际上是想借此离开淮南王国而到长安去。刘安听信儿子之言，罢了雷被的官。

雷被跑到长安，托人上书汉武帝，告刘迁谋害忠良。汉武帝将他的告章交给廷尉和河南郡太守查究。河南郡要逮捕刘迁，刘安与王后荼不想让刘迁去受审，打算发兵对抗。却因为朝廷有卫青、霍去病等柱石大将而难以取胜，因此犹豫未决。适值汉武帝有诏，就在淮南审讯刘迁，不必逮往河南郡了。这时，淮南相对寿春县丞顺从刘安之意而不及时逮送刘迁非常生气，劾他犯了不敬之罪。刘安向淮南相说情，淮南相不听。刘安派人上书告淮南相，汉武帝将此事交给廷尉查究。

廷尉一路追究下来，追查到刘安，公卿要求将刘安逮捕查办。刘安担心事情败露，再次打算发兵对抗。

刘迁建议不要操之过急，献策说："如果朝廷使臣来逮捕父王，父王可叫人身穿卫士衣裳，持戟站立庭院之中。父王身边一有不测发生，立即刺杀他，我也派人刺死淮南国中尉，就此举兵起事，尚不为迟。"

第六章 封狼居胥

汉武帝不批准公卿大臣的奏请，而改派朝廷中尉殷宏赴淮南国，就地向淮南王询问查证案情。刘安闻讯朝中使臣前来，立即按刘迁的计谋做了准备。殷宏到达后，刘安看他态度温和，只询问自己罢免雷被的因由，揣度不会定什么罪，就没有发作。殷宏还朝，把查询的情况上奏。

公卿大臣中负责办案的人说："淮南王刘安阻挠雷被从军奋击匈奴等行径，破坏了执行天子明确下达的诏令，应判处弃市死罪。"汉武帝诏令不许。

公卿大臣请求废其王位，汉武帝诏令不许。

公卿大臣请求削夺其五县封地，汉武帝诏令削夺两县。

朝廷派中尉殷宏去宣布赦免刘安的罪过，用削地以示惩罚。中尉进入淮南国境，宣布赦免刘安。

但是刘安起初听说朝中公卿大臣请求杀死自己，并不知道最终的处罚是宽赦削地，他又听说朝廷使臣已动身前来，害怕自己被捕，就和刘迁按先前的计谋准备刺杀他。待到中尉殷宏已至，立即祝贺刘迁获赦，刘迁因此没有起事。

事后他哀伤地说："我行仁义之事却被削地，此事太耻辱了。"

然而刘迁削地之后，策划反叛的心思更为强烈。

刘安坐在东宫，召见将军伍被一起议事，招呼他说："将军上殿。"

伍被不同意刘安谋反，因此说："皇上刚刚宽恕赦免了大王，大王怎能又说这亡国之话呢?! 臣听说伍子胥劝谏吴王，吴王不用其言，于是伍子胥说，臣即将看见麋鹿在姑苏台上出入游荡了。现在臣也将看到宫中遍生荆棘、露水沾湿衣裳了。"

刘安大怒，囚禁起伍被的父母，关押了三个月。

然后淮南王又把伍被召来，问道："将军答应寡人吗?"

伍被很无奈地说："不，末将没有答应与大王一起谋反，我只是来为大王筹划而已。

199

"臣听说,听力好的人能在无声时听出动静,视力好的人能在未成形前看出征兆,所以最智慧、最有道德的圣人做事总是万无一失。从前周文王为灭商纣率周族东进,一行动就功显千代,使周朝继夏、商之后,列入'三代',这就是所谓顺从天意而行动的结果,因此四海之内的人,都不约而同地追随响应他。这是千年前可以看见的史实。

"至于百年前的秦王朝、近代的吴楚两国,也足以说明国家存亡的道理。过去秦朝弃绝圣人之道,坑杀儒生,焚烧《诗》《书》,抛弃礼义,崇尚伪诈和暴力,凭借刑罚,强迫百姓把海滨的谷子运送到西河。在那个时候,男子奋力耕作却吃不饱糟糠,女子织布绩麻却衣不蔽体。秦始皇派蒙恬修筑长城,东西绵延数千里,长年戍边、风餐露宿的士兵常常有数十万人,死者不可胜数,僵尸暴野千里,流血遍及百亩,百姓气力耗尽,想造反的十家有五。

"秦始皇又派徐福入东海访求神仙和珍奇异物,徐福归来编造假话说:'臣见到海中大神,他问道:你是西土皇帝的使臣吗?臣答道:是的。海神问:你来寻求何物?臣答:希望求得延年益寿的仙药。海神说:你们秦王礼品菲薄,仙药可以观赏却不能拿取。当即海神随臣向东南行至蓬莱山,看到了用灵芝草筑成的宫殿,有使者肤色如铜、身形似龙,光辉上射映照天宇。于是臣两拜而问,说:应该拿什么礼物来奉献?海神说:献上良家男童和女童以及百工的技艺,就可以得到仙药了。'

"秦始皇大喜,遣发童男童女三千人,并供给海神五谷种子和各种工匠前往东海。途中徐福觅得一片辽阔的原野和湖泽,便留居那里自立为王,不再回朝。于是百姓悲痛思念亲人,想造反的十家有六。

"秦始皇又派南海郡尉赵佗越过五岭攻打百越。赵佗知道中原疲敝已极,就留居南越称王不归,并派人上书,要求朝廷征集无婆家的妇女三万人,来替士兵缝补衣裳。秦始皇同意给他一万五千人。于是百姓人心离散,犹如土崩瓦解,想造反的十家有七。

第六章 封狼居胥

"宾客对高皇帝说：'时机到了。'高皇帝说：'等等看，当有圣人起事于东南方。'不到一年，陈胜、吴广揭竿造反了。高皇帝自丰邑沛县起事，一发倡议全天下不约而同地响应者便不可胜数。这就是所谓踏到了缝隙、窥伺到时机，借秦朝的危亡而举事。百姓期望他，犹如干旱盼雨水，所以他能起于军伍而被拥立为天子，功业高于夏禹、商汤和周文王，恩德流被后世无穷无尽。

"如今大王看到了高皇帝得天下的容易，却偏偏看不到近代吴楚的覆亡吗？那吴王刘濞被赐号为刘氏祭酒，颇受尊宠，又被恩准不必依例入京朝见，他掌管着四郡的民众，地域广至方圆数千里，在国内可自行冶铜铸造钱币，在东方可烧煮海水贩卖食盐，溯江而上能采江陵木材建造大船，一船所载抵得上中原数十辆车的容量，国家殷富，百姓众多。吴王拿珠玉金帛贿赂诸侯王、宗室贵族和朝中大臣，唯独不给皇戚窦氏。反叛之计谋划已成，吴王便发兵西进。但吴军在大梁被攻克，在狐父被击败，吴王逃奔东归，行至丹徒，让越人俘获，身死绝国，令天下人耻笑。为什么吴楚有那样众多的军队都不能成就功业？实在是违背了天道而不识时势的缘故。

"如今大王兵力不及吴楚的十分之一，天下安宁却比秦始皇时代好万倍，希望大王听从臣下的意见。若大王不听臣的劝告，势必眼见大事不成，言语却已先自泄露天机。臣听说箕子路过殷朝故都时心中很悲伤，于是作《麦秀之歌》，这首歌就是哀痛纣王不听从王叔比干的劝谏而亡国。所以《孟子》说：'纣王贵为天子，死时竟不及平民。'这是因为纣王生前早已自绝于天下人，而不是死到临头天下人才背弃他。现在臣也暗自悲哀，大王若抛弃了诸侯国君的尊贵，朝廷必将赐予绝命之书，令大王身先群臣，死于东宫。"

伍被说到这里，神色黯然，泪水盈眶，站起身，一级级走下台阶离去了。

7. 刘安之死

刘安有个庶子叫刘不害，是刘安的长子。因不受刘安喜欢，故王后荼不以其为子，刘迁不以其为兄。刘不害的儿子刘建，才高气盛，常怨恨太子轻视其父，又因其父不得封侯而心怀不满，他暗中结交外人，打算搞垮太子刘迁，以其父代之。刘迁得知，将刘建逮捕拷打。刘建心里越发怨恨。他了解到刘迁曾经想要谋杀朝廷中尉的情况之后，于元朔六年（前123年）派其友人严正向汉武帝上书，说才能出众的刘建知道淮南王太子阴谋之事。

汉武帝将此事交给廷尉、河南郡太守处置。这时辟阳侯审食其之孙审卿插了一手。审卿怨恨淮南厉王刘长杀了其祖父审食其，便向其好友、丞相公孙弘添油加醋地告发淮南之事。

河南郡太守审问刘建，他供出了刘迁及其朋党意欲谋反之事。

刘安担忧事态严重，意欲举兵反叛，就问伍被："汉朝的天下太平不太平？"

伍被回答："天下太平。"

淮南王心中不悦，问伍被："你根据什么说天下太平？"

伍被回答："臣私下观察朝政，君臣间的礼义、父子间的亲爱、夫妻间的区别、长幼间的秩序，都合乎应有的原则，皇上施政遵循古代的治国之道，风俗和法度都没有缺失。满载货物的富商周行天下，道路无处不畅通，因此贸易之事盛行。南越称臣归服，羌僰进献物产，东瓯内迁降汉，朝廷拓广长榆塞，开辟朔方郡，使匈奴折翅伤翼，失去援助而萎靡不振。这虽然还赶不上古代的太平岁月，但也算是天下安定了。"

刘安大怒，伍被连忙谢罪。刘迁又对伍被说："崤山之东若发生兵战，

第六章 封狼居胥

朝廷必使大将军卫青来统兵镇压，你认为大将军人怎样？"

伍被答道："我的好朋友黄义曾跟随大将军攻打匈奴，归来告诉我说：'大将军对待士大夫有礼貌，对将士有恩德，众人都乐意为他效劳。大将军骑马上下山冈，疾驶如飞，才能出众过人。'我认为大将军武艺这般高强，屡次率兵征战，通晓军事，不易抵挡。又谒者曹梁出使长安归来，说大将军号令严明，对敌作战勇敢，时常身先士卒。安营扎寨休息，并未凿通时，必须士兵人人喝上水，他才肯饮。军队出征归来，士兵渡河已毕，他才过河。皇太后赏给的钱财丝帛，他都转赐手下将士。即使古代名将，也无人比得过他。"

刘安听后，觉得自己不是卫青的对手，又不敢造反了。他让人送信给女儿刘陵，让刘陵设法拿下卫青。

刘陵在张次公的陪同下，再次来到卫青家里，还是不巧，卫青又去了军营。张次公来到军营，告诉卫青，说刘陵要到军营拜见卫青，被卫青训斥了一顿："荒唐！军营这种地方，怎么可以让女子进来？！"

卫青再次劝张次公说："刘陵贵为淮南王公主，在长安交游权贵，出尽风头。张将军，这种不贤的女子，还是远离为好。"

张次公眼见卫青油盐不进，还反过来劝自己，只得找个理由告退。

刘安眼看刘建被召受审，害怕国中密谋造反之事败露，又想抢先起兵。伍被不赞成刘安起兵，不想与其同谋。刘安却知道，伍被才高八斗，很有谋略，因此凡事都要向他请教，否则心下不安。

他问伍被："武将军，你以为当年吴王兴兵造反，是对还是错？"

伍被说："我认为错了。吴王富贵已极，却做错了事，身死丹徒，头足分家，殃及子孙，无人幸存。臣听说吴王后悔异常。希望大王深思熟虑，勿做吴王所悔恨的蠢事。"

刘安还是不死心，说："男子汉甘愿赴死，只是为了自己说出的一句话罢了。况且吴王哪里懂得造反，竟在一日之内让四十多名汉将闯过了成

203

皋关隘。现在我令楼缓首先扼住成皋关口,令周被攻下颍川郡率兵堵住辕辕关、伊阙关的道路,令陈定率南阳郡的军队把守武关。河南郡太守只剩洛阳罢了,何足担忧?不过,这北面还有临晋关、河东郡、上党郡和河内郡、赵国。人们说,'扼断成皋关口,天下就不能通行了'。我们凭借雄踞三川之地的成皋险关,召集崤山之东各郡国的军队响应,这样起事,你以为如何?"

伍被答道:"臣能看得见它失败的灾祸,却看不见它成功的福运。"

刘安不解:"左吴、赵贤、朱骄如都认为有福运,十之有九会成功。你偏偏认为有祸无福,这是为什么?"

伍被答曰:"受大王宠信的群臣中平素能号令众人的,都在前次陛下诏办的罪案中被拘囚了,余下的已没有可以倚重的人。"

刘安再问:"陈胜、吴广身无立锥之地,聚集起一千人,在大泽乡起事,奋臂大呼造反,天下就群起响应,他们西行到达泗水时已有一百二十万人相随。现今我国虽小,可是会用兵器打仗者十几万,他们绝非被迫戍边的乌合之众,所持也不是木弩和戟柄,你根据什么说起事有祸无福?"

伍被答道:"从前秦王朝暴虐无道,残害天下百姓。朝廷征发民间万辆车驾,营建阿房宫,收取百姓大半的收入作为赋税,还征调家居闾左之贫民去远戍边疆,弄得父亲无法保护儿子平安,哥哥不能让弟弟过上安逸生活,政令苛严,刑法峻急,天下人忍受百般熬煎几近枯焦。百姓都挺颈盼望,侧耳倾听,仰首向天悲呼,搥胸怨恨始皇,因而陈胜大呼造反,天下人立刻响应。如今皇上临朝治理天下,统一海内四方,泛爱普天黎民,广施德政恩惠。他即使不开口讲话,声音传播也如雷霆般迅疾;诏令即使不颁布,而教化的飞速推广也似有神力;他心有所想,便威动万里,下民响应主上,就好比影之随形、响之应声一般。而且大将军卫青的才能不是秦将章邯、杨熊可比的。因此,大王您以陈胜、吴广反秦来自喻,我认为不当。"

刘安还是不死心,问:"假如真像你说的那样,不可以侥幸成功吗?"

伍被想了想,说:"我倒有一条愚蠢的计策。当今诸侯对朝廷没有二心,百姓对朝廷没有怨气。但朔方郡田地广阔,水草丰美,已迁徙的百姓还不足以充实开发那个地区。臣的愚计是,可以伪造丞相、御史写给皇上的奏章,请求再迁徙各郡国的豪强、义士和处以耏罪以上的刑徒充边,下诏赦免犯人的刑罪,凡家产在五十万钱以上的人,都携同家属迁往朔方郡,而且更多调发士兵监督,催迫他们如期到达。再伪造宗正府左右都司空、上林苑和京师各官府下达的皇上亲发的办案文书,去逮捕诸侯的太子和宠幸之臣。如此一来,就会民怨四起,诸侯恐惧,紧接着让摇唇鼓舌的说客去鼓动说服他们造反,或许可以侥幸得到十分之一的成功把握吧。"

刘安大喜,说:"此计可行!虽然你的多虑有道理,但我以为成就此事,并不至于难到如此程度。"

刘安命令官奴入宫,伪造皇帝印玺,丞相、御史、大将军、军史、中二千石、京师各官府令和县丞的官印、邻近郡国的太守和都尉的官印,以及朝廷使臣和法官所戴的官帽,打算一切按伍被的计策行事。刘安还派人假装获罪后逃出淮南国而西入长安,给大将军和丞相供事,意欲一旦发兵起事,就让他们立即刺杀大将军卫青,然后说服丞相屈从臣服。

刘安想要发动国中的军队,又恐怕自己的国相和大臣们不听命。他就和伍被密谋先杀死国相与二千石大臣。他假装宫中失火,国相、二千石大臣必来救火,人一到就杀死他们。谋议未定,又计划派人身穿抓捕盗贼的兵卒的衣服,手持羽檄,从南方驰来,大呼"南越兵入界了",以便借机发兵进军。

刘安派人到庐江郡、会稽郡实施冒充追捕盗贼的计策,没有立即发兵。

刘安问伍被:"我若率兵向西挺进,没人响应怎么办?"

伍被回答说:"可向南夺取衡山国来攻打庐江郡,占有寻阳的战船,守住下雉的城池,扼住九江江口,阻断豫章河水北入江水(长江)的彭蠡湖口这条通道,以强弓劲弩临江设防,来禁止南郡军队沿江而下;再东进攻占江都国、会稽郡,与南方强有力的越国结交,这样在江水、淮水之间屈伸自如,犹可拖延一些时日。"

刘安说:"很好,没有更好的计策了。要是事态危急,就奔往越国吧。"

再说廷尉把刘建供词中牵连出刘迁的事呈报了汉武帝。汉武帝派廷尉监趁前去拜见淮南国中尉的机会,逮捕太子刘迁。廷尉监来到淮南国,刘安得知后和刘迁谋划,打算召国相和二千石大臣前来,杀死他们就发兵。召国相入宫,国相来了,内史因外出,得以脱身。中尉则说:"臣在迎接皇上派来的使臣,不能前来见王。"

刘安心想,只杀死国相一人,而内史、中尉不肯前来,没有什么益处,就罢手放走了国相。他再三犹豫,定不下行动的计策。刘迁想到自己所犯的是阴谋刺杀朝廷中尉的罪,而参与密谋的人已死,便以为活口皆已死绝,就对父王说:"群臣中可依靠者先前都拘捕了,现今已没有可以倚重举事的人。您在时机不成熟时发兵,恐怕不会成功,儿臣甘愿前往廷尉处受捕。"

刘安见时机不成熟,就答应了刘迁的请求。刘迁刎颈自杀,却未能丧命。

刘安没有想到的是,伍被见汉武帝派人来,害怕了,独自求见廷尉监,将自己参与淮南王谋反的事情,和盘托出。

廷尉监大惊,迅速调动军队,逮捕了太子、王后,包围了王宫,将国中参与谋反的刘安的宾客全部搜查抓捕起来,还搜出了谋反的器具,然后奏书向上呈报。汉武帝将此案交给公卿大臣审理,案中牵连出与刘安一同谋反的列侯、二千石、地方豪强有几千人,一律处以死刑。衡山王刘赐是刘安的弟弟,被判同罪应予收捕,负责办案的官员请求逮捕刘赐。

汉武帝说:"侯王各以自己的封国为立身之本,不应彼此牵连。你们与诸侯王、列侯一道，去跟丞相会集商议吧。"

胶西王刘端说："淮南王刘安无视王法，肆行邪恶之事，心怀欺诈，扰乱天下，迷惑百姓，背叛祖宗，妄生邪说。《春秋》曾说，'臣子不可率众作乱，率众作乱就应诛杀'。刘安的罪行比率众作乱更严重，其谋反态势已成定局。臣所见他伪造的文书、符节、印墨、地图以及其他大逆不道的事实都有明白的证据，其罪极其大逆不道，理应依法处死。至于淮南国中官秩二百石以上和比二百石的官吏、宗室的宠幸之臣中未触犯律令的人，他们不能尽责匡正阻止淮南王的谋反，也都应当免官削夺爵位贬为士兵，今后不许再当官为吏。那些并非官吏的其他罪犯，可用二斤八两黄金抵偿死罪。朝廷应公开揭露刘安的罪恶，好让天下人都清楚地懂得为臣之道，不敢再有邪恶的背叛皇上的野心。"

丞相公孙弘、廷尉张汤等把大家的议论上奏，汉武帝便派宗正手持符节去审判刘安。刘安知道，现在他已经是案上的肉，等待他的只有死刑了。刘安没有等到宗正到达淮南，便自刎而亡。王后荼、太子刘迁和所有共同谋反的人都被满门杀尽。汉武帝因为伍被劝阻淮南王刘安谋反时言辞雅正，说了很多称美朝政的话，想不杀他。廷尉张汤说："伍被最先为淮南王策划反叛的计谋，他的罪不可赦免。"

汉武帝觉得有道理，便下令杀了伍被。淮南国被废为九江郡。

8. 卫青为李蔡求情

刘安一案牵扯官员甚多，其下属官员，除雷被一人外均被诛杀。在长安四处结交权贵的刘陵自然也难逃厄运。岸头侯张次公因"与淮南王女奸,及受财物罪",被废除了侯爵,好歹保住了性命。

淮南王一案结束后,有一次汉武帝召见卫青,商讨加强边塞防卫之事。正事商讨完毕后,两人闲聊,汉武帝突然问道:"卫青,听说当年刘陵多次到府上找你,说一说,她都说了些什么啊。"

自从刘安案发,与刘陵有过接触的人一个个被揪出来,卫青就等着这一天。伴君如伴虎,汉武帝多疑且耳目众多,他肯定知道刘陵找过他卫青。以汉武帝的性格,他必然会将此事打探清楚。他亲自询问卫青,反而是好事,说明汉武帝还比较相信他,如果他一直不问,那才麻烦。

今天他终于问了,卫青在心里长出一口气,说:"陛下,刘陵确实去找过末将,不过末将都在军营,没有见到她。她后来托张次公找末将,说要到军营来,也被末将拒绝。故此,末将与刘陵并没有见面。陛下若不相信,可问张次公。"

汉武帝哈哈大笑,说:"朕不过是随便一问,怎么会不相信大司马呢?朝中有人说你卫青与刘陵关系不一般,朕一直不信,现在看来,朕是对的。刘安一直没有举兵,都因为有你这样的柱石之臣啊。你卫青是朕的人,刘安想拉拢你卫青大将军,他算什么东西?!"

从皇宫出来之后,卫青越琢磨越觉得不对。汉武帝只是随便一问,并没有刨根问底,很显然,他心中还是有顾虑,还是没有完全相信自己。

卫青也不好无端地去找汉武帝检讨此事,只能谨小慎微,凡事小心,以免再引起汉武帝的怀疑。

现在李蔡让自己去求汉武帝,卫青思量再三,觉得还是应该向汉武帝说一说此事,观察一下汉武帝的反应。

卫青选了一个日子,来到皇宫,求见汉武帝。

汉武帝时值盛年。经过多年的"推恩令"后,众多拥兵自重的王爷

第六章 封狼居胥

都被分散了权力,汉武帝大权在握,国内太平,边境无恙,可谓是春风得意,豪情满怀。

卫青盛装进宫,毕恭毕敬。汉武帝笑容可掬,与卫青一番闲谈后,汉武帝突然说:"卫青,你是无事不进宫啊,说吧,今日进宫所为何事?"

卫青鞠躬说:"陛下英明。微臣今日求见陛下,是为李蔡之事而来。李蔡的家人肆意妄为,侵占了皇家园地,李蔡并不知情。现在李蔡得知了此事,非常后悔,已经命家人将所占之地归还。李蔡来向陛下请罪,陛下不肯见他,无奈之下,李蔡求我来向陛下求情,请陛下看在李蔡对陛下忠心耿耿的分上,饶他一命。"

汉武帝脸色骤然变了,说:"大司马的意思,淮南王如果承认了有错,他也不应该死了?!"

卫青忙道:"淮南王企图谋反,当然该杀。李蔡并无此意,何况占地的是他的家人,李蔡并不知情。"

汉武帝笑了笑,说:"这么说,如果是李蔡的家人谋反,那就跟李蔡没有关系了?"

汉武帝这句话说出来,卫青明白了,皇上根本就不可能给他面子,饶了李蔡。跟他原先设想的一样,他来替李蔡求情,反而是火上浇油。汉武帝对他卫青,依然是有芥蒂的。这个芥蒂的源头,显然是因为卫青位高权重,而且能打善战,功高盖主,怎能不使汉武帝有所忧惧?

吴王之反,以及后来的淮南王企图谋反,都让汉武帝对拥有权力的人心怀忌惮。

比如吴王刘濞。当年英布造反时,刘濞跟随刘邦进攻英布,勇猛能打,很得刘邦喜欢。英布被剿灭后,汉高祖又顾及吴郡接壤东越等国,需选壮王镇之,故而封刘濞为吴王,都于沛,改当年刘贾所封的荆国为吴国,统辖东南三郡五十三城,定国都于广陵。

刘濞被封王不久,就在封国内大量铸钱、煮盐,以扩张割据势力,图谋篡夺帝位。汉景帝听从晁错之言，削夺诸王的封地。刘濞以此为借口，打着"清君侧"的名号，联合楚、赵等国叛乱，史称"七国之乱"，后被汉军主将周亚夫击败。刘濞兵败被杀，封国被朝廷废除。

李蔡侵占了皇家土地，往小了说，不过是一点土地，归还即可，大不了降级甚至贬为庶民，往大了说，则可以说成是"欺君之罪"，可以满门抄斩了。

很显然，汉武帝根本不打算轻饶了李蔡。他要杀人立威，震慑文武大臣了。

卫青浑身发冷，知道多说无益，就敷衍了几句，从皇宫里走了出来。

李蔡再次来到卫青府上，卫青将自己去拜见汉武帝的过程简单向李蔡说了，李蔡慨叹："如此说来，李蔡是无活路了。李蔡宁愿随将军战死沙场，也不愿意落入酷吏之手，被他们侮辱！"

卫青只能安慰李蔡，说："李大人，此事未有定论，或许皇上能念你多年勤勉为官，从轻处罚。还是多往好处想吧。"

李蔡没有往好处想，回家不久，就自刎而亡了。李蔡既死，汉武帝也没有再追究李家的责任，此事便算完结。

因为李蔡是罪臣，同僚很少有敢去吊唁的。即便有，也是在晚上偷偷去。卫青在李蔡已经入土四个月之后，才去李家看望李蔡的妻儿和父母。

此后，卫青除了上朝之日，很少出门，并尽力远离朝政。有一些名士慕名来投奔他，都被卫青拒绝。卫青很明白，现在不只是皇帝，朝野很多人都在盯着他和霍去病，他们两人要夹着尾巴做人，方可保得平安。

匈奴败了，自己也算是功德圆满了，卫青实在想不到，自己却要如此小心翼翼。

此时平阳公主已经改嫁汝阴侯夏侯颇。平阳公主是看着卫青长大的，因此对卫青像自己的弟弟一样，从来都是有话直说。平阳公主来卫青府上，两人说起淮南王刘安之事，平阳公主说："卫青，你大概不知道吧，你差点就被刘陵给牵扯进去。"

卫青苦笑了一声，说："我怎么不知道？皇上还特意为这个问过我呢。"

平阳公主说："不只如此。刘陵被抓进大牢以后，开始乱咬人。跟她好过的那些人，她一个都不说，负责审讯的廷尉都给她上了大刑，她还是不肯说。"

卫青感叹说："只听说这个刘陵长得漂亮，写一手好字，没想到还是个坚强女子。"

平阳公主说："这个女子，要是有个好父亲，肯定会是刘家女子中的高才。可惜了，年纪轻轻就送了性命。我刚才的话还没说完呢，你知道她说跟她最好的人是谁吗？"

卫青一愣，说："我怎么知道？"

平阳公主笑了笑，说："她说你卫青是她最为知己的人。当然，她的这些话没人相信，她在长安这些年，跟谁来往得最多，长安人谁不知道？"

卫青说："我没想到，这个刘陵会这么恨我。"

平阳公主摇头，说："未必。刘陵非常聪明，她肯定知道，她说的这些话没人会相信。她或许是在保护你呢。"

卫青愣了："保护我？她为何要保护我？"

平阳公主叹气，说："我见过刘陵几次，很善良的一个女子。或许她在长安引诱那么多人，是不得已吧。人之善恶，不可一概而论，何况这样的一个奇女子。卫青，你和霍去病现在是功高盖主，一人之下，万人之上，大汉朝野都在看着你们，皇上也不例外。我虽然是皇上的姐姐，但是君心难测，凡事谨慎些为好。"

卫青拱手："卫青多谢公主提醒。"

211

9. 谨慎的卫青

　　与谨慎稳重的卫青不同，霍去病年轻气盛，喜欢热闹。昔日的部将路博德、匈奴人复陆支、伊即轩等人更是好酒，无酒不欢。霍去病经常召集这些人一起饮酒作乐，因此霍府门口车水马龙，往来不绝。李敢的父亲、叔叔先后死于非命，李敢心情不爽，路博德等人劝他看开一些，不要每天只想着这些事。

　　昔日淮南王喜欢豢养门客，据说门客上千，其中比较有名的苏飞、李尚、左吴、田由、雷被、伍被、毛被、晋昌八人，被称为"淮南八公"。后来因为受刘安谋反之事牵连，八公中只有雷被活了下来。这雷被在长安无所事事，混迹于市井之中，不知怎么与复陆支成为了好朋友。复陆支偶尔带着他到霍去病府上喝酒，霍去病不甚欢喜，却也没说什么。

　　雷被因为刘安之事，很多官宦人家都不愿意与之交往。霍去病见其也算爽直，与其来往便多了起来。

　　雷被好酒，即便喝多了，也不像复陆支和伊即轩那样狂放无羁。众人都知道他剑术高明，经常让他舞剑助兴。雷被从不拒绝，手中一把长剑舞动起来，果然是剑气如虹、衣袂翩跹。霍去病等人也会武功，但他们学的都是如何在战场上拼杀，这种江湖功夫，他们不及雷被。

　　一起玩的时间长了，难免会谈起昔日的淮南王刘安。

　　雷被告诉众人，刘安虽有谋反之心，为人却还算忠厚，否则也不可能有那么多的门客投奔于他："淮南王有谋反之心，与田蚡有极大关系。当然，淮南王最终鬼迷心窍，也说明此人难以经受诱惑。"

　　在座众人，都对淮南王事件有很大的好奇心。雷被告诉众人，皇帝其实是仁慈之人，并没有对淮南王门客诛杀殆尽。何况即便是淮南王本人，也不知道自己到底有多少门客，更遑论皇帝了。淮南王的门客中，除了比较出名的"八公"，还有黄溪、谭素柏等人。这两人都是才高八斗，文武双全，是淮南王门客中的佼佼者，却因不会谄媚，没有得到淮南王的恩宠。当然，这两人更没有参与淮南王的反叛计划。淮南王自刎的时候，这两人正在遨游江湖。现在两人也来到了长安，做一些小生意，以此为生。

霍去病爱才，也好奇，天天闲得慌，听说黄溪和谭素柏都有些本事，就打扮成平民百姓模样，跟着雷被去找这两人。

几个人跟着雷被，从最繁华的长安城中心朝着东北角走，一直走到一处破破烂烂的穷人居住区。居住区内有一个小市场，有人在卖青菜、粟米之类。

雷被带着众人走近一个正在卖小米的摊贩。这名摊贩衣着破烂，却很整洁。

雷被走过来，对这名摊贩说："黄溪，我给你介绍一位朋友。"

黄溪站起来，看了看霍去病。雷被按照跟霍去病早就说好的说辞说："这位卫先生是长安城的一名雅士，听说先生大名，特来拜会。"

黄溪笑了笑，拱手说："雷兄何必骗我。这位先生器宇轩昂，眼带霸气，肯定是一位上过战场的将军。黄溪不过是升斗小民，怎敢高攀这种人物。"

霍去病很惊讶："我穿的也是平常衣服，一句话都没说，黄先生凭什么说我是上过战场的将军呢？"

黄溪拱手说："小民走路，皆小心翼翼看着脚下，生怕踩到不该踩的东西。先生走路，雄视四方，犹如雄鹰巡山，且目光坚定，即便不经意间看一眼，也让人胆寒。这种人，能是一般人吗？"

霍去病很少出门。现在他贵为大司马，即便上朝，也是坐着马车去，除了将士，普通百姓很少有认识他的。况且这个黄溪来到长安不久，每日躲在这里做些小生意谋生，根本没有心情去认识他。

霍去病因此很惊讶，惊为高人。从此，霍去病与雷被、黄溪和谭素柏等人交往了起来。黄溪和谭素柏，经常去霍去病家吃喝。但是霍去病只是把他们当朋友，并不像刘安那样花钱养士，这些人只能去霍去病府上蹭吃蹭喝，没有其他。

黄溪和谭素柏则利用霍去病朋友的名义，在小市场上欺行霸市，周围百姓敢怒不敢言。

霍去病少年得志，跟随他的人都升官加爵，投靠他的人越来越多。甚至原本卫青的一些门客和属下将军，也都投奔了霍去病。霍去病家门庭若市，卫青门口却越来越冷落。

有人以为卫青会为此不高兴，昔日卫青的部将、现任代郡太守苏建到长安处理公务，顺便拜见卫青。他见卫青家门庭冷落，便对卫青说："现在长安官员，都重视门客，让门客辅佐自己。别说三公九卿了，即便是那些侍郎、有名望的校尉，家里都是名士云集，人流不断，大司马如今一人之下，万人之上，集军政要务于一身，怎可没有士人辅助呢？春秋时期，孟尝君等四君子，每人养士数千，因此名声大振，即便是敌国要进攻他们的国家，也都惧怕四君子的名声。邯郸之战中，如果不是有赵之平原君向楚之春申君和魏之信陵君求救，赵国怎么能反败为胜，打败秦国呢？因此大司马养士，不但会聚集天下人才，让士林称颂，对大司马有益，而且有益于国家，辅助大司马呢。大司马现在门庭冷落，不知情的人看到了，还以为大司马受到皇上的贬谪了呢。"

卫青笑了笑，说："卫青只是一介武夫，皇上让卫青征战匈奴，卫青便带兵去征战匈奴，皇上让卫青平叛，卫青便去平叛，诸事皆由皇上定夺。皇上有那么多的文武百官，卫青却养那么多的士，不是让皇上担忧吗？大汉养士者，莫过于淮南王刘安，然而数千门客，却并没有让刘安功成名就，反而让刘安送了性命。他的那些门客，有的仓皇而逃，也有的被朝廷砍掉了脑袋。卫青昔日功名过重，现在正好休养生息，闭门谢客，何必找那么多的麻烦！"

卫青没有明说的是，现在汉武帝大眼小眼地盯着自己呢，要是再豢养门客，岂不成了皇上的眼中钉肉中刺？

霍去病也无意养士，不过终究是年轻，喜欢热闹，不但朝中文武大臣皆来示好，雷被等一众名士也皆来投奔，人越来越多。

卫青上朝的时候，听到有人议论霍去病，说他笼络大臣，结交天下名士，颇有刘安之风。而且他结交的人中，还有昔日刘安的门客。他的门客利用霍去病的名声，在外面飞扬跋扈，还在某处市场欺行霸市，负责管理市场的小吏，敢怒不敢言。

卫青大惊，退朝之后，忙来到霍府。

他先去见了姐姐卫少儿，跟姐姐说了一会儿话，便叫着霍去病，到僻静处说话。

两人来到一处僻静屋子，卫青将在朝堂上听到的话说给霍去病，然后说："皇上对淮南王之事一直耿耿于怀，你去结交他昔日的门客，他们还利用你的名声，霸占市场，此事要是传到皇上的耳朵里，皇上该有多失望！去病啊，你现在身份不同，不能恣意妄为。朝野上下，那么多人在盯着我们，你知道，作为皇上，最担心的是什么人吗？"

霍去病说："自然是敌对之人了，比方现在的匈奴。"

卫青苦笑一声，说："也对。不过那是匈奴还是皇上心腹大患的时候，现在的匈奴对于大汉来说，已经是癣疥之疾。再说了，大汉有我和你，还有千万勇士，现在匈奴已经不是皇上最担心的了。"

霍去病想了想，问："那……应该是什么呢？"

卫青叹气，说："你啊，打仗是一把好手，怎么对朝廷之事如此鲁莽？历代帝王，最怕的就是功高盖主之臣。所谓狡兔死，走狗烹，飞鸟尽，良弓藏，我们两个打匈奴虽然有功，但是皇上对我们不薄，现在我们舅甥两人同为大司马，掌握天下军马，你要是皇上，你会不会担心害怕

215

呢？"

霍去病点头，说："会。"

卫青说："人同此心，这个时候，我们两人一定要夹着尾巴做人，不可张狂，否则大祸临头啊。"

霍去病拱手说："舅舅，外甥知道了。我这就把雷被等人撵走，从此与他们一刀两断。"

卫青点头说："不只如此。与朝中大臣来往，也不可过于张扬。如果有人奏本，一句'结党营私'，便会让你百口难辩！"

霍去病拱手："舅舅教训得是！"

第七章

将星陨落

1. 李敢的愤怒

李敢之孝，朝野闻名。

将父亲埋葬后，李敢心情郁闷，经常借酒浇愁。

李敢兄弟三个，长兄李当户，曾在汉武帝时做过郎官。有一次，善于谄媚的韩嫣与汉武帝玩耍时，韩嫣的行为放肆不敬，李当户看了很是愤怒，揪住韩嫣举拳便打，吓得韩嫣扭头便跑。汉武帝虽然宠信韩嫣，却明白他的伎俩，因此对李当户的行为非常赞赏。

可惜的是，李当户年纪轻轻，便因一场重病丢了性命，留下了幼子李陵。

李敢的二哥李椒曾任代郡太守，在大哥李当户去世的第二年，便也因病去世了。

两个爱子去世，李广痛心不已。好在还有小儿子李敢和孙子李陵，李广含饴弄孙，也算有些乐趣。

大哥和二哥的去世，李敢虽然伤心，却没有像李广那样心痛。然而，父亲的去世，却给李敢的生活蒙上了浓重的阴影。

虽然他贵为郎中令、关内侯，身份显赫，却怎么也快乐不起来。无论是在处理公务还是在家里静坐的时候，白发苍苍的老父亲拔剑自刎的悲壮场景，都会不断地出现在他的脑海。李敢一直想知道，老父亲临死之际，想到了什么。是想到了死去的大哥二哥，还是想到了自己？还是想到了他的孙子？

这个问题一直纠缠着李敢，让他坐卧不安。他多次找到赵食其，请他吃饭，让他一遍遍地讲述父亲临死时的状态，他的眼神，他说了什么，他是否提到过李敢。赵食其讲述了无数遍，却是不厌其烦。他与众多将士一样，尊敬李广，敬仰他的为人、他的功德，甚至他的自刎。陇西李氏，天下无二。

时间长了，赵食其劝他："李大人，你现在贵为郎中令，皇上有抚慰之意，就别一直沉溺于往事了。世有大司马，也有李将军，李将军虽然官职不如两位大司马，但是将军之勇之仁义，世人皆知，李大人无论在朝野，还是在军中，都受人尊敬，此有大人之功，也赖老将军之恩泽。大人好生照顾家人，为李家传宗接代，便是功德无量，请大人三思！"

李敢说："父亲之死，与卫青有莫大的干系，此事朝野皆知。李敢身为人子，父亲承受如此大的委屈，如果一言不发，岂不让人笑话?!"

赵食其拱手说："大人差矣！卫青身为大司马，即便是丞相，见其也得作揖叩拜，即便其有错，除了皇上，谁又敢说一句？何况军令如山，卫青作为领军大将，如何调度应敌，是其权力。大人也知道，漠北大战前，卫青向皇上辞别，皇上觉得老将军年龄太大，曾嘱咐卫青勿要让老将军正面迎敌，皇上苦心，是为了不让老将军受到伤害，故此卫青如此安排，似也有遵从皇上旨意之意。"

李敢恨恨地说："先生之言，有为大司马开脱之意。"

赵食其说："大人差矣，现在大司马之势如烈火烹油，在下是想劝大人不要引火烧身。"

李敢叹气，说："想我陇西李氏，祖上便是秦朝名将，曾率军击败燕太子丹，家族因此世代接受仆射这一官职。早年匈奴大举入侵萧关，父亲以良家子弟的身份从军抗击匈奴，斩杀匈奴无数，故被任为汉中郎。此后父亲镇守边塞，数次击败匈奴，匈奴侵扰大汉，皆绕开父亲镇守之处。他卫青不过家奴出身，却令一长史去侮辱家父，家父因此懊恼，自刎而死。

第七章 将星陨落

每想及此,李敢夜不能寐,怕梦中遇见脖颈喷血的家父!"

赵食其说:"老将军不受其辱,故而自刎而死。现如今大司马权势滔天,朝中文武皆躬身逢迎,以求大司马照应。大人如果去招惹大司马,大司马不悦,大人能全身而退吗?如果不能,大人还有老母,有妻子儿女,还有侄子李陵,谁来照顾他们呢?"

李敢叹气,长久不语。

作为昔日霍去病手下的部将,李敢很少到霍府参加酒宴。偶尔去一次,也是同僚极力相邀,实在推托不掉。

因为心情不好,李敢很少喝酒。看到众人饮酒狂欢,他心情更加郁闷。一次酒宴中,路博德兴致上来,非要跟李敢喝几杯。李敢被逼无奈,与路博德喝了起来。

两人一来二去,都喝多了。

路博德依仗自己年龄大一些,而且与李敢交往比较好,大着舌头说:"李大人,在下听说你因为老将军自刎之事一直心里不痛快,想找卫大司马理论,此事是真是假?"

李敢酒壮怂人胆,拍着胸脯说:"我李家人,什么时候说过假话?!"

路博德说:"李大人,卫大司马可是霍将军的舅舅,如果没有霍将军带我们战场杀敌,我们这些人怎能有机会封侯?何况卫大司马军中调度,是为了打击匈奴,并没有针对老将军,你找大司马理论,别说大司马了,就是我路博德,都觉得你是胡闹!"

李敢大怒:"我为老父亲争一口气,你敢说我是胡闹?!"

路博德继续说:"当然!大司马安排分兵进击,让老将军东路绕行,是照顾老将军!你觉得让一个六十岁的老将军打先锋,与凶猛的匈奴人死拼,那才是照顾老将军吗?!依在下看来,你那是不孝!老将军自刎,并不是因为大司马让其绕行,而是因为失道,无颜面对手下将士!你因此事去找大司马理论,不是自找无趣吗?"

李敢站起来，将杯中酒泼在了路博德脸上："胡扯！要不是卫青让家父率大军绕道东侧，家父能失道吗？况且将军出征，即便战死沙场，也是荣耀！你怎敢说我不孝?！路太守这么说话，莫非是因为大司马现在大权在握？"

路博德抹了把脸上的酒，猛然跳起来，抓住了李敢。李敢也不示弱，揪住路博德就打。众人忙上前，将两人拉开。

李敢依然愤怒不已，跳着高要打路博德，被众人推了出去。

整个过程，霍去病冷眼观看，一言不发。

李敢被众人推出去，上轿回府之后，众人进屋。

路博德向霍去病请罪："在下无意中惹怒了李敢，请大司马恕罪。"

霍去病笑了笑，说："陇西李氏，果然耿直。前有老将军，后有李蔡，皆不肯接受小吏询问，愤而自刎，李敢竟然想去找我舅舅理论，真是可笑。"

2. 李敢出手打卫青

霍去病来到舅舅府上，将李敢在他府中的言行告诉了卫青。

卫青说："不管怎么说，老将军之死，我有不察之责。李敢要找我理论，也是好事，我可将当时情形，详细说与他。如若他再在你面前说起此事，你万万不可拦阻，让他来找我便是。"

霍去病愤愤不平："李敢算是什么东西？竟敢口吐秽语！何况此人脾气暴躁，甚于其父！他若敢对舅舅不敬，我必不饶他！"

第七章 将星陨落

卫青笑了笑，说："我卫青做人坦坦荡荡，有何可惧？倒是你，年纪轻轻便身居高位，说话做事千万要慎重！日后少与部将一起喝酒，言多必失啊！当年淮南王派刘陵找我多次，我都没有见她，即便如此，长安城里也是风言风语，皇上都因此起疑，要是我见了刘陵，哪怕一句话没说，也会无法解释。做人做事，如此之难，你要谨记。"

霍去病笑了笑，说："我听人说，舅舅对刘陵很是欣赏。刘陵被抓后，说你与她关系最为亲密，而对人人皆知的张次公则不承认，舅舅因此说她这是用心良苦，是保护你。"

卫青摇头，说："此事过去了，不提也罢。坊间各种说法都有，我们不应理会。作为当朝大司马，应该远离是非，做好分内之事便可。"

卫青知道，以他了解的李家人性格，李敢必然会来找他。他也早就在等着这一天。有什么呢？唯一藏有私心的事，是他安排公孙敖替代了李广的先锋官。但是这种安排的前提，是汉武帝嘱咐他，"勿要使李广正面迎敌"，他也不想让白发苍苍的老将军跟那些年轻人一起上阵厮杀，他的私心是藏在公心后面的。

当然，他也不是没有错，李广率大军失道之后，他应该多替老将军想一想，应该去安抚一下老将军，而不是派长史去请老将军。这是他的过错，他知道，汉武帝也知道。他当然可以跟李敢说这些，包括他的私心。

一次上朝后，卫青走出皇宫，刚要上马车，便听到有人喊："大司马，请留步！"

卫青转头，看到李敢从一辆马车后面转了出来。

卫青笑了笑，说："原来是李大人，不知大人有何吩咐？"

虽然朝中文武百官对卫青皆是百般恭敬，卫青却从不倨傲，而是躬身还礼，他对李敢也是如此。

李敢说："大司马，在下想知道，家父本来是先锋，大人为何要逼迫家父将先锋之位让给公孙敖，让家父做侧军，以致家父率大军失道？死于非命?!"

卫青拱手说:"李大人,此事卫青很是抱歉,一直想与李大人说明白,今日终于有机会,卫青愿意将事情经过全部说与大人,求得大人谅解。让老将军作为先锋,是卫青的安排。让公孙敖代替老将军为先锋大将,也是卫青的安排。李大人也曾经带兵打仗,先锋大将要首先与敌军交锋,须得一位猛将才行。老将军是一员猛将,但是年龄太大,已经没有耐力去与匈奴的将军对阵,此事李大人应该明白。而先锋将军的胜败,往往关乎着一场战争的胜败,卫青用公孙敖换下老将军,确实有让公孙敖杀敌立功的心思,不过此事与老将军无关。因为即便没有公孙敖,卫青也会派其他人代替老将军的先锋大将之位。让老将军作为侧翼从东侧绕道,也是此意。李大人应该知道,侧翼出击,打的是出其不意,敌军往往一触即溃,拼杀不像正面迎敌激烈。而老将军名声响亮,足以震慑匈奴人,故此侧翼突袭,对于老将军来说,很是适合。当然,大军临行前,皇上嘱咐卫青,勿要让老将军正面迎敌,这也是卫青让老将军打侧翼的原因之一。"

李敢愤怒了,指着卫青问:"如此说来,家父自刎,你是毫无责任了?!"

卫青说:"请李大人息怒!老将军随卫青出征,没有死于匈奴人刀下,却因不忿自刎而死,卫青自然有责任。大将军失道,本就烦躁愤怒,卫青却派长史两次去老将军营帐,让老将军到卫青大帐说明失道之原因。卫青只顾军纪军法,却没有顾忌老将军年龄,没有顾忌老将军的怨恨,卫青作为领军主将,此是卫青之责,请李大人谅解!"

李敢愤怒:"谅解?!对于你大将军来说,这不过是一个错误的决定,你却让李敢失去了父亲!让我们一家人失去了依靠!如果你不让家父去做什么侧翼,加上他所率一万大军,五万大军足可一举击败匈奴大军,甚至捉住伊稚斜单于!卫青,你不但让我们李家失去了顶梁柱,还让大汉失去了一次抓住伊稚斜的机会,你罪不可赦!"

第七章 将星陨落

卫青点点头,说:"战场之事,不可预料。但是假如老将军没有失道,带着大军如期赶到,从侧翼对匈奴军队发起突袭,则匈奴必然溃败,且没有退路。然此事只能假设,于事无补,说也无益了。"

李敢大怒:"事已至此,你还为自己开脱!卫青,今日我李敢不杀你,不足以平我之恨!"

李敢拔出刀,冲向卫青。卫青的护卫拔刀冲过来,被卫青挡住。

卫青对李敢说:"李大人,只要能平息你心中愤怒,你想怎样都行,我卫青绝不反抗!"

李敢冲到卫青面前,看了看闭眼站着的卫青,又看了看手中的刀,猛然把刀扔向远处,朝着卫青就扑了过去。

卫青没有反抗,被强壮的李敢扑倒在地。

卫青的护卫喝叫一声,冲了上来,要与李敢交手。

卫青对护卫喝道:"退后!我有愧于李大人,你们都不要插手!"

众护卫不敢不听卫青的话,只得退后。

李敢对躺在地上的卫青一阵拳打脚踢,然后,朝着卫青鞠了一躬,上了马车,匆匆而去。

护卫们忙冲过来,扶起卫青。卫青疼得龇牙咧嘴,鼻子冒血,护卫们要将其送进宫,让太医看一看。卫青说:"不必大惊小怪,相比战场上受的伤,这不过是挠痒痒而已。你们记住了,今日之事,不要说出去,否则,别怪我卫青翻脸无情!"

护卫说:"大司马,你现在位高权重,李敢如此冒犯你,你怎么可以忍气吞声呢?这有损你大司马的威名啊。"

卫青苦笑一声,说:"将军的威名,是在战场杀敌杀出来的,而不是对同僚施威。李敢对我卫青有仇恨,能这么当面找我报仇,而不是背后捅刀子,说明李敢是个君子,是个可交之人。何况李敢勇猛,是大汉的将才,我卫青如果与他闹起了矛盾,那不是让别人笑话吗?这算什么威名?!"

护卫们很是佩服卫青的胸怀。当下赶着马车,回到府中。

3. 公孙贺看望卫青

卫青的护卫们嘴巴很严,但是卫府人多嘴杂,此事还是传了出去。

最先得知此事的是南窌侯公孙贺。公孙贺回家后,将此事告诉妻子卫君孺。卫君孺是卫青的大姐,得知兄弟被打,她很惊讶。卫青贵为大司马,一人之下、万人之上,手握兵权,竟然还有人敢打卫青?惊讶之余,作为长姐的卫君孺自然心疼,赶紧和公孙贺一起赶到卫府,看望卫青。

卫青身体没有大碍,李敢也算手下留情,打的地方都是屁股和胸脯等扛揍的地方。但李敢毕竟是一名武将,体格庞大,健硕有力,卫青被打的地方有瘀血,浑身疼痛,脸上还有瘀青。公孙贺和卫君孺看到卫青的样子,非常愤怒,要向汉武帝禀告此事。

卫青说:"不要惊动皇上。你们还嫌我不够丢人吗?"

公孙贺说:"这个李敢真是胆大包天!他竟然敢对大司马动手,你堂堂一个大司马,就这么等着让人揍?!你的护卫呢?"

卫青笑了笑,让两人坐下,然后说:"挨了一顿揍,我觉得这是好事,你们先别急,听我把话说完。老将军李广自刎,我卫青是有责任的,这个皇上也知道。否则我率大军从漠北回来,将士皆奋力作战,皇上不会一点封赏都没有,还让李敢代替父位,做了郎中令。李广自刎,李敢恨我卫青,随我一起作战的将士,也不会毫无怨言。李敢打了我,既让李敢消了气,也让跟随我的诸位将军出了一口郁积已久的闷气。公孙大人,我说的对不对啊?"

公孙贺也跟随卫青征战漠北,一番血战,毫无封赏。当然,他是卫青的姐夫,跟着卫青沾了不少光,自然对卫青没有什么说辞,但是他知道,这次出征,相比霍去病部下将士的巨大封赏,卫青部下将士很是有些怨言。他们也是经过生死拼杀,以相对弱势的兵力打败了伊稚斜单于的本部主力,算是一场大胜仗。若是没有李广的失道自刎,卫青部下将士肯定会有些封赏的。而李广的自杀,自然与卫青是有些关系的。

公孙贺没想到,卫青会考虑得这么多。他笑了笑,说:"李广自刎,与大司马没有关系。不过……大司马这一番话,也有些道理。"

卫青呵呵一笑,说:"故此,此事不宜张扬。当然,即便不张扬,朝野上下也很快便会传遍。大司马被打,恐怕是千古未闻之事。不过只要我们不张扬,此事便会渐渐平息下去。如此最好,何况我卫青不过受了一些皮外之伤,过几日便好了。"

卫君孺问:"太医来看过了吗?"

卫青摇头,说:"如此又张扬了。皮外之伤,何用太医?卫青是一介武夫,刀伤剑伤都受过,也算半个医匠,每天一斤好酒,三五天便好了。"

公孙贺和卫君孺在卫青府上吃饭,席间,公孙贺与卫青议论起朝中之事。

自李蔡自尽后,庄青翟任丞相,这庄青翟碌碌无为,凡事都由御史大夫张汤做主。

张汤是杜陵人,少有计谋。他的父亲曾任长安丞。一日父亲外出回来后,发现家中的肉被老鼠偷吃了,父亲大怒,鞭笞张汤。张汤掘开老鼠洞,抓住了偷肉的老鼠,并找到了吃剩下的肉,然后立案拷问审讯这只老鼠,传布文书再审,彻底追查,并把老鼠和吃剩下的肉都取来,罪名确定,将老鼠在堂下处以磔刑。他的父亲看见后,把他审问老鼠的文辞取来看过,如同办案多年的老狱吏,非常惊奇,于是让他书写治狱的文书。父亲死后，张汤继承父职，为长安吏。

周阳侯田胜在任职九卿时，曾因罪被拘押在长安，张汤帮助过他。田胜在释放后被封为侯，与张汤交情极深，引见张汤遍见各位贵族。张汤因此又担任给事内史，办事无误，又被推荐给丞相，调任茂陵尉，在陵中处理事务。

武安侯田蚡担任丞相时，觉得张汤是个人才，便征召其为丞相史，又推荐给武帝，补任为御史，令他处理诉讼。在处理陈皇后巫蛊的案件时，他深入追查其党羽。因此，武帝认为他很能干，晋升他为太中大夫。他与赵禹共同制定各种律令，务必使法令严峻细密，对任职的官吏尤为严格。不久，赵禹升迁中尉，调任少府，而张汤也升任廷尉，两人关系密切，张汤像对兄长一样对待赵禹。赵禹为人廉洁孤傲，自任官以来，舍第中从未有食客。公卿相继邀请赵禹，赵禹却从不回报，其用心在于杜绝知交、亲友及宾客的邀请，以便坚持自己的主张。他收到律令判决文书都予以通过，也不复查，以便掌握官属们的过错。

当时汉武帝偏爱有文才学问的人，张汤断决大的案件，欲图附会古人之义，于是请求以博士弟子中研习《尚书》《春秋》的人补任廷尉史，以解决法令中的疑难之事。上奏的疑难案件，一定预先为汉武帝区别断案的原委，汉武帝肯定的，便著为谳决法，作为廷尉断案的律令依据，以显示汉武帝的英明。奏事受到斥责，张汤便向汉武帝拜谢，他还揣摩汉武帝意图，引证廷尉正、监、掾史的正确言论，说："他们本来曾为臣提出来建议。如果皇上责备臣，认为臣没有采纳他们的建议。臣下愚昧，只及于此。"

因为巧舌如簧，汉武帝喜欢听，他的错误便常被原谅。有时向汉武帝奏事，受到称赞，便说："臣下并不懂得这样向陛下进奏，而是某个廷尉正、监或掾史写的奏章。"

他欲推荐某人，常常这样表扬此人的优点，遮掩缺点。他断决的罪犯，若是汉武帝欲图加罪，他便让廷尉监或掾史穷治其罪；若是汉武帝意欲宽免其罪，他便要廷尉监或掾史减轻其罪状。所断决的罪犯，若是豪强，定要运用法令予以诋毁治罪；若是贫弱的下等平民，则当即向汉武帝口头报告。虽然仍用法令条文治罪，汉武帝的裁决，却往往如张汤所说。张汤对于高官，非常小心谨慎，常送给他们的宾客酒饭食物。对于旧友的子弟，不论为官的，还是贫穷的，照顾得尤其周到。拜见各位公卿大夫，更是不避寒暑。因此，张汤虽然用法严峻不公正，却由于他的这种做法获得了很好的声誉。而那些严酷的官吏，则像爪牙一样为他所用，也依附于有文才学问的人。丞相公孙弘便多次称道他的优点。

在处理淮南、衡山、江都三王谋反的案件时，张汤穷追狠治，彻底审理。汉武帝欲释放严助和伍被。张汤与汉武帝争论说："伍被本来就曾谋划反叛之事，而严助亲近结交出入皇宫的陛下近臣，私自结交诸侯亦如此类，不加惩处，以后将无法处治。"汉武帝因此同意将伍被、严助治罪。张汤以审理案件排挤大臣作为自己之功劳，从此，他更加受到尊崇信任，晋升为御史大夫。

匈奴浑邪王等人降汉，汉朝调动大军讨伐匈奴，崤山以东干旱，贫苦百姓流浪迁徙，都依靠官府供给食物，官府库存空虚，张汤从而秉承武帝旨意，请求制造白金货币及五铢钱，垄断盐铁的生产和买卖，排挤富商大贾，还公布告缗令，剪除豪强兼并的家族，舞弄文辞、巧言诋毁以辅助法令的施行。

张汤每次上朝奏事，谈论国家的财用，常至日暮，武帝甚至忘记吃饭，以致丞相形同虚设，国家大事都听张汤的意见。全国被搞得民不聊生，都骚动起来，官府所兴起的各项生产，也无法获利。官吏们从中侵夺渔利，从而又被严厉地依法治罪。因此，公卿以下的官员，直至平民百姓，都指斥张汤。

然而，张汤患病时，汉武帝曾亲自前去看望，其隆贵到了这种地步。

如张汤审理淮南王、江都王谋反的案子，以恶毒的文辞肆意诋毁诸侯王，离间宗室的骨肉之情，使朝臣内心不安。

汲黯前往淮阳郡任太守前，卫青曾见过其一面。汲黯告诉卫青，说张汤这个人巧舌如簧，喜欢搬弄是非，却很得汉武帝宠爱，要卫青远离此人，以免将来被此人连累。

卫青把汲黯的这些话说与公孙贺，公孙贺点头，说："汲黯大人也曾经暗示我，让我远离此人。汲黯大人在朝时，都觉得此人难以容人，连皇上都不放在眼里。如今看来，这汲黯大人真是刚正不阿，朝廷需要的是这样的人啊。"

卫青点头，说："正是。文武百官良莠不齐，钩心斗角，我等宜远离朝政，以免引火烧身。"

4. 大司马射杀郎中令

卫青被打的消息，很快传遍朝野，并越传越离谱。民间甚至传说卫青被李敢捅了几刀，现在性命垂危。汉武帝召见卫青，询问此事。

卫青说："禀陛下，末将只是与郎中令大人争吵了几句而已。陛下请看，你面前的卫青不是好好的吗？"

汉武帝长出一口气，说："大司马与郎中令皆是本朝柱石，你们要是有什么事，可以告知朕，朕为你们主持公道，不可做互相伤害之事。"

卫青拱手，说："末将明白，请陛下放心，末将与郎中令之事已经完全解决！"

第七章 将星陨落

卫青回到家不久，霍去病就来了。

霍去病坚持查看舅舅的伤势，看到卫青身上的瘀青，霍去病大怒："陇西李氏，真是欺人太甚！他李敢又不是不知道军中规矩，军中将军须听从主将调动，李广失道，怎么反成了主将之责了？！如此下去，我们舅甥两个，岂不成了笑话？成了任人欺负之人？！"

卫青忙对霍去病说："此事已经过去。何况李广自刎，我也有责任。去病，此事不要再提，你更不要去找李敢，我之前说了，我们两个现在位子太高，须谨言慎行，多一事不如少一事，切记切记！"

霍去病惊愕："舅舅，我们面对匈奴大军都不害怕，为什么要怕一个李敢？！人善被人欺，马善被人骑，位子再高，也不能任人欺负啊！如此下去，舅舅颜面何在？！我霍去病颜面何在？！"

卫青苦笑："去病啊，我还是那句话，我们是大司马，我们的颜面在于保卫大汉，杀匈奴，保边塞，而不是靠着在朝中争强好勇。如果一名将军靠着在朝中争强斗勇来立威，那这个将军早晚会完蛋！我说句只能在我们两人之间说的话，我们现在已经功高盖主了，朝野百姓，甚至皇上都在看着我们两个，对于皇上来说，打仗的时候，我们越强盛越好，而现在，我们越强盛，皇上便会越不安，故此软弱和大度，对于我们来说，却是最安全的。你要是不明白这个道理，会吃亏的。"

卫青的话，霍去病自然明白，但是他就是无法说服自己。

复陆支等人再找霍去病饮酒，霍去病总是闷闷不乐。复陆支等人知道，此事跟卫青被打有关，就纷纷劝他，此事卫大司马已经压下了，皇上也过问了此事，既然卫大司马觉得此事不宜再提，那就算了吧，就当没发生过。

霍去病却过不去。他总觉得李敢的那些拳头和脚，都打在了自己的身上。他不怕疼，但是他似乎能看到周围人的笑脸。他们都仿佛在偷偷看着他，看他狼狈的样子，看他的笑话。他不像卫青，从小遭受过屈辱。他

231

幼年便跟着母亲来到长安，锦衣玉食，人人恭敬。别说他霍去病，即便他的家人，也从来没有遭受过任何屈辱。

而现在，李敢竟然在光天化日之下打了他的舅舅，这不只是打了舅舅卫青，也是打了他霍去病的脸啊。

更让霍去病恼火的是，自李敢打了舅舅之后，便再也没有登过霍府的门。上朝打照面，李敢也是昂首阔步，仿佛没有看到他一样。

霍去病怒火中烧，暗中下定决心，要替舅舅报仇，为舅舅，也为自己，为他们一大家子，挽回颜面。

秋日，汉武帝率一帮武将去甘泉宫围猎。甘泉宫为汉武帝仅次于长安未央宫的重要活动场所，这里宫殿鳞次栉比，富丽堂皇。甘泉宫外，便是汉武帝的御园上林苑。上林苑东起蓝田、宜春、鼎湖、御宿、昆吾，沿终南山而西，至长杨、五柞，北绕黄山，濒渭水而东折，其地广达三百余里。苑中冈峦起伏笼众崔巍，深林巨木嶻岩参差，八条河流流注苑内，更有灵昆、积草、牛首、荆池、东西陂池等诸多天然和人工开凿的池沼，自然地貌极富变化，恢宏而壮丽。由于苑内山水咸备、林木繁茂，其间孕育了无数禽兽鱼鳖，形成了理想的狩猎场所。

上林苑不只是汉武帝的秋季狩猎之所，也是汉朝训练羽林军、卫青最初训练对付匈奴骑兵的地方。

此番狩猎，汉武帝率领卫青、霍去病、公孙贺、李敢等一众文臣武将，在上林苑吃喝玩乐多日。如今匈奴远遁，大汉朝野太平，汉武帝心情愉悦，带着众将士大肆游玩打猎，好不痛快。

此番围猎原定时间是半个月。第十一天，汉武帝率众将进山围猎，诸将为了在皇帝面前显示自己的箭法，纷纷弯弓搭箭，射杀在围猎队伍面前仓皇而逃的各种动物。

李敢追着一只颇为肥大的野兔，打马跑进树林中。野兔在前方跑，

第七章 将星陨落

时而跑进树林中，时而躲进草丛下，李敢张弓搭箭，紧追不舍。

他不知道的是，他的背后，霍去病在不紧不慢地跟着他，寻找下手的时机。

兔子跑了一会儿，终于停下，李敢勒马，张弓搭箭，瞄准了兔子。就在这时候，一支利箭突然射来，射穿了李敢的喉咙，李敢应声坠马，抽搐了一会儿，便死在马下。

霍去病打马跑到汉武帝面前，下马跪下："陛下，臣有罪！"

汉武帝惊讶："这玩得好好的，怎么有罪了？！"

霍去病低着头，说："臣刚刚要射杀一只兔子，却不慎射杀了郎中令李敢。臣杀了朝廷命官，请陛下治罪！"

汉武帝一听就知道是怎么回事了，他镇定了一下，说："带朕去看看。"

霍去病上马，带着汉武帝等人来到李敢躺着的地方，看到李敢的喉咙果然被箭洞穿，人已经死了。

汉武帝站起身，缓缓说："郎中令在围猎中，因为意外出现在猎物前，不幸中箭身亡，此事朕亲眼所见，众位爱卿见到否？"

公孙贺等人大声喊道："微臣等也亲眼所见。"

卫青没说话。

因为李敢之死，原定半个月的围猎匆匆结束。汉武帝派人将李敢的遗体送回李敢家中，并将李敢"意外中箭而亡"的死因告诉了李敢的家人。

此时，李敢家中只余妇孺，何况有皇上"亲眼所见"，李家人虽然怀疑，却也不敢造次，只能忍气吞声，在无限的悲痛之中，将李敢草草下葬。

鼎鼎大名的陇西李氏这一代人，从此只余李陵一男丁。

233

5. 陇西李氏最后的荣光

李陵长大后，很有李广之风，善于骑马射箭，并谦让下士。汉武帝命他率领八百骑兵，进入匈奴腹地。李陵率将士深入匈奴二千余里，越过居延侦察地形，历经艰辛，顺利返还。

天汉二年（前99年），李广利统领三万骑兵从酒泉出发，攻击在天山一带活动的右贤王，汉武帝召见李陵，命他为大军运送粮草。

李陵向汉武帝叩头请求说："皇上，臣所率领的屯边将士，都是荆楚勇士、奇才、剑客，力可缚虎，望能自成一军，独当一面，到兰干山南边以分单于兵力，请不要让我们只负责运送大军辎重。"

汉武帝知道李陵勇猛，笑了笑说："李陵，你是耻于做李广利下属吧？你要率大军进攻匈奴也可以，不过此番朝廷发兵征战匈奴，已经没有多余的马匹了。"

李陵拱手，答道："皇上只要同意给我兵马便可。微臣不需要马匹，臣愿以少击多，只用五千步兵直捣单于王庭。"

汉武帝同意了李陵的请求，并诏令强弩都尉路博德领兵在中途迎候李陵的部队。

路博德此前任过伏波将军，也不肯做李陵的后备，便上奏："现在刚进秋季，正值匈奴马肥之时，不可与之开战。臣希望李陵等到春天，与我各率酒泉、张掖五千骑兵分别攻打东西浚稽山，必将获胜。"

汉武帝见奏大怒，怀疑是李陵后悔不想出兵而指使路博德上书，于是传诏路博德："朕想让李陵运送粮草，他却说什么'要以少击众'，现在匈奴侵入西河，速带你部赶往西河，守住钩营之道。"

又传诏李陵："命你部在九月发兵，从险要的庶虏鄣出塞，到东浚稽

第七章 将星陨落

山南面龙勒水一带，徘徊以观敌情，如无所见，则沿着浞野侯赵破奴走过的路线抵达受降城休整，将情况用快马回朝报告。你与路博德说了些什么，一并上书说明。"

李陵率领他的五千步兵从居延出发，向北行进三十天，到浚稽山扎营。将所经过的山川地形绘制成图，派手下骑兵陈步乐回朝禀报。陈步乐被召见，陈说李陵带兵有方，得到将士死力效命，汉武帝解除了对李陵的怀疑，很是高兴，任陈步乐为郎官。

其实，李陵在浚稽山遭遇到单于主力，被匈奴三万多骑兵包围。李陵将大军驻扎在两山之间，以大车作为营垒，匈奴见汉军人少，径直扑向汉军营垒。

李陵命大军躲在营垒后射击匈奴，匈奴兵应弦而倒。匈奴军见李陵大军箭法了得，只得败退。李陵率大军乘胜追击，杀匈奴兵数千。匈奴单于大惊，召集左贤王、右贤王部八万多骑兵一起围攻李陵。李陵向南且战且走，几天后被困在一个山谷中。连日苦战，很多将士中箭受伤。李陵下令，三处受伤者便用车载，两处受伤者驾车，一处受伤者坚持战斗。

有校尉告诉李陵，将士中有带着妻子者。李陵命令严查，原来军队出发时，有些被流放到边塞的关东盗贼的妻女随军做了士兵们的妻子，大多藏匿在军中，李陵下令，将这些女人搜出来杀掉。第二天再战，果然斩匈奴人三千多。李陵率大军，向东南方突围，沿着故龙城道撤退，走了四五天，又被大片沼泽芦苇挡住。

匈奴人在上风头纵火，李陵也令将士放火烧出一块空地才得以自救。李陵率大军又退到一座山下，单于已在南面山头上命他儿子率骑兵、向李陵发起攻击。

李陵的步兵在树林间与匈奴骑兵拼杀，又杀匈奴兵数千，并发连弩射单于，单于下山退走。这时，李陵军处境更加险恶，匈奴皆是骑兵，来去如风。李陵不肯服输，率将士死战，匈奴兵又死伤二千余人。匈奴单于

235

眼见不能取胜，准备撤走。

这时，李陵军中有一个叫管敢的军侯，因被校尉凌辱逃出投降了匈奴。

管敢对单于说："李陵军无后援，并且箭矢已尽，只有李陵将军麾下和成安侯韩延年手下各八百人排在阵式前列，分别以黄、白二色做旗帜。大单于要是想破阵，派精兵射杀旗手，即可破阵。"

单于得到管敢，大喜，命骑兵合力攻打汉军，边打边喊："李陵、韩延年快降！"接着挡住去路，猛烈攻打李陵。李陵处在山谷底，匈奴军在山坡上从四面射箭，矢如雨下。汉军攻山不力，丢弃战车而去。

李陵此时还剩三千多将士，他与韩延年率大军突围，又被一座大山所阻，折入峡谷。大单于切断了他们的退路，并让人从山上放下礌石，很多士卒被砸死，不能前进。

李陵率众将士在山谷中休息一夜。第二日，李陵与韩延年带领将士们突围。匈奴数千骑兵紧追，韩延年断后，力战而死。

李陵得知后，长叹一声："我李陵无脸面去见皇上啊！"

李陵下马投降，他的部下四散逃命，逃回塞内的仅四百余人。

李陵投降，文武百官都骂李陵，汉武帝以李陵之事问太史令司马迁，司马迁则说："李陵服侍母亲孝顺，对将士讲信义，常奋不顾身以赴国家危难。今天他一次战败，那些为保全身家性命的臣下便攻其一点而不计其余，实在令人痛心！况且李陵提兵不满五千，深入匈奴腹地，搏杀数万之师，敌人被打死打伤无数而自救不暇，又召集能射箭的百姓来一起围攻。他转战千里，矢尽道穷，将士们赤手空拳，顶着敌人的箭雨仍殊死搏斗、奋勇杀敌，得到部下以死效命，就是古代名将也不过如此。他虽身陷重围而战败，但他杀死杀伤敌人的战绩也足以传扬天下。他之所以不死，是想立功赎罪以报效朝廷。"

很久以后，汉武帝悔悟到李陵投降是无救援所致，便对一众臣子说：

第七章 将星陨落

"李陵出塞之时，本来诏令强弩都尉接应，只因受了这奸诈老将奏书的影响又改变了诏令，才使得李陵全军覆没。"

于是派使者慰问赏赐了李陵的残部。李陵在匈奴一年后，武帝派公孙敖带兵深入匈奴境内接李陵。

公孙敖无功而返，对武帝说："听俘虏讲，一个姓李的汉朝将军在帮单于练兵以对付汉军，所以我们接不到他。"武帝听到后，便将李陵家处以族刑，他母亲、兄弟和妻子都被诛杀。陇西一带士人，都以李陵不能死节而累及家族为耻。

此后有汉使到匈奴，李陵对使者说："我为汉朝领步卒五千横扫匈奴，因无救援而败，有什么对不起汉朝而要杀我全家？"

使者说："陛下听说李少卿在为匈奴练兵。"

李陵说："那是李绪，不是我！"

李绪本来是汉朝的塞外都尉，驻守奚侯城，匈奴来攻便投降了。

汉武帝知道此事后，很是后悔。但是已经将李陵全家都杀了，后悔也没有用了。

李陵因为李绪为匈奴练兵而使自己全家被诛，便派人刺杀了李绪。大阏氏要杀掉李陵，单于把他藏到北方去了，大阏氏死后才回来。

单于很看重李陵，把女儿嫁给他，立他为右校王。

汉昭帝即位后，大将军霍光、左将军上官桀辅政，他们一向与李陵交好，就派李陵昔日好友、陇西人任立政等三人去匈奴招李陵归汉。任立政等到匈奴后，单于置酒款待。

他们虽见到了李陵，但不能私下讲话，便用目光向李陵示意，又几次把佩刀上的环弄掉，趁捡环时握住李陵的脚，暗示他可以回汉朝去。此后李陵、卫律备牛酒慰问汉使，一起博戏畅饮。

任立政说："汉朝已宣布大赦，国内安乐，陛下年少，由霍光、上官桀辅政。"

任立政想用这些话使李陵动心，李陵沉默不语，又不经意地摸着头发说："我已着胡服。"

任立政说："少卿，你受苦了，霍子孟、上官少叔向你问好。"

李陵说："霍公与上官大人可好？"

任立政说："他们请少卿回故乡去，富贵不用担心。"

李陵小声对任立政说："少公，我回去容易，只怕再次蒙受耻辱，无可奈何！"

苏武曾经与李陵都为侍中。苏武出使匈奴被抓的第二年，李陵投降匈奴。李陵得知苏武下落后，不好意思亲自送礼物给苏武，让他的妻子赐给苏武几十头牛羊。

汉昭帝即位几年后，汉朝派使者到匈奴迎接苏武，李陵安排酒筵向苏武祝贺，说："今天你还归，在匈奴中扬名，在汉皇族中功绩显赫。即使古代史书所记载的事迹、图画所绘的人物，怎能超过你！我李陵虽然无能和胆怯，假如汉廷姑且宽恕我的罪过，不杀我的老母，使我能实现在奇耻大辱下积蓄已久的志愿，这就同曹沫在柯邑订盟可能差不多，这是以前所一直不能忘记的！逮捕杀戮我的全家，成为当世的奇耻大辱，我还再顾念什么呢？算了，让你了解我的心罢了！我已成异国之人，这一别就永远隔绝了！"

李陵泪下纵横，于是同苏武永别。

李陵在匈奴二十多年，元平元年（前74年）病死。陇西李氏一脉，从此断绝。

司马迁评价李陵："陵事亲孝，与士信，常奋不顾身以殉国家之急。其素所畜积也，有国士之风。今举事一不幸，全躯保妻子之臣随而媒孽其短，诚可痛也！且陵提步卒不满五千，深辇戎马之地，抑数万之师，虏救死扶伤不暇，悉举引弓之民共攻围之。转斗千里，矢尽道穷，士张空拳，冒白刃，北首争死敌，得人之死力，虽古名将不过也。身虽陷败，然其所摧败亦足暴于天下。彼之不死，宜欲得当以报汉也。"

6. 颜异之死

霍去病射死李敢，卫青很是不安。但是霍去病虽然是其外甥，却贵为大司马，心高气傲，卫青已经不方便像过去那样教训这个名满天下的外甥了。

卫青知道，汉武帝虽然包庇了霍去病，但是作为一国之君，他对霍去病射杀他的猛将，肯定不会无动于衷。卫青特意拜见汉武帝，以霍去病舅舅之名义，向武帝请罪，以此探听武帝之意。

汉武帝显然不愿意提及此事，淡淡地说了几句。卫青察言观色，觉得汉武帝虽然对霍去病略有看法，却没有追究霍去病罪责的想法。

汉武帝话峰一转，与卫青谈及张骞出使西域之事。

卫青和霍去病征战匈奴之前，汉武帝再任张骞为中郎将，率三百多名随员，携带金币丝帛等财物数千巨万、牛羊万头，第二次出使西域。张骞此行的目的，一是招与匈奴有矛盾的乌孙东归故地，以断匈奴右臂；二是宣扬国威，劝说西域诸国与汉联合，使之成为汉王朝之外臣。汉武帝刚得到消息，乌孙国内因为王位之争，内乱严重。汉武帝因此非常忧虑，不知张骞一行是否安全。

卫青安慰汉武帝："陛下，张骞此番二次出使西域，对西域已经很是熟悉了。况且现在大汉已经如此强大，乌孙人怎敢对大汉的使者下手？"

从皇宫出来，卫青遇到了大农令颜异。大汉朝廷，众臣钩心斗角，唯颜异为人清正廉洁，有君子之风，卫青与其略有些交情。

颜异之祖为孔子七十二弟子之首颜回，颜异颇有其祖之风，为人清雅，不善于攀附，即便是朝中人人皆想巴结的卫青，颜异也只是敬而远之。张汤弄权，颜异对其很是不满，多次在朝廷上参奏张汤，张汤因此对其很是愤恨。

卫青重才，因此想提醒一下颜异。他叫住转身要走的颜异，对他说："颜大人，在下有一句话，不知当讲不当讲。"

颜异拱手说："大司马尽管说，颜异洗耳恭听。"

卫青说："颜大人公正廉明，朝中无人不知。不过朝廷之事，并非那么简单，如今朝廷之内钩心斗角，派系林立，颜大人不屑于与之为伍，在下佩服。不过颜大人在朝堂之上，参奏张汤，恐怕会遭到张汤报复。此人睚眦必报，善于构陷，颜大人小心为好。"

颜异拱手，说："多谢大司马提醒。不过为人臣子，拿人俸禄，怎可不尽心尽力，而虚与奉承，以求一己之富贵？自古武将杀敌、文臣辅政，乃为臣之道。文臣若畏缩不语，与武将在阵前降敌有何区别？在下虽与大司马交往不多，却知道大司马阵前杀敌，都是一马当先，从来不肯畏缩不前，大司马怎可让在下于朝堂之上，虚与委蛇呢？"

卫青看着面前这位面容清瘦的颜家后人，竟无言以对，只能拱手，长叹说："这朝堂之上，竟然比战场还要让人惧怕，真是怪事！"

卫青与公孙贺等人说起此事，公孙贺说："这个张汤结党营私，挑拨是非，皇上竟然信他，真是糊涂！"

卫青笑了笑，说："皇上聪明着呢。这张汤虽然是一名酷吏，却也是能吏。协助皇上统一货币，实行盐铁官营、算缗告缗，打击富商大贾，诛锄豪强并兼之家，这些都是一般官吏做不到的事。朝中有此人，皇上看谁不顺眼，就可以用此人之手将之治罪。"

公孙贺惊讶："这种人竟然还有作用！"

卫青说："当然。皇上不只需要忠诚之人，还需要奸佞之人，什么样的人，有什么样的用途。如果皇上觉得此人已经无用，或者说觉得此人之害已经大于收益，轻松找个理由便可将之处死，还会落下一个'有道明君'之誉。此正是为君之道也。"

张汤看到霍去病风头正盛，转而去结交霍去病，给霍去病送去了重礼。霍去病谨记卫青不结交朝中官员的嘱咐，命人将礼物给张汤退了回去。

张汤觉得自己被霍去病打脸，很是愤怒。但是想到霍去病连关内侯李敢都敢射杀，且深受汉武帝宠信，只得把愤怒吞进肚子里。

不久，汉武帝与张汤商量制造白鹿皮币，并询问大农令颜异的意见，颜异反对，这让汉武帝很是不高兴。正好有人参奏颜异，汉武帝遂下旨将颜异逮捕下狱，由张汤审问。

张汤审问了一段时间，发现别人参奏颜异是无中生有，颜异洁身自好，严于律己，根本无法给颜异定罪。这时候，那个参奏颜异的人告诉张汤，说颜异曾经与家中客人谈论朝廷的一项律令，客人说法令初下，有不便之处，颜异没正面回应，只是稍微讥讽了几句。张汤因此上奏，称颜异作为九卿，见法令不便，没有明说却内心诽谤，此举是对皇上的大不敬，应该判处死刑。

颜异不畏强权，耿直抗上，在朝堂之上怒怼张汤等人，还偶尔质问汉武帝，让汉武帝难堪，汉武帝因此借机准了张汤的奏请，杀了颜异。

7. 雄鹰折翼

卫子夫与汉武帝所生太子刘据，性格仁慈宽厚、温和谨慎，这让性格强势的汉武帝很是不悦。

后来汉武帝所宠幸的王夫人生了皇子刘闳，李姬生刘旦、刘胥，加之时光流逝，卫子夫逐渐老去，汉武帝对皇后的宠爱逐渐衰退，因此皇后和太子经常有不安之感。

卫青去宫中看望三姐卫子夫。卫子夫性格温厚，不善于宫中争斗。卫子夫对卫青说："如今皇上恩宠王夫人和李姬，我们母子已是明日黄花，皇上不喜欢太子，太子地位难保。我们母子日后，只能仰仗大司马了。"

卫青从宫中出来，到霍府见到二姐卫少儿，向二姐说起此事。二姐也是一筹莫展。

卫青嘱咐二姐，此事不要让霍去病知道。他年轻，血气方刚，别惹出什么事来。二姐答应。

霍去病却早已经知道了此事。他与母亲卫少儿说起皇后的处境，很是为皇后感到不平。

卫少儿惊讶，问他怎么也知道这件事？

霍去病说："皇后受到冷落，太子地位不保，朝廷中人人皆知，这有什么奇怪的？"

卫少儿怕他惹事，对他说："你去找你舅舅商量一下，看是否能帮助皇后。"

霍去病来到卫府，拜见舅舅，说起了此事。

卫青说："此事虽然重大，却是皇上之事，我等为人臣子，不可参与。"

第七章 将星陨落

霍去病说:"那舅舅还去与我母亲商量?舅舅想帮助皇后,又不想得罪皇上,我说的没错吧?"

卫青想了想,说:"太子性格懦弱,确实让人担忧。做皇帝者,要能压住众臣,敢用忠臣,还得会用佞臣,要杀伐果断,太子虽聪明,却非有此能力之人。还是要相信皇上。皇上是太子的父亲,比我们要亲近得多,他不会亏待太子的。"

霍去病说:"皇上还是二皇子和三皇子的父亲呢,如果皇上偏向其他两位皇子呢?"

卫青想了想,说:"现在说这些,尚且过早。皇上虽然性格强硬,做事却有分寸,应该不会做出废长立幼之事。"

过了些日子,汉武帝召见卫青,问他:"大司马最近见皇后,皇后是否说过朕的事呢?"

卫青拱手,说:"禀皇上,皇后说过此事。"

汉武帝很有兴趣的样子:"哦,说说看,皇后都说了些什么?"

卫青说:"皇后抱怨自己年老色衰,因此愧对皇上。"

汉武帝哈哈大笑:"卫青啊,你这是绕着弯骂我啊。不过皇后说得对,朕这些年确实去皇后那里少了些,以后朕会注意。至于太子之事,大司马可以转告皇后,朕知道太子性格敦厚,因此才决意征伐匈奴。如不出师征伐,天下就不能安定,因此不能不使百姓受些劳苦。但倘若后代也像朕这样去做,就等于重蹈了秦朝灭亡的覆辙。太子性格稳重好静,肯定能安定天下,不会让朕忧虑。要找一个能够以文治国的君主,还有谁比太子更适合的呢?!故此朕要替太子打下一个太平的天下,太子才能掌控得了。如果皇后和太子因此不安,那是他们多想了,请大司马把朕的想法告诉他们,让他们替朕守好东宫和后宫,也让朕放心。"

卫青没想到汉武帝会如此坦诚,说得又如此明白,连忙叩头谢恩:"皇上如此圣明,臣惭愧。"

243

卫青将汉武帝的话转告卫子夫,卫子夫深觉自己多疑,特意摘掉首饰向汉武帝请罪。汉武帝说:"皇后与朕是结发夫妻,朕遇到多次危机,群臣反对,唯有皇后一直支持朕。请皇后放心,皇后不负朕,朕也不负皇后与太子。"

汉武帝想封刘闳、刘旦、刘胥为侯,大臣们纷纷禀奏,建议按照祖制,封三位皇子为王,卫青却不发一言。

霍去病拜见舅舅,两人说起此事。

卫青说:"我正想跟你说一说此事呢。依我看来,皇上是想封这三位皇子为王,但是皇上这些年推行各种法令,削弱各王的权力,也剥夺了一些王的封地,现在皇上即便想封自己的三位皇子为王,也不好开口。去病,你写个奏折吧,请封三位皇子为王,如此即让皇上有了钦封的借口。三位皇子有了封地,也让皇后心安。"

元狩六年(前117年),霍去病上疏,请武帝封皇子刘闳、刘旦、刘胥三人为王:"大司马臣去病昧死再拜上疏皇帝陛下:陛下过听,使臣去病待罪行间。宜专边塞之思虑,暴骸中野无以报,乃敢惟他议以干用事者,诚见陛下忧劳天下,哀怜百姓以自忘,亏膳贬乐,损郎员。皇子赖天,能胜衣趋拜,至今无号位师傅官。陛下恭让不恤,群臣私望,不敢越职而言。臣窃不胜犬马心,昧死愿陛下下诏有司,因盛夏吉时定皇子位。唯陛下幸察。臣去病昧死再拜以闻皇帝陛下。"

此事有大臣曾经面奏过,汉武帝没有采纳。此番霍去病具折上奏,汉武帝同意了,令御史台办理此事。

霍去病上此奏折时,离他去世的时间仅有两个月。此时霍去病身体已经出现了些微状态,经常头晕,汉武帝得知后,派太医诊治。

然而,仅仅两个月后,大汉帝国的雄鹰,青年将军霍去病便突然离世，震惊朝野，天下俱哀。

霍去病少年得志，勇冠三军，虽有射杀李敢之污点，却瑕不掩瑜。其率大军数次远征，大迂回大穿插突袭匈奴的军事才能、"匈奴未灭，何以家为"的雄心壮志、收服河西封狼居胥的丰功伟绩，一直是中华民族军事史上的奇迹。

历史更是对霍去病给予了非常高的评价。

司马迁：直曲塞，广河南，破祁连，通西国，靡北胡。

扬雄：使卫青、霍去病操兵，前后十余年，于是浮西河、绝大幕，破寘颜，袭王庭，穷极其地，追奔逐北，封狼居胥山，禅于姑衍，以临瀚海，匈奴震怖，益求和亲，然而未肯称臣也。

班固：骠骑冠军，飚勇纷纭，长驱六举，电击雷震，饮马瀚海，封狼居山，西规大河，列郡祈连。

……

唐建中三年（782年），礼仪使颜真卿向唐德宗建议，追封古代名将六十四人，并为他们设庙享奠，当中就包括"大司马冠军侯霍去病"。

北宋宣和五年（1123年），宋室依照唐代惯例，为古代名将设庙，七十二位名将中，亦包括霍去病。在北宋年间成书的《十七史百将传》中，霍去病亦位列其中。

2013年8月6日，"霍去病西征"大型城雕在兰州市天水北路高速路口正式落成。整体雕塑由霍去病主雕塑和将士群雕组成，霍去病气宇轩昂，挥戟向西，战马身形矫健，前肢做腾跃状，昂首注视前方；众将士个个果敢彪悍、英姿威猛，张扬着跟随骠骑将军击败匈奴的昂扬斗志。